「これより出発する！　隊列を乱さずに進め。
民衆には安堵を与え、盗賊には恐怖を与えよ。
諸国に、カーヴェル軍の武威を見せつけよ！」
一瞬の沈黙を挟んで、鬨の声があがる。かくて、五千の兵は王都を発った。
4
折れた聖剣と帝冠の剣姫
川口士
イラスト＝八坂ミナト
Tsukasa Kawaguchi Presents
Illustration = Minato Yasaka
Volume Four / Published by Ichijinsha

「ラグラス王国からこの村に移住したいってひとたちがいるんだ……。
ラグラスって、どんな国か知ってる？」
リンダ

ルシード・ラ・ハル・
カーヴェル
「ラグラスは大陸の北西にあり、ラグラスは近隣諸国から
「森林と巨獣の王国」と呼ばれていると聞いている」
ファルシェーラ・デ・
アルプフェルト・パルミア

「私のことはかまわず、あなただけでも無事でいて」
いまのハーミアには、
夫であるライサンダーの無事を
祈る以外にできることがなかった。

折れた聖剣と帝冠の剣姫4

川口士

一迅社文庫

挿画：八坂ミナト
デザイン：高橋忠彦（KOMEWORKS）

大陸で用いられている距離の単位

1アルナ（約1メートル）
1ミュール（約1キロメートル）

プロローグ　陰謀劇

その男は窓のそばに立ち、悠然《ゆうぜん》たる態度で眼下に広がる町並みを眺めていた。

大陸暦一〇五二年の秋、カーヴェル王国の王都レイセティは活気と喧噪《けんそう》に満ちている。余剰の収穫物を売りにきた農民たちや、ここでおおいに稼いで冬をゆっくり過ごそうという商人たち、そうした人々を目当てにした吟遊詩人《ミラドール》や旅芸人らで、往来《おうらい》はごった返していた。

大通りには無数の露店が並び、ひとがひしめきあって熱気にあふれている。農民からリンゴを買ってさっそくかじりつく者がいれば、商人と熱心に値引き交渉を行う者がいる。吟遊詩人《ミラドール》の歌声に耳を傾《かたむ》け、大道芸に喝采《かっさい》を浴びせて、誰もがにぎわいを楽しんでいた。

男は、王宮の最上階にある執務室から、その様子を見下ろしている。満足そうな笑みを浮かべて。今日の平和と繁栄をもたらしたのは己だという自負が、彼にはあった。

男の名はアンバート。カーヴェル王国の宰相にして、実質的な統治者だ。

三十五歳になるが、細面の整った容貌と、均整のとれた体格は実際の年齢よりも二つか三つほど彼を若く見せている。亜麻色《あまいろ》の髪は背中に達するほど長い。

文官は灰色か茶褐色《ちゃかっしょく》の官服を身につける決まりになっているが、彼は紫を基調として、随所に金糸と銀糸をあしらった絹服を着ていた。そのことに異論を唱える者は、いまの王宮にはひとりとしていない。

アンバートが「四将」の筆頭であるロンガヴィル将軍と結託《けったく》し、叛乱を起こしたのは一年前のことだ。彼はヴァシレウス王とその妃メルヴィナを捕らえて、自分に王位を譲ることを宣言させた。また、そのとき戦場に出ていたルシード王子を国外へ追放した。

アンバートは大陸でも一、二を争う大国カーヴェルの、新たな主となったのである。

だが、すべてが上手くいったわけではない。コンスタンス王女を、彼は取り逃がしている。

国王と王妃、そしてコンスタンスの三人を捕らえるよう、アンバートは兵たちに命じていたのだが、彼女だけは見つからなかったのだ。

直系の血を引く王女であるコンスタンスと結婚することで正統性を手に入れ、しかるのちに玉座につこうと考えていただけに、このことはアンバートにとって痛手となった。彼が宰相のままでいるのは、そのためだ。

しかし、その問題もようやく解決の見通しがついた。町並みから視線を外し、アンバートは上機嫌な顔で雲ひとつない青空を仰ぐ。穏やかな陽射《ひざ》しに目を細めた。

廊下に通じる扉が叩かれたのは、そのときだ。

「ライサンダー卿を連れてまいりました」

入ってきたのは二人。ひとりは彼の従者だ。

もうひとりは短い金色の髪と藍色の瞳を持つ、精悍《せいかん》な顔つきの男だった。年齢は三十前後。

長身で、服の上からでも鍛《きた》えられた肉体であることがわかる。

男は戦意をにじませた目でアンバートを見据えた。

「いったい何の用か、宰相閣下」

「おぬしにやってほしいことがあってな、ライサンダー卿」

男――ライサンダーに答えてから、アンバートは視線で従者に退出を命じる。従者はライサンダーを警戒する様子を見せたものの、宰相に逆らうことはせず、一礼して下がった。

ライサンダーはカーヴェル王国が誇る四将に名を連ね、「白銀の盾」の異名を与えられた男だ。それは、彼が王国でも屈指の指揮官であり、戦士であることを意味する。

この男がその気になれば、従者が身体を張ったところで、時間稼ぎすらできないだろう。

それに、もう手は打ってある。

「本題に入る前に、言っておくことがある」

アンバートの琥珀色の瞳が、悪意を帯びて鈍《にぶ》く輝いた。不吉な予感を覚えたライサンダーは、おもわず身を乗りだして宰相を問い詰める。

「貴様、まさか妻を……？」

ライサンダーには、ハーミアという七つ年下の妻がいる。アンバートは笑った。

「ご明察《めいさつ》恐れ入る。実は、三日前から王宮で生活してもらっていてな。なに、心配することはない。彼女の身のまわりの世話は、侍女や女官たちがしている」

「ここ数日、私を屋敷に帰さず王宮に閉じこめていたのはそういうわけか」

ライサンダーの表情が険《けわ》しさを増した。現在の彼は自由な行動を禁じられ、王宮と自分の屋敷を往復する日々が続いていた。屋敷を出れば監視役の兵が常に同行し、通りを歩いていて友人と偶然会っても、世間話をすることとさえとがめられた。

そして四日前から、ライサンダーは王宮の一室に閉じこめられ、交友関係について尋問されていた。このようなことは過去に何度かあったため、金髪の騎士は油断したのだ。

「重ねて言うが、心配することはない。部屋も、食事も、最高級のものを用意している。外出以外に不自由はさせておらぬよ。若く美しいご婦人を傷つけるような真似は、私も好まぬ」

ハーミアの無事を、アンバートは強調する。ライサンダーは拳を固く握りしめて、いまにも殴りかからんばかりのすさまじい形相でアンバートを睨《にら》みつけたが、それ以上のことは彼にはできなかった。

優しげな笑みを浮かべて、亜麻色《あまいろ》の髪の宰相はいよいよ本題に入る。

「ガイセスと呼ばれている村を知っているかな。シエティン王国を北へ抜けたところにある、それはそれは小さな村だそうだ」

「その村が何か」

無愛想な表情で、ライサンダーは短く応じる。アンバートはひそかに感心した。

――なかなか上手くとぼけるではないか。

　ガイセス村には、この国を追われたルシードがいる。彼と幾度も戦場をともにし、深い信頼関係にあったライサンダーが、その存在を知らないはずがない。

　しかし、アンバートはそのことを追及せず、言うべきことだけをさらりと言った。

「おぬしに軍勢を与える。ガイセス村を攻めよ」

　ライサンダーが息を呑む。藍色の瞳に驚愕と動揺が浮かびあがった。だが、彼はとっさに渋面《じゅうめん》をつくって、命令の意図がわからないふうを装《よそお》う。

「はるか遠くにある小さな村を攻めろと……？　なぜ、そんなことをする」

「詳しい説明が必要かな」

「当然だ。そのような命令に黙って従えるはずがないだろう。兵たちもついてくるまい」

　そう答えたときには、ライサンダーは平静さを取り戻していた。毅然《きぜん》とした態度で、射抜《いぬ》くような鋭い視線をアンバートに叩きつける。

──このような男を手元に置きたいものだが。

　アンバートは内心でつぶやき、残念に思った。現在の王宮は、彼の顔色をうかがい、媚《こ》びへつらい、命令があれば喜んで従う者たちであふれている。それはそれで便利だが、彼らにこのような気骨《きこつ》は期待できない。

「ガイセス村には、ルシードがいる」

「殿下と呼ぶべきだろう」

ライサンダーの言葉を聞き流し、アンバートは意地の悪い笑みを浮かべた。

「そして、コンスタンス殿下もおられる」

金髪の騎士の両眼が驚きに見開かれる。

やや芝居がかった口調で、亜麻色《あまいろ》の髪の宰相はさらに言葉を続けた。

「ルシードは、あの庶子の悪党は、こともあろうにコンスタンス殿下をさらって辺境の寒村に閉じこめたのだ。おおかた、追放処分となったことの腹いせであろう。とうてい許すことはできぬ。何としてもコンスタンス殿下をお救いし、極悪人たるルシードを討たねばならぬ」

むろん、アンバートは本当にそう考えているわけではない。ガイセス村を攻めるための筋書きを、ライサンダーに伝えているのだ。

「コンスタンス殿下は、病で伏せておられるのではなかったか」

「表向きはな。王女殿下が行方知れずというのは外聞も悪かろう」

苦しげな表情で問いただすライサンダーに、アンバートはあっさりと答える。

「囚われの姫君を、勇敢な騎士が救いだす。舞台が堅固な城砦ではなく小さな村だというのは趣《おもむ》きに欠けるが、現実というのはこのようなものだろう。よろしく頼むぞ。『白銀の盾』よ」

ライサンダーは、もはや抗《あらが》う術を持たなかった。はじめから選択肢など用意されていなかったのだ。わずかな沈黙を先立たせたあと、彼は呻くような声を絞りだした。

「承知つかまつった……」

アンバートはその言葉を味わうようにゆっくりとうなずくと、退出を命じる。入ってきたときとは対照的に、ライサンダーは悄然として執務室を出ていった。

ひとりになったアンバートは、執務机の前に立つ。机の上には、大陸を描いた地図が広げられていた。宰相の視線は、カーヴェルの隣国であるパルミア王国に向けられる。

「クログスターか。厄介な男だ」

コンスタンスがガイセス村にいることを彼に教えたのは、昨年、パルミアで叛乱を起こしたクログスターだった。アンバートが多数の兵を使って懸命に捜しても見つからなかったというのに、このパルミアの将軍はどうやってか、コンスタンスの所在をつかんだのである。

――クログスターの狙いは、我が国を少しでも消耗させることだろう。

カーヴェルがガイセス村を攻めようとすれば、北のシエティン王国か北東のラグラス王国を通過しなければならないが、どちらの国も、とくに友好的というわけではない。

「だが、やりようはいくらでもある」

アンバートは不敵な笑みを浮かべる。何としてでも、彼はコンスタンスを手に入れるつもりだった。

一章　大国、動く

　空には太陽が輝き、まばらに浮かぶ白い雲の群れは、穏やかに吹く九月の風に乗って東から西へと流れている。まもなく昼になろうかという頃合いだ。

大陸の北にある新興国アスティリア。そのほとんど唯一の拠点たるガイセス村では、男たちが畑でのんびりと仕事を進めていた。カラスムギやジャガイモなどを収穫した畑は休ませて、休耕地にしていた畑に小麦や蕪《かぶ》をつくるのだ。

　ヤルマールとパルミア兵たちも、畑仕事を手伝っていた。土に肥料をやり、畝を作り、溝を掘るといった作業は十数日前にすませてある。いまやっているのは種まきだった。

――ファルシェーラ様は、いまごろどこで何をなさっているやら。

　空を見上げて、ヤルマールは額に浮かぶ汗を拭《ぬぐ》う。大柄で、厚みのある身体の持ち主だ。禿頭に見えるがそうではなく、わずかな黒髪を細く編《あ》んで垂らしている。顔は丸く、顎に逆三角形状の髭《ひげ》を生やしていた。着ている麻の服は、村の男たちと同様に土で汚れている。

　ヤルマールが主とあおぐ黄金色の髪の剣姫は、数ヵ月前からこの村にいない。「聖剣に関わることで話がある」といってきたクログスターの部下に会うべく、シエティン王国の王都アイクへ向かったのが初夏のころだ。ヤルマールは随行を願ったが、留守を命じられた。

ファルシェーラと、彼女に同行したルシードとコンスタンスの三人を見送ってから一ヵ月ほどが過ぎたころ、ヤルマールは行商人《ナーヴィ》のリンダから三人の消息を聞くことができた。ファルシェーラたちは王都アイクで何らかの事件に遭遇《そうぐう》したあと、大陸の南へ旅だったという。

「あたしも王都にある商会に教えてもらっただけで、それ以上のことはわからないんだよね。たぶん、ルシードが情報漏れを警戒して、これしか伝えなかったと思うんだけど」

これには歴戦の戦士であるヤルマールも頭と胃が痛くなった。何らかの事件という言葉からは不安しか感じないし、大陸の南では漠然としすぎている。

すぐにでもガイセス村を飛びだしてファルシェーラをさがしたいと思ったが、他ならぬファルシェーラから、村を守るようにとヤルマールは命じられている。それに、三人がどこへ向かったのかわからない以上、行き違いになる可能性があった。

結局、ヤルマールは村から動かず、部下たちを動揺させないためにも人前では常に平静を装《よそお》って、今日まで過ごしてきたのである。ヤルマールは四十三歳。年齢と経験、そして体格の生みだす貫禄は、部下たちに充分すぎるほどの安心感を与えた。

昼までにすませるべき仕事をほとんど終えたころ、ヤルマールの耳は車輪の響きを捉えた。

「――はて」

怪訝《けげん》に思いつつ、ヤルマールは音のした方角を見る。二頭の馬に引かれた幌馬車が、がらがらと車輪の音を響かせてこちらへ向かってきていた。

御者席には、旅装に身を包んだ三人の男女の姿がある。焦げ茶色の髪をした若者と、黄金色の髪の娘が並んで座り、明るい赤い髪の娘が若者の膝の上に乗っていた。

その三人を見て、ヤルマールは安堵《あんど》の息をつく。

「ようやくお帰りになったか。ご無事なようで何よりだが……。また馬車が増えたな」

若者はルシード・ラ・ハル・カーヴェル、その膝の上に乗っている娘はルシードの妹であるコンスタンス・ル・カノン・カーヴェル、そして黄金色の髪の娘こそ、ヤルマールの仕えるファルことファルシェーラ・デ・アルプフェルト・パルミアだった。

村のまわりに広がる畑を眺めて、ルシードは表情を緩《ゆる》めた。

「やれやれ。やっと帰ってきたって気がするな」

「お兄様、顔も雰囲気もお年寄りみたいですわ」

コンスタンスが兄を見上げて、呆れた表情になる。「疲れてんだよ」とルシードは投げやりな口調で答えた。

若者の隣に座っているファルは、興味深げに畑を見つめている。彼女は、見事な装飾のほどこされた剣を、自分の肩に立てかけていた。翼を思わせる黄金の鍔を備えたこの剣は、メルサナーシユと名づけられた伝説の聖剣だ。

「このあたりの風景もすっかり秋だな。彼らは何の種をまいているんだ？」

「たしか蕪《かぶ》だ。春ごろに村長がそんなことを言ってた」と、ルシード。

「去年、私たちがはじめてこの村を訪れたときは、違うものを作っていなかったか？」

「蕪は一年だか二年おきに作るんだそうだ。続けて作ると土が悪くなるらしい」

ルシードの説明は村長の受け売りだ。作物について、若者はあまり詳しくなかった。

ヤルマールがこちらへ歩いてくるのに気づいて、コンスタンスが軽く手を振る。ルシードは馬車を止め、ファルはかろやかに地面に降り立った。

「長旅、お疲れさまでした」

三人の前で足を止めると、ヤルマールは深く一礼する。蕪の種が入っているのだろう小さな壺を左手で持ち、服も靴も土で汚れていた。ファルは彼に歩み寄り、大きな肩を叩く。

「長く留守にしてすまなかったな、ヤルマール。よく村を守ってくれた。ありがとう」

「村は平和そのものでしたから、苦労らしい苦労はありません。シエティンに出稼ぎに行く余裕をつくれなかったことが、少し残念だったぐらいですな」

ヤルマールは何でもないというふうに首を横に振って、笑顔で応じた。

昨年の秋ごろから、シエティン王国では魔物による被害が増大している。

本来、魔物は人里離れた荒野などに、それも日が沈んでからしか姿を見せることはない。魔物が日中でも現れるのは、未踏地《ナルグタムス》と呼ばれる特殊な領域にかぎられた話のはずだった。

だが、いまのシエティン王国では、昼でも魔物に遭遇《そうぐう》することがある。

都市や町の長などに傭兵として雇われる形で、ルシードたちは魔物の討伐を行ったことが何度かあった。ヤルマールのいう「出稼ぎ」とはそのことだ。

「元気そうで安心しましたわ。またお腹が大きくなったのではありませんの？」

「心配かけて悪かった。なかなか状況を伝えることができなくてな」

コンスタンスはからかい気味に、ルシードはいつもよりかは真面目に、ヤルマールをねぎらう。ヤルマールは太った身体を揺すりながら、丁重な態度で一礼した。

「ところで、その幌馬車はどうされたんです？」

「オスワット王国で買った。荷物が多くて、馬よりも馬車の方がよさそうだったんでな」

「オスワットとは、ずいぶん遠くまで行かれましたな。それにしても買いこんだものでヤルマールは苦笑する。春にエルドーム王国に行ったときも、同じように荷物が多くなって馬車を調達したのだが、そのときのことを思いだしたのかもしれなかった。

「その仕事は、まだ時間がかかりそうか？」

ルシードが尋ねると、丸顔の戦士は抱えている籠を持ちあげて答える。

「こいつを返せばすぐに抜けられます。いまは、とにかく人手が足りないというほど忙しいわけではありませんから。村長殿の家に行けばよろしいので？」

「ああ。いろいろと話しておくことがある」

「わかりました。プロテウスの坊やを見かけたら、声をかけておきましょうか。いまは村のどこかで手伝いをしているはずですが」

プロテウスは、ルシードの従者を務める少年だ。夏のはじめごろ、ライサンダーの命でひそかにカーヴェルを抜けだしてこの村を訪れた。法に詳しく、その方面で能力を発揮してくれることをルシードは期待している。自分たちの国にも、いずれ法が必要となるだろうから。

「そうだな。頼む」

「それでは、のちほど」と、立ち去りかけたヤルマールだが、何かを思いだしたように立ち止まり、ルシードたちを振り返る。

「そういえば、リンダ嬢が来ていますよ。昨日から村に滞在しています」

「リンダが？」

ルシードは意外だという顔になった。リンダは、カーヴェルとパルミア、シエティンの三ヵ国をまわって商売をしている行商人《ナーヴィ》だ。国作りの数少ない協力者で、若い娘でありながら、ルシードの見るところではなかなかに高い能力の持ち主である。

「詳しい話はうかがっておりませんので、本人に聞いてくださいますように」

今度こそ、ヤルマールは畑へと歩いていった。

「坊や、か。私たちがいない間に、ヤルマールとプロテウスはだいぶ打ち解けたようだな」

よかったというふうに笑みを浮かべるファルに、ルシードは不思議そうな顔で尋ねる。

「そうなのか？」

「ヤルマールがああいうふうに呼ぶときは、気に入っているということだ」

「俺には、はじめて会ったときから気安く接してきたがなあ、あいつ」

「初対面でおまえのよさを見抜いたのだろう、と言いたいところだが……。おまえとコンスタンスのことは、私が信頼している二人だと言っておいたからな」

二人がそんな会話をかわす横で、コンスタンスは複雑な表情をしていた。彼女とプロテウスは、非常に険悪な間柄なのだ。

ファルが乗るのを待って、ルシードは幌馬車を進ませる。村に入ると、庭先や道ばたで仕事をしていた子供たちがこちらに気づいて、まっすぐ駆けてきた。

「ファル姉ちゃん、おかえりなさい！　あとルシードも」

「おかえり、ちいねえちゃん！　ファル姉ちゃんも！　ついでにルシードも」

子供たちのルシードに対するぞんざいな扱いは、いつものことだ。もっとも「あの、今度はどんな話をしてくれるの？」と、遠慮がちな態度で聞いてくる子供もひとりか二人はいる。ルシードは不器用な笑みを浮かべて「そのうちな」と答えた。

「そういえば、馬車はあっちにとめないと駄目なんだって」

子供のひとりが、村はずれにある建物を指し示す。木造で、高さは村人たちの家と同じぐらいなのだが、横に長い。見覚えのない建物だと思いながら、ルシードは幌馬車をそちらへ進める。近づいてみてわかったのだが、その建物は厩舎《きゅうしゃ》だった。

「俺たちが南へ行っている間に建てたのか」

ルシードは感嘆の声をあげる。ファルも目を輝かせて厩舎を見上げた。

「ヤルマールたちだな。パルミア軍の厩舎に造りが似ている」

三人は馬車から降りて、厩舎の中に入る。馬たちや藁《わら》、馬具などの匂いが入り混じった、独特の空気が鼻をついた。コンスタンスが顔をしかめて鼻をおさえる。

ぐるりと見回すと馬房《ばぼう》は五つあり、五頭の馬がたたずんでいた。

「カーヴェル馬が二頭にエルドーム馬が二頭。それから……この子はシエティン馬かしら？　こうして見ると、なかなか壮観ですわね」

五頭の馬を値踏《ねぶ》みするように眺めて、コンスタンスが感心した声をあげる。彼女はいまでもひとりで馬に乗ることはできないが、王女だったころ、騎士や諸侯から馬を贈られたことが何度かあった。どの国の馬かということぐらいならば、だいたいわかる。

馬と一言でいっても、それを産し、育てている地域や国ごとに違いがある。カーヴェル馬は小柄で目と耳が小さい。エルドーム馬の皮膚は褐色《かっしょく》で、体毛は全体的に短く、尻尾は美しい艶を持っている。シエティン馬はずんぐりとして脚が太く、たくましさを感じさせる。

「元気だったか、おまえ」

ファルが微笑を浮かべてカーヴェル馬に歩み寄り、鼻面を優しく撫《な》でる。その馬は、ルシードたちがカーヴェル王国から逃げる際に乗ってきた三頭の中の一頭だ。

そのころ、未踏地《ナルグタムス》を目指していたファルたちは、この先へは連れていけないという判断からガイセス村で馬たちを食糧などと交換した。その後、この村を国作りの拠点とした際に村長と話しあい、二頭を村に残して、一頭をシエティンの町で売ったのだ。当時のルシードたちに、三頭もの馬を飼い続ける余裕はなかった。

エルドーム馬たちは、ルシードたちがエルドームから帰還する際に調達した幌馬車を引いていた二頭だ。コンスタンスはエルドーム馬に近づくと、そっと鼻面に触れる。親友であるエルドームの第五王女リュシールを思いだしたのかも知れない。

「――どちらさまですか？」

戸口に小柄な影が現れて、誰何《すいか》の声をあげた。振り返ったルシードはその影――栗色の髪をした少年に笑いかける。

「よう、プロテウス。ここでの暮らしには慣れたか？」

プロテウスと呼ばれた少年は、相手がルシードだとわかると喜びに目を輝かせた。「ルシード様！」と叫んで、若者に駆け寄る。

「お帰りなさいませ。何十日もお戻りにならないし、何もわからないしで心配していたんですよ。お怪我はありませんか？　ご病気なども……」

「見ての通り、いたって健康そのものだ。身体だってどこも欠けちゃいねえよ」

ルシードは呆れつつ、落ち着かせるために少年の肩を軽く叩いた。そこへ、憤然《ふんぜん》とした顔のコンスタンスが横から割って入る。

「お兄様の他にも挨拶をするべきひとがいるのを、忘れているのではありませんの？」

プロテウスは不愉快そうな視線をコンスタンスに向けた。コンスタンスは傲然《ごうぜん》と胸を張って、その視線を受け流す。プロテウスが少女と見紛うような中性的な容貌をしているため、二人の少女が睨《にら》みあっているかのような光景だった。

ルシードはため息をつくと、とがめるような口調で「プロテウス」と、少年の名を呼ぶ。

プロテウスは申し訳なさそうな表情になって、コンスタンスとファルにそれぞれ頭を下げ、挨拶の言葉を述べた。コンスタンスは何か言いたげな顔をしたが、兄の視線を受けてうなずくだけに留め、ファルは苦笑を浮かべながらも少年の言葉に礼を返す。

──こういうところがなければ、いいやつなんだがな。

役に立とうと懸命なところはルシードも気に入っているが、やや過剰な忠誠心を持て余すのはたしかだった。こういった点も含めて、面倒を見てやらねばならないだろう。

「この馬の世話も、おまえがやっているのか？」

ぎこちない空気を払う意味も兼ねてルシードが尋ねると、プロテウスは「はい」と元気よく返事をする。少年は身体よりも一回り大きな服を着ているのだが、よく見ると、土などの汚れがところどころについていた。袖の余りは丁寧に折りたたまれている。

「さすがに数が多いので、ヤルマールさんたちにも手伝ってもらっていますけど。ルシード様からお預かりした鶏たちは裏手にいますよ。みんな元気です」

プロテウスに案内されて、ルシードたちは厩舎《きゅうしゃ》の裏手にまわる。

大きな飼育小屋があり、その中で五羽の鶏が活発に動きまわっていた。

「観察記録も毎日つけています。ご覧になりますか？」

「そうだな。あとで見せてくれ」

その記録をもとに、多くの者が鶏の世話をできるようになれば、いずれは家畜としての鶏をこの村に根づかせることも可能となるだろう。

――ささやかなことだが、こういうのは早めにやっておかねえとな。

自分たちが乗ってきた幌馬車を、ルシードは裏手まで運ぶ。馬を解放してやりながら、オスワット王国へ行ってきたことをプロテウスに話し、このあと村長の家に向かうことを告げた。

「わかりました。私も残りの仕事を片付けたら村長さんの家へ行きます」

「俺も手伝おうか？」

ルシードが聞くと、プロテウスは首を横に振る。

「これは私の仕事ですから。ルシード様はご自分の仕事をなさってください」

「そうか。じゃあ、あとでな」

ルシードたちは厩舎を離れた。その際、幌馬車に積んでいる荷物の中から、子供の頭ほどの大きさの黒い壺だけをルシードは持っていく。壺は球形に近く、ふたがしっかりされていた。

「お兄様。他のものは運ばなくていいんですの？」

「重いものが多いからな。いまはこいつだけでいい」

村人たちと挨拶をかわしながら三人は歩いて、村長の家に着く。ルシードは両手がふさがっているため、ファルが扉を叩いた。

応対に出てきたのは村長だ。真っ白な短い髪と太い眉を持ち、鼻から下が豊かな白髭《しろひげ》に覆われている小柄な老人である。

「帰ってきたか。おまえさんたちに客人が来ているぞ」

村長は相好《そうごう》を崩して、ルシードたちを居間へと通した。

居間の床には絨毯が敷かれており、窓から日の光が射しこんで薄明るい。

その片隅にひとりの娘が座って、膝の上に古びた書物を広げていた。

年齢は十六、七あたり。長袖の上着にズボンという格好で、腰に赤い外套《がいとう》を巻いていた。頭にも、赤と朱色が入り混じった模様の布を巻いている。彼女が行商人のリンダだ。

居間に入ってきたのがルシードたちであることに気づくと、リンダは明るい笑みを浮かべて「や」と手をぱたぱた振った。

「おう」と言葉を返すと、ルシードは抱えていた壺を床に置いて、腰に吊していた剣を壁に立てかける。それから絨毯の上に座った。ファルも、聖剣メルサナーシュを若者の剣の隣に並べて、若者の右隣に腰を下ろす。

コンスタンスはルシードの左隣に座った。手に持っていた輝晶杖《サーリオン》はそばに置く。

村長は水を入れた陶杯を四人分用意すると、あとは任せたとでもいうふうに、居間から立ち去った。

「前に会ったのが夏の初めだから、ひさしぶりってほどでもないか。いつ、ここに来た？」

陶杯に口をつけながらルシードが訊くと、リンダは「一昨日」と笑って答えた。

「思ったより短くすんでよかった、ってところかな。事前に約束していたわけでもないしね」

「おまえにしちゃ、ずいぶん待ってくれたもんだな」

意外だという顔で、ルシードはリンダを見つめる。彼女は行商人《ナーヴィ》だ。このような村で何日も待つなど、時間の無駄以外の何ものでもなかっただろう。

――それだけ重大な話ってことか。

村長やヤルマールたちに、言づてを頼めないほどの。

「何を読んでいたんだ？」

リンダが膝の上に置いている書物に、ファルが興味を向けた。リンダは本を持ちあげて表紙を見せる。それは、この村の代々の長に受け継がれてきた、ガイセスの歴史について綴られたものだった。ルシードは読んだことがないが、村長から話を聞いたことはある。

「村長さんから借りたんだ。待っている間、暇だったからさ」

書物を閉じると、リンダは行商人《ナーヴィ》の顔になってルシードたちに向き直った。彼女の黒い瞳は一旦、床に置かれた壺に向けられたものの、すぐに若者たちへと戻る。

「今度はどこに行ってきたの？」

「大陸の南東、オスワット王国ですわ。船に乗って海にも出ましたの」

コンスタンスの説明に、リンダは「はあ」とため息をついた。彼女にしてみれば、はるか遠くの国という認識なのだろう。首をかしげて彼女はルシードに尋ねる。

「そっちの話にも興味あるけど……。あたしとあんた、どっちから先に話そっか」

「おまえの話から頼む。ヤルマールとプロテウスもまだだしな」

「それもそうだね。いい話とよくない話があるんだけど、どっちからにする？」

逆方向に首をかしげて、からかうような表情でリンダは聞いてきた。意表を突かれたルシードは、つい考えこむ。ファルが言った。

「いい話からにしよう。その間にルシードも心構えができるだろうからな」

コンスタンスとリンダがそれぞれ小さく吹きだし、ルシードはきまり悪そうに焦げ茶色の髪をかきまわす。笑いをおさめてから、行商人《ナーヴィ》の娘は言った。

「ウォットンさんのところに持ちこまれた話なんだけど、この村に移住したいってひとたちがいるんだ」

「へえ。早いな」

ルシードの顔に軽い驚きが浮かぶ。ウォットンは、シエティンでも指折りの大商人だ。リンダの紹介によって彼と知りあったのは初夏のころだったが、そのときルシードは、戦などで住むべき場所を失った者や、平穏な生活を望む傭兵などの情報がほしいと彼に頼んでいた。

国の礎となるものは人間だと、ルシードは考えている。どれほど広大で豊かな土地も、そこで生きる者がいなければ荒野と変わらない。

手っ取り早く人口を増やすための手段は二つある。

ひとつは、都市や町、村を征服して支配下に置くこと。

もうひとつは、よそから移住希望者を募《つの》って受けいれることだ。

「半年や一年はかかると思っていたんだが、ありがたい話だな。数は？」

「だいたい二百。ラグラス王国のひとだって。ラグラスってどんな国か、知ってる？」

「当然だ。これでも少し前までは王子だったんだぜ」

「そういうことを言わなければ、まだ王子らしく見えないこともないのにねえ」

からかうようなリンダの台詞を笑って聞き流し、ルシードは絨毯の上に指で楕円形を描く。

三人の視線がそこに集中した。

「この横長の丸が、大陸だ。ラグラスは大陸の北西にある。西でシエティン、南西でカーヴェル、南東でグリストルディと国境を接している」

ラグラスは近隣諸国から「森林と巨獣の王国」と呼ばれている。

由来は、領土の半分近くが木々と山々に覆われていることと、「巨獣《バルカ》」と呼ばれる、立派な角と牙を持った巨大な生き物が棲息していることだ。ラグラス王国は野生の巨獣《バルカ》を飼い慣らして「巨獣兵《バルバート》」と呼ばれる部隊を組織していた。

巨獣兵《バルバート》の恐ろしさは、近隣諸国にも伝わっている。

その突進を正面からくらうと十数人の兵が一瞬で吹き飛ばされる。角で貫かれ、強靭な足に踏み潰される者もいるという。

政治形態は、その環境にくらべれば平凡といってよい。王の下に貴族が、さらにその下に騎士がいて、民がいるという形だ。牧畜《ぼくちく》が盛んという話だが、ルシードはラグラスを訪れたことがないので、詳しいことは知らない。

そういったことを一通り説明し終えると、ファルが質問をぶつけてきた。

「巨獣兵《バルバート》というのは、それほど強いのか?」

「わからねえ」と、ルシードは首を横に振る。

「ここ数年のカーヴェルとラグラスの戦は、国境近くでの小競り合《こぜりあ》いばかりでな。おたがいに大軍を用意してぶつかりあったこともないし、ラグラスが巨獣兵《バルバート》を投入してきたこともないんだ。一度、遠くから見たことはあったが……」

ルシードの表情が苦いものになる。そのときの光景を鮮明に思いだしたのだ。

三アルナ(約三メートル)近い木々がそびえる森の向こうを、灰色の大きな何かがゆっくりと横切っていた。ルシードの目に映ったのは、木々より高い位置にあるなだらかな背中と、そこに据えつけられた大きな籠のようなもの、そして籠の中に立つ武装した兵の姿だった。

推測される巨獣兵《バルバート》の大きさに全身が粟立《あわだ》ったのを、いまでも覚えている。

「小競り合いていどで大事な巨獣兵《バルバート》が傷を負うのは避けたいというところか」

納得したようにファルがうなずいた。陶杯の水を一口飲んで、ルシードはリンダを見る。

「ラグラスについて、俺が知ってるのはこんなところだ。この村から行くとすれば、南西に向かって十四、五日も歩けば国境に着くんじゃねえかな」

「あたしよりもよっぽど詳しいね。それじゃ、ラグラスのいまの状況は知ってる？」

ルシードが肩をすくめると、リンダはおもしろくなさそうな顔で答えた。

「内輪もめでかなりひどいみたい。王族や貴族同士の争いがいくつも起きていて、巻きこまれた民衆は武器をとって立ちあがったり、逃げまわったりしているって……」

「どうしてそんなことになったんですの？　わたしとお兄様がカーヴェルにいた一年ほど前まではでは、そんな状況ではなかったはずですけれど」

コンスタンスが目を瞠《みは》る。ルシードも驚きを禁じ得なかった。この一年の間に、ラグラスでいったい何があったというのか。

「それがね……。ウォットンさんから聞いた話だけど、ルシードたちもまったくの無関係というわけじゃないらしいよ」

困ったような表情でそんな前置きをしてから、リンダは話しはじめた。

一年前、カーヴェル王国において、宰相のアンバートが玉座を奪った。カーヴェルの支配者が突如として替わったのだ。

この事態にどう対処するべきか、ラグラスでは議論が紛糾した。いくつもの主張が乱立し、衝突や融合を重ねて、最終的には二つが残った。

カーヴェルとこれまで通りのつきあいを続けるべきだというものと、追放されたルシード王子を保護してカーヴェルと戦うべきだというものである。どちらの側にも有力な王族や貴族がいて、容易に決着はつきそうになかった。

彼らは国王に決断を求めた。当然のことだったが、これが失敗だった。

悩みに悩んだラグラス王は、決断を下せなくなったのである。どちらかを選べば、選ばれなかった側の王族や貴族らの反感を買うだろうという推測も、王を追い詰めたと思われた。

そうして彼が迷っている間に、二派の対立は深刻さを増していったのだ。

ルシードとコンスタンスは顔を見合わせた。たしかに、自分たちが無関係であるとは言い難い。コンスタンスが口角に皺《しわ》が寄るような笑みを浮かべる。

「一年前、お兄様がラグラスに逃げていたら、いまごろどうなっていたのでしょうね」

「少なくとも、いまよりろくな目に遭っちゃいねえだろうさ」

ルシードは仏頂面《ぶっちょうづら》をつくった。ラグラスに行けば、政争に巻きこまれることがはっきりしているのだ。彼らの都合次第で命を落とす未来さえあっただろう。

「それで王族同士、貴族同士があっちこっちで争うようになったんだって。移住したいっていう二百人は、それ以前から圧政に苦しんでいたんだけど、内輪もめで状況がさらに悪化して、耐えられなくなったってことみたい」

リンダが他人事のような口調で語るのは、相手に入れこみすぎないように気をつけているからだろう。二百人という数をあらためて意識して、ルシードは顔をしかめた。

「この村と同じぐらいの数か」

村長にいてもらうべきだったかと考える。村の人口と同じ数のよそ者が来るとあっては、さすがに彼も不安になるだろう。村人たちも警戒するに違いない。プロテウスに法を作らせているとはいえ、それだけで彼らを安心させるのは難しい。

「その人数だと、この村に移住するのではなく、近くに新たな村をつくる形になるな」

ファルが落ち着き払った態度で言い、ルシードを見る。

「私から、村長に約束しよう。この村の者たちに害を及ぼすようなことは絶対にしないと」

「わたしもファル姉様と同じ意見ですわ。この村は、わたしたちにとっても大切ですもの」

コンスタンスも碧い瞳に決意をにじませて、力強い口調で訴えた。

――二人とも楽観的だな。

ルシードは皮肉っぽく思ったが、気分は悪くない。二人がこの村を、本当に大事に思っていることが伝わってきたからだ。この話に前向きであるのも。

「ルシード。おまえの意見はどうだ？」

陶杯に口をつけながら、ファルが聞いた。

「私とコンスタンスは、ラグラスの民を受けいれたいと思っている。そのために村長や村の者たちを説得することが必要なら、引き受けよう。だが、おまえの考えはまだ聞いていない」

「あ、ちょっと待って。その……よくない話を先にさせてもらいたいんだけど」

慌ててリンダが手を挙げる。ファルだけでなく、ルシードとコンスタンスも怪訝《けげん》な顔で彼女を見つめた。三人を代表して黄金色の髪の剣姫が尋ねる。

「それは、ラグラスに関係のある話なのか？」

「おおいにね」

いつになく真剣な顔でリンダはうなずいた。三人を見据えて、彼女は静かに言葉を紡ぐ。

「カーヴェルが数千の兵を動かして、ラグラスに攻めこもうとしてる」

衝撃が、三人から言葉を奪った。緊迫した空気が居間を凍りつかせて、窓からの陽射《ひざ》しと、さきほどまでの雰囲気をかき消したかに思われた。むろんそれは錯覚だったが、ルシードたちが一瞬、ただならぬほどの寒気を感じたのはたしかだった。

ルシードも、ファルも、コンスタンスも呆然として、声もなく行商人《ナーヴィ》の娘を見つめる。それらの視線を受けとめ、三つ数えるほどの間を置いて、リンダは続けた。

「ウォットンさん以外にも、カーヴェルやシエティンのいろいろな商人から聞いた。間違いないよ。あと、ライサンダー将軍が指揮を執るっていう話もあった」

「ライサンダーだと……？」

ルシードの口から呻き声が漏れる。カーヴェルにおいて、若者がもっとも信頼している騎士の名だ。気を取り直すように陶杯の水を一気に飲んで、コンスタンスが尋ねる。

「リンダさんを疑うわけではありませんけれど、間違いなくライサンダーなんですの？　たしかに彼は高名な将ですが、聞き間違えたとかいうことは……」

「昔、そういう名前の知りあいがいてね。そのせいでしっかり覚えることができたんだ」

焦げ茶色の髪の若者を横目で見て、リンダは口元に苦笑をにじませた。彼女とはじめて知りあったときのルシードは、ライサンダーという偽名を使っていたのだ。

「いま、ラグラスに足を運べば、カーヴェルとラグラスの戦に巻きこまれる可能性が非常に大きいというわけか」

ファルが嘆息する。

ルシードは腕組みをして考えを巡らせていたが、顔をあげて、妹を見た。

「おまえはどう思う？」

コンスタンスは形のよい顎に指をあてて、視線を宙にさまよわせる。

「この一年、カーヴェルでは目立った混乱もなく、アンバートは内政の手腕を充分に示しましたわ。次は戦争に勝つことで、自分の立場を確固《かっこ》たるものにしたいのではないでしょうか」

「だとすれば、損害よりも体面《たいめん》や戦果を重視した、負けの許されねえ戦になる。その相手にラグラスを選んだ理由はなんだろうな？　分裂しているパルミアや、魔物に手間取っているシエティンでもよかったはずだ」

「お兄様の言う通り、シエティンやパルミアについてもアンバートは調べたと思いますわ。その上で、ラグラスがもっとも相手にしやすいと考えたのではないでしょうか。たとえば、ラグラスの混乱をあの手この手で助長《じょちょう》させてみて、手応えを感じたとか」

一国の統治者にとって、隣国の紛争は歓迎すべき事態である。アンバートがそのような好機を見逃すとは考えにくいと、コンスタンスは述べた。

「そうだな。あいつはそういうやつだ」

ルシードの顔が怒りに歪む。カーヴェルの王宮で暮らしていたころ、アンバートに受けた陰湿な嫌がらせの数々を思いだしたのだ。

――しかし、何か引っかかるな……。

釈然としない思いが、ルシードの胸のうちにくすぶっている。妹の推測を否定するつもりはない。だが、それだけではないような気がするのだ。パルミアやシエティンではなく、ラグラスでなければならない、そんな理由があるのではないかと思える。

――考えすぎか。

首を振って、ルシードは雑念を払った。あのアンバートが動きだしたことと、ライサンダーの名を聞いたことで、動揺してしまっただけだ。

「いつものことながら、コンスタンスはよくルシードの考えていることがわかるな」

感心するファルに、魔術士《マギア》の少女は明るい赤い髪を揺らして、得意げに胸を張る。

「たいしたことではありませんわ。お兄様は単純ですから、顔を見れば考えていることなんてだいたいわかりますもの」

「そういうことにしておこうかな」

両手を頭の後ろで組んで、リンダが苦笑を浮かべた。彼女はしかし、すぐに笑みを消して、焦げ茶色の髪の若者に視線を向ける。

「よくない話はこれで終わり。どうする？　あんたの答えはまだ聞いてないけど。ファルシェーラとコンスタンスも、気が変わったなら言って」

「俺は受けるぞ」

ルシードはとくに気負う様子も見せずに即答した。リンダは呆気《あっけ》にとられた顔になる。

「ちゃんと考えた？」

「当たり前だろうが。おまえ、俺をなんだと思ってるんだ」

ルシードは黒髪の行商人《ナーヴィ》を軽く睨《にら》みつけた。

「カーヴェルの狙いが俺の考えた通りなら、ラグラスの民が国を捨てて遠くへ逃げるのはむしろ好都合だろう。負けを認めているように見えるからな。それに、指揮官が本当にライサンダーなら交渉の余地がある」

「ルシードがやるというのなら問題はないな。私の考えは変わらない」

ファルは口元に微笑をにじませて、堂々と宣言する。

「圧政や戦火から逃れたいと思うのは当然だ。たいしたことはできないが、受けいれたい」

「わたしもファル姉様と同じ考えですわ。わたしたちだって、逃げてきたんですもの」

コンスタンスがうなずき、リンダは満足げな笑みを浮かべる。

「ありがとう。どう転がるかわからないけど、引き受けてくれたことは感謝するよ。でも、本当にだいじょうぶだよね？」

「やってみなくちゃわからねえな。上手くいくようにアーマン神にでも祈っててくれ」

アーマンはカーヴェル、パルミア、シエティンで信仰されている神々の一柱で、富や幸運を司る。この神を信仰する者にはやはり商売人が多く、彼らは「俺たちに金を出させるのだから商売上手な神さまだ」などと笑いながら、アーマンを奉る神殿に寄進《きしん》をするのだ。

「はいはい。でも、アーマン神にまつわる逸話の中には、都合の悪いときにだけ神にすがった商人が不運に見舞われて破産した、って話もあるから気をつけなよ」

リンダはおおげさに肩をすくめる。居間にささやかな笑いがもたらされた。

ヤルマールとプロテウス、村長の三人が連れだって居間に姿を見せたのは、リンダとの話が終わってからまもなくのことだった。ヤルマールとプロテウスは身体を拭《ふ》いて、着替えもすませている。

「時間がかかったと思ったら着替えていたのか」

「なんといっても数ヵ月ぶりの謁見《えっけん》でございますので」

苦笑を浮かべるファルに、ヤルマールはやや芝居がかった口調で答えた。一方、プロテウスは直立不動でルシードに深く頭を下げる。

「ルシード様の従者として恥にならないよう、最低限の身だしなみを整えてまいりました」

「ご苦労さん」と、ルシードは少年をねぎらった。プロテウスの仕事は大切なものだが、居間に厩舎《きゅうしゃ》の匂いを染みつかせては村長に申し訳がたたない。

「ちょうど、リンダから話を聞き終わったところでな」

カーヴェルとラグラスの間で戦が起こる気配が濃厚であることを伝えると、ヤルマールとプロテウスの顔にそれぞれ緊張が走った。

さらに、カーヴェル軍の指揮官がライサンダーらしいと聞いて、プロテウスは声を失う。立ちつくす少年の肩を、ヤルマールが安心させるように叩いた。

「坊や。ここはカーヴェルでもラグラスでもない。アスティリアであり、ガイセス村だ。戦は遠くの世界の話で、俺たちに何ら影響はない。それに、ライサンダーという御仁《ごじん》は四将なのだろう。戦は誉れだ」

「悪い、ヤルマール。リンダの話はもうひとつあってな。圧政から逃れるため、ラグラスからここに移住したいって連中がいるそうなんだ。俺たちはその話を受けることにした」

ルシードはすまなさそうに言った。怒っているとも笑っているともつかない奇妙な表情で、ヤルマールは若者を見下ろす。

「今度は、戦が迫っているらしいラグラスに行かれると？」

「ラグラスに行くからって、戦に首を突っこむわけじゃねえよ」

言い訳じみた口調でルシードは答えた。村長が質問する。

「移住を望む者の数はどれほどかな」

「二百人」

「二百人」と、おうむ返しにつぶやいて村長は息を呑んだ。太い眉が震え、小柄な身体がぐらりと傾《かたむ》く。ヤルマールがとっさに村長を支えた。彼の目配せを受けて、プロテウスが慌てて居間を飛びだし、水を満たした陶杯を持って戻ってくる。

「もう少し言い方を考えてくださいまし、お兄様」

コンスタンスが呆れた顔で兄を叱りつけた。ルシードは気まずい顔で焦げ茶色の髪をかきまわす。さりげない調子で答えて驚かせないようにしたつもりだったのだ。

陶杯の水を一気に飲んで、村長はいくらか落ち着きを取り戻した。それからルシードとファル、コンスタンスの三人が老人をなだめつつ、懸命に説得する。とくに強調したのは、ガイセス村を危険な目に遭わせることは絶対にしないということと、移住してくる者たちには新たに村をつくらせることだった。

「なるほど。隣村か……」

村長は感慨深げなつぶやきを漏らす。数百年もの間、この村には縁のない言葉だった。

「みっともないところを見せてしまったな。それなら私も、村の者たちを説得しよう」

「ありがとう。本当に助かる」

村長の手を握りしめて、ファルは心からの礼を述べる。騒ぎはおさまったと判断して、ヤルマールとプロテウスはそれぞれ絨毯に腰を下ろした。

コンスタンスが兄に身体を寄せながら、室内をぐるりと見回す。

「これだけの人数がいると、さすがに少し狭く感じますわね」

「今度は会議室でもこしらえますか」と、ヤルマール。

「そういえば、あの厩舎《きゅうしゃ》は見事な出来だったな」

ファルが率直に褒めると、大柄な戦士は照れたように右手を頭の後ろへ持っていく。

「あれは村の方々にも手伝ってもらいましてね。寒くなる前に完成させたかったので」

そう答えてから、ヤルマールはルシードの手元にある黒い壺に目を留めた。

「ところで殿下。何ですか、そいつは」

「それ、あたしもさっきから気になってたんだよね」

リンダも興味深げに壺を見つめる。ルシードはよく聞いてくれたというふうな笑みを浮かべて、壺のふたを外した。砂粒よりは少し大きいくらいの、黄色がかった無数の結晶の欠片が、壺いっぱいに入っている。

「オスワットで買った黄塩だ。行商人《ナーヴィ》のリンダなら、聞いたことないか？」

「話に聞いたことはあったけど、見るのははじめてだね。これが黄塩かあ」

リンダは身を乗りだして、壺の中を覗きこんだ。

黄塩は、オスワット王国にしかないものだ。海水を煮詰める際に、薬草と、細かく切った海藻、微量の海底の泥を混ぜると、塩がこのような色になるのだという。ふつうの塩にくらべて独特の辛みがあり、オスワットだけでなく、諸国の貴族や幻棲民《イーシャ》の間でも愛用されている。

「村への土産として買ってきたんだが、おまえには何かと世話になってるしな。革袋ひとつ分ぐらいなら持っていっていいぞ」

気前のいいルシードを見て、リンダは眉をひそめた。

「いいの？　これ、かなり高価なものだと思うけど」

「オスワットではふつうの塩とたいして変わらない値段だったぞ」

「そうじゃなくて、オスワットからここまで来る間にかかる関税が――」

そこで、リンダは何かに気がついたように口をつぐむ。怪しいものを見る目をルシードに向けた。若者は悪だくみが上手くいった子供のような、歪んだ笑みを浮かべる。

「行きはともかく、帰りは一度もまともに国境を越えてねえ。馬車ごと町の中に入ったことは一度あったかどうかってところだな」

「笑いごとではありませんわ。野盗《やとう》や魔物が出るという噂の街道だの荒野だのにつきあわされる身にもなってくださいまし」

そのときのことを思いだしたのか、コンスタンスが不機嫌そうな顔になって文句を言った。彼女はルシードを挟んで反対側に座っているファルに訴える。

「ファル姉様も何か言ってやってくださいな。野盗や魔物相手の戦いで、いちばん苦労していたのはファル姉様ではありませんか」

「いうほどの苦労はしていないぞ。手強いと思えるような野盗や魔物には遭遇《そうぐう》しなかったし、ルシードやコンスタンスの援護もあったからな」

こともなげに答えるファルを見て、コンスタンスは諦めたように肩を落とした。

「最近のファル姉様はお兄様に甘すぎますわ。お兄様が調子に乗って取り返しのつかないことをやらかす前に、叱るところは叱って教育しないと」

妹の暴言は聞き流すことにして、ルシードはヤルマールたちに黄塩の壺を向ける。

「味見してみるか？」

ヤルマールとプロテウス、村長、リンダの四人は顔を見合わせた。

「それでは私から」

ヤルマールが先陣を切る。親指とひとさし指で微量の黄塩をつまみ、口に運ぶ。丸みを帯びた顔が強張《こわば》り、口のまわりに無数の皺《しわ》が寄った。

「私の好みからは外れていますが、これはこれでいいものなんでしょうな」

「オスワットの連中の話だと、スープでも肉でも魚でも何にでも使えるってことだったが、個人的には魚だな。淡泊なやつほどうまくなる。あと、野菜にまぶすと苦味が消える」

次いでプロテウスが身を乗りだし、指に黄塩をつけて舐《な》めてみる。村長とリンダも少年に倣《なら》った。プロテウスはびっくりした顔になり、村長は味わうように何度か小さくうなずき、リンダは眉間に皺を寄せて目を細める。

「ふつうの塩とは違って、舌に残る不思議な辛さがありますね」

「でも、水がほしくなるような感じじゃないね。これが黄塩の味かあ。好きになるひとがいるといわれたら、わかる気はする。ルシードの言うように、野菜にはいいかも」

プロテウスとリンダがそれぞれ感想を述べた。村長は何も言わないが、その表情をうかがうと、二人と変わらない意見らしい。ルシードは壺にふたをしながら、村長に笑いかける。

「リンダにやる分以外は、村のみんなでわけてくれ。塩であることに変わりはねえからな」

「わかった。ありがたくいただこう」

塩は生活に欠かせないものだ。遠くの国の風変わりな塩とはいえ、安全なものだとわかれば誰もが受けとるだろう。

「それでだな、村長にひとつ頼みがあるんだ。この塩に強い興味を見せた者や、喜んで受けとった者、すぐに使ってみた者を調べて、教えてくれないか」

村長は考えるように「ふむ」と唸ったあと、確認するような表情でルシードに尋ねる。

「外の世界に興味を持つ者を育てたい、というところか」

「ああ。ちと大げさな言い方になるが、世界の広さを知ってもらいたい。すぐそばにあるシエティンだけが国じゃねえんだ。シエティンからは、カーヴェルにもパルミアにもエルドームにも、それからラグラスにも行ける。それらの国を抜ければオスワットやグリストルディ、幻棲民《イーシャ》たちのいる多島海《ヴエガ》が見えてくる」

「村を飛びだして一旗あげる、というようなものではないのだな」

村長がそのような質問を投げかけたのは、彼が若いころにそうした経験をしたからだろう。村を飛びだしながら何もできずに戻ってきたと、かつて彼が話してくれたことを、ルシードは思いだした。若者はゆっくりと首を横に振る。

「俺が望んでいるのは、変化が起きても、それを受けいれる意識を持ってもらうことだ。移住希望者の件が上手くいけば、ここに隣村ができる。俺たちは村ひとつ増やすだけですませるつもりはない。より国らしくしていこうと思っている。村の連中には、ついてきてほしい」

「わかった。何人か心当たりはあるが、あらためて調べておこう。外の世界に興味を持っていても、旅に出してよい者とそうでない者がいるからな」

「旅に出してはいけない者ってどんな方ですの？」

首をかしげるコンスタンスに、村長は笑って答えた。

「うっかり者だ。好奇心に負けて危険なところへ踏みこむような者や、不用意な言動で揉めごとを起こしがちな者、だまされやすい者はとても外へ出せん」

「まあ、それではお兄様は明日からずうっと村でお留守番ですわね」

「不用意な言動の意味をわかってるか、おまえ」

冷淡な目で妹を睨《にら》む兄に、コンスタンスは口元を手で隠しながらくすりと笑う。

「わたしの発言はやむを得ないものですの。お兄様は言葉にしないとわかってくださらないんですから」

「伝え方に問題があるのではないかと思いますが」

プロテウスが横から口を挟んで、ファルとヤルマールが小さく吹きだした。コンスタンスは言い返そうにも気勢を削《そ》がれてしまい、口をとがらせて黙りこむ。

手持ちの革袋に黄塩を詰めていたリンダが、座をとりなすように話題を変えた。

「ところで、ルシードたちはオスワットに行って何をしてきたわけ？　まさか黄塩を買いに行ってきたわけじゃないでしょ」

ルシードはとっさに言葉に詰まる。ここにいる者たちには話しておくべきことだとわかっているが、アルトに告白されたことなどを思うと、自分の口からは説明しづらかった。

「私から話そうか？」

ためらうルシードを見て、ファルが横から助け船を出す。ルシードは一瞬、すがるような目を彼女に向けたが、すぐに思い直して「いや」と頭を振った。

大切に思っている姉と道を違えることになったという話を、ファルにさせたくはない。

クログスターの部下であるヘドヴィクという女性に協力を求められたことから、ルシードは語りはじめた。

アルトと再会を果たし、河を船で下ってオスワット王国へ行ったこと。どうにか船の都合をつけて、巨人像のある島に向かったこと。そこで幻棲民《イーシャ》の少年を助け、巨人像の秘密について知ったこと。クログスターと遭遇《そうぐう》して、激戦の末に打ち倒したこと……。

最後に、巨人像の扱いや今後の方針についてアルトと意見が対立し、袂《たもと》を分かったことを説明して、ルシードは話を終えた。アルトに想いを告げられたことや、真夜中の船上でファルと想いを通じあったことは、一言も口にしていない。

「聖剣、また増えたの……？」

リンダが呆れた顔になる。エルドーム王国のラーマス鉱山で、朽ち果てた聖剣が発見されたことは、彼女に話してあった。

ルシードは、リンダに負けないしかめっ面をつくる。

「こっちだってうんざりなんだよ。今度、詳しいやつに話を聞きに行くつもりだがな」

「しかし、これで四本も聖剣があることになりますな」

ヤルマールが気遣《きづか》わしげな表情でファルを見る。ファルは部下を安心させるように、余裕のある笑みを浮かべてみせた。

「気にすることはない。どちらの聖剣も、メルサナーシュとはまったく形が違うからな」

「と申しますと？」

首をひねるヤルマールに、ルシードが説明する。

「自分の聖剣こそが本物でございい、なんて言えねえってことだ。シエティンにも、パルミアにも、聖剣を持った像や壁画なんかがたくさんあるだろう。あいつら自身、いままで公の場では何も言ってねえからな」

ルシードの知るかぎり、アルトもクログスターも、ファルの聖剣を否定してはいるものの、自分こそが本物の聖剣を持っていると発表したことは一度もない。

「言われてみればそうだね。あたしも聞いたことないや」

行商でパルミアを通っているリンダが聞いたことがないとなると、間違いないだろう。

「だから、うちが本物、元祖だってことには変わりねえ。しかしまあ、なんだって急に聖剣が何本も出てきたんだかな……」

ルシードたちが聖剣メルサナーシュを手に入れたのは、自分たちの意思で未踏地《ナルグタムス》へ足を運んだからだ。エルドームへ行ったのも、クログスターと戦ったのもそうだ。だが、こうも聖剣に遭遇《そうぐう》すると、奇妙な巡り合わせとでもいうものを感じてしまう。ルシードにとって、それはあまりおもしろくないことだった。

――しかも、ファルの聖剣とはまた違う妙な力を持っていやがるときたもんだ。

アルトの持つ聖剣リーングラムには、その形状を変える能力があった。クログスターの持つ漆黒の剣は、魔術を打ち消す力を備えていた。

とくに、アルトの聖剣の力は気になるところだった。どんなふうにでも形を変えられるのならば、メルサナーシュに似せることも可能かもしれない。そうしていないということは、何らかの理由で無理なのだろうとルシードは思っているが。

話がひと段落したところで「あの」と、プロテウスが遠慮がちに質問する。

「アルトレイア殿下とファルシェーラ殿下は、ルシード様を巡って争ったということでしょうか？　お話を聞いていて、何となくそう思ったのですが」

ルシードは愕然とした。顔から血の気が引いて真っ青になる。そう思わせるような言い方をどこかでしてしまったのか、それともプロテウスの直感が優《すぐ》れているのか。

「冗談だとしても、おもしろくありませんわね」

少年の疑問を鼻で笑って、コンスタンスが否定する。

「プロテウス、よろしくて？　アルト姉様はいずれ、クログスターなどという小悪党を打ち倒してパルミアの統治者となる方ですのよ？　容姿、能力、家柄、将来性などを兼ね備えた殿方がよりどりみどりだというのに、わたしのような妹がいることぐらいしか取り柄のないお兄様を巡ってファル姉様と争うなんて、天地がひっくり返ってもありえませんわ」

ルシードは右手の握り拳を左手でさりげなく隠して、妹に拳骨《げんこつ》を見舞ってやりたい衝動を懸命におさえた。自分のために言ってくれたのはわかるが、まったく不用意な言動の生きた見本というべきではないか。

「さあ、ファル姉様も遠慮なくおっしゃってくださいな。お兄様は大切な戦友であっても、それ以上の間柄ではないと」

弁舌《べんぜつ》を振るって興《きょう》が乗ってきたのか、コンスタンスはファルに水を向ける。ファルは小首をかしげて紫水晶の瞳に若者の顔を映すと、小さく笑った。

「そうだな。私の理想はもう少し高い。ただ、ルシードがそこまでのぼってくるというなら、やぶさかでは……いや、期待しないこともないかな」

これで否定しているつもりらしい。ルシードは頭を抱えたくなった。

案の定というべきか、二人分の疑わしげな視線が若者に突き刺さる。リンダと、ヤルマールのものだ。もっとも、面白がっているリンダに対し、ヤルマールの顔つきは真剣で深刻だが。好々爺然《こうこうやぜん》とした表情で自分たちを見守っているのは村長だけである。

もともとヤルマールには、あとでひそかに事情を説明するつもりだったのだ。ファルの忠臣である彼に、話さないわけにはいかなかった。

――まあ、いいか。


その日の夜、ガイセス村ではルシードたちの帰還を祝って、ささやかな宴が催された。宴の場にはいくつものかがり火が焚かれ、ファルやコンスタンスは子供たちに囲まれて、ルシードは旅の話を村の者たちに語って聞かせた。

村長が黄塩のことを村の者たちに説明し、ほしい者は受けとりにくるようにと告げると、歓声があがった。人々は酒を飲み、歌い、踊った。踊りにはヤルマールやプロテウスにリンダも参加し、いくつもの笑い声が闇の中に弾けた。

そうして夜も更《ふ》けたころ。ファルは宴の場から離れて、自分の家にいた。

ファルの家は空き家を修繕《しゅうぜん》したもので、ルシードたち兄妹の家よりひとまわり小さい。そして、彼らの家と同様に居間と寝室しかなかった。

居間にひとつだけある窓のそばには花瓶が置かれ、ヒソップが青い花を咲かせている。花瓶も花もファルが用意したものではなく、子供たちから贈られたものだった。

他に室内を彩っているものは、木製の台に飾ってある白銀の鎧、鞘に収められた聖剣、大小何本かの木剣、壁にかかっている何種類かの外套《がいとう》、星盤《レランガ》の駒と台といったところだ。星盤《レランガ》は、円形の盤面で交互に駒を操って勝敗を競う遊戯《ゆうぎ》である。

部屋の中はきれいに整頓《せいとん》されているが、女性の部屋という印象を与えるものはせいぜい花ぐらいだろう。以前、見かねたコンスタンスが「もう少しお部屋を華やかにしてみては」と言ったことがある。それに対するファルの返答は「外套を広げて壁にかければカーテンのように見えないか」であり、それきり魔術士《マギア》の少女は何も言わなくなった。

そんな居間で、ファルはヤルマールと向かいあうように座っている。二人の間には柄の短い燭台《しょくだい》があり、小さく灯った火が主従の顔をぼんやりと照らしていた。

「ファルシェーラ様。大事な話があるとのおおせでしたが」

いつも通りの飄々《ひょうひょう》とした態度で、ヤルマールが切りだす。話があると事前にファルが伝えていたため、彼は宴の場で酒を控えめにしていた。

「せっかくの宴だったのに、すまなかったな」

「お気になさらず。夏の間は、村の者たちに誘われてよく呑んでいましたから」

申し訳なさそうな顔をするファルに、ヤルマールは笑って太い首を左右に振る。屈託のない表情を見せる部下に、剣姫の心は重くなった。「すまない」と、もう一度言う。

——私とアルト姉様が手を携えてともに歩むことを、おまえは望んでいただろうに。

表面上は笑っていても、ヤルマールの心は落胆と悲嘆に満ちているに違いない。

そのことをわかっていながら、ファルはこの大柄な戦士に過酷な命令を下そうとしている。他の誰でもなく、自分が言わなければならなかった。

「昼にルシードが話した巨人像の島の件だが、あいつが黙っていたことがある」

ファルが話したのは、ルシードがアルトに想いを告げられ、それを断ったことだ。ヤルマールは眉ひとつ動かさず、無言で耳を傾《かたむ》けていたが、話を聞き終えるとため息をついた。

「プロテウスの坊やの勘は、正しかったというわけですか」

「しばらくは他言無用としてくれ。その上で、おまえに頼みたいことがある」

ここからが本題だ。夜気に劣らぬ冷たさを帯びた声で、ファルは続けた。

「一年前、おまえたちがはじめてこの村に来たときのことだ。おまえは言っていたな。パルミアという国よりも、私に忠誠を誓っている兵が多数いると」

ヤルマールは両眼に真剣な輝きを灯《とも》し、うなずくことで肯定する。

もともと彼らは、先発隊のようなものだった。いますぐファルのもとに駆けつけたいが、大勢で動けば騒ぎになるだろうし、まずはファルの現状を確認しようということになって、ヤルマールをはじめとする五十人が選ばれ、ガイセス村を訪れたのである。

そして「五十人も食わせる余裕はないわい」というルシードの一言で三十人がパルミアへ帰り、二十人が村に残ったのだ。

「一ヵ月半で、一千の兵をこの村に連れてきてくれ。武具もそろえてくれると助かる」

ヤルマールの無表情が崩れて、唖然《あぜん》とした顔になった。この村からパルミア王国へ行くだけでも、馬を使って六、七日はかかる。往復すればその倍だ。あまりに無茶な要求である。

「恐れ入りますが、もしかして酔いが残っているのではありませんか……？」

「酔っ払った頭でこんな話ができるわけないだろう」

にこりともせず、ファルは答えた。剣姫の意思の強さを感じとって、大柄なパルミアの戦士は率直に疑問をぶつける。

「理由を聞かせていただけますか」

「私とアルト姉様は、異なる道を歩むことになった。私に忠誠を誓いながらも、いまパルミアにいる者たちは、クログスターのもとではなくアルト姉様に従っていることと思うが」

姉のことを、ファルは変わらず「アルト姉様」と呼んでいる。ヤルマールの手前、言葉を取り繕っているわけではない。いまでも姉を慕《した》う気持ちに偽りはないからだ。

戦場で敵同士として対峙することがあれば、ひとりの戦士として剣を振るうつもりだが、それでも尊敬と親愛の念を捨てるつもりはなかった。

ファルの表情からそのことを察したのか、ヤルマールは安堵《あんど》に表情を緩《ゆる》める。

「大半はその通りです。ごく少数ながら、姿を隠したり、中立の立場を標榜《ひょうぼう》したりしている者もおりますが」

「黄金の美姫」「黒真珠の美姫」と並び称された姉妹がいずれ手を取りあうと、彼らは当然のように信じていた。二人が対立することになるなど、夢にも思わなかったのだ。ファルのもとへ駆けつけるときがくるまでアルトに従うのは、当然の選択だった。

「アルト姉様は、彼らをそのままにしておかないだろう。有能な者は懐柔《かいじゅう》し、そうでない者やなびきそうにない者は戦場に送るか、僻地《へきち》へ左遷《させん》すると思う。そうなる前に手を打ちたい」

ヤルマールは顔を曇《くも》らせた。ありえないと否定したいが、できないのだ。ファルとアルトがおたがいに刃を向けて戦う事態を、彼は想像できなかったのだから。

「そのように考えたのは、ルシード殿下ですか？」

「そうだ」

ファルは素直に認めた。

「言われたときには驚いたが、アルト姉様ならやるだろうと思えた。いまの姉様はパルミアの半分を背負っている。クログスターと戦わねばならず、その一方でカーヴェルやシエティン、それに私の動向にも注意しなければならない。必要とあれば……」

そこでファルは言葉を切る。室内に沈黙が訪れた。燭台《しょくだい》の明かりが、二人の顔を下から静かに照らしている。ヤルマールの顔の陰影に奇妙な凄みがあるのは、内面での葛藤《かっとう》がにじみ出たのかもしれなかった。彼は新たな疑問を投げかける。

「一ヵ月半という期限は、どういったわけですか？　一千の兵を集めることなど造作《ぞうさ》もないと言いたいところですが、それも充分な時間があってこその話です」

「おまえが無事に兵を連れてくることを前提として話すが」

王女としてではなく、一軍の指揮官としての表情でファルは答えた。

「冬が来る前に一度、兵を動かしたい。冬を越すための食糧や金銭を調達したいんだ。ウォットンに用意してもらうこともできるが、あまり借金は増やしたくないからな」

春になるまで待っていたら、アルトに充分な時間を与えてしまい、兵を連れてくることは困難なものとなるだろう。そして、多数の兵を抱えようとするなら、彼らを食わせていかねばならない。秋のうちに行動を起こすには、一ヵ月半で兵をそろえる必要があった。

「なるほど……」

ヤルマールはようやく納得して、こちらも指揮官らしい顔つきになる。この場には二人しかいないとわかっていながら、彼の声は自然と低くなった。

「兵を動かすとおっしゃいましたが、どこかに戦を仕掛けるということでしょうか」

ファルは不敵な笑みを浮かべた。紫水晶の瞳の奥に戦意が輝き、それが燭台の明かりを反射して、ヤルマールがおもわず見惚れるほどの煌《きら》めきを放つ。

「三案ある。行き先はそれぞれラグラス、シエティン、エルドームだ」

二人の間の床に、ファルは指で大陸を描いた。

「まずラグラスに向かう場合だが、移住希望者たちの脱出を支援しながら、略奪を行う。とはいえ、あまり町や村を襲いたくはない。領主貴族の軍に打撃を与えて脅しつけ、食糧や金品を出させるのが望ましい。その一方でカーヴェル軍の動きを警戒しつつ、冬が迫る頃合いを見計らって引きあげる」

「よく言って野盗《やとう》の所業《しょぎょう》ですな」

ヤルマールは顔をほころばせた。ファルの意図を、彼は明確に悟っている。

「これに懲《こ》りて圧政をあらためるように、というのも付け加えますか？」

「おまえの言う通り、野盗も同然だからな。説教じみた真似はしたくない」

ファルは首を横に振ると、シエティンの話に移った。

シエティンは、日中でも姿を現す魔物たちの存在に悩まされているのだが、なぜ、このようなことが起きているのか解明できておらず、根本的な対策も立てられていない。

そのため、報告を受けたら軍が討伐に行くという場当たり的な手しか打てず、不満から、貴族諸侯の間で対立が生じているということだった。

ファルたちには、ヤルマールのいうところの「出稼ぎ」という実績がある。

これに加えて、シエティンの大商人であるウォットンを頼れば、彼らの争いに介入することも可能だろう。

「何件かの魔物退治を我々が引き受けると申し出て、そこから話を広げるわけですな」

「そうだ。最後にエルドームだが、こちらは野盗の討伐が中心となる」

エルドーム王国は、復興の最中にある。王都をはじめとする大都市の周辺は治安も回復し、ひとの行き来も元に戻りつつあるが、辺境には野盗が出没し、イフリートの被害からまだ立ち直れていない町や村を襲っているのだという。アスティリアにとって、エルドームに新たな貸しをつくりつつ、友好関係を強めるいい機会といえる。

「ラグラスの件をリンダ嬢から聞いたのは、今日でしょう。よくこれだけ考えましたな」

ヤルマールはしかつめらしい顔で、そんな感想を述べた。ファルは肩をすくめる。

「実はな、パルミアから兵を連れてくることは、村に着く前にルシードと話しあって決めていたんだ。そのときは、エルドームかシエティンに向かうことを考えていた。とくにエルドームなら、大人数が安全に冬を越すための場所も借りられそうだしな」

種明かしをすませた黄金色の髪の剣姫は、率直に部下に問うた。

「おまえはどれがいいと思う？」

「ファルシェーラ様はラグラスに行きたいのでしょう」

あっさりと言われて、ファルは戸惑《とまど》いも露《あら》わにヤルマールを見つめる。

「何年、あなたにお仕えしていると思っているのです？」

ファルが初陣を果たした十四歳のときから彼女に従ってきた戦士は、大きく突きでた腹を揺らして笑った。しかし、彼はすぐに真面目な表情に戻る。

「ラグラスの現状が、リンダ嬢の話とは違うものだったらどうしますか？　移住を望む者たちもどこまで覚悟しているやらわかりませんし、カーヴェル軍がこちらの予想もつかない動きを見せることもありえます」

「状況にもよるが、まるで話が違うようなら、移住希望者たちとあらためて交渉するしかないな。どうしようもなくなったら、そのときはシエティンに行く。カーヴェル軍については、さきほども言ったように警戒は怠らないが、基本的にはルシードに任せる」

もしもルシードとライサンダーの間に話しあいが成立すれば、カーヴェル軍を脅威として考えずにすむかもしれない。ファルとしては、それを期待したいところだった。

「では、明日の早朝にはここを発《た》って、懐かしきパルミアに向かうとしましょう。部下は全員連れていってよろしいですか？」

ヤルマールの言葉に、ファルは難しい顔をする。

「すまないが、二人ほど選んでエルドームに向かわせてくれないか。念のために金の無心をしておきたい。コンスタンスも、リュシール宛てに手紙を書くと言っていたしな」

ラグラスでの行動が上手くいかず、食糧すら手に入れられずに撤退を強《し》いられた場合、兵たちは飢えに苦しむこととなる。そのような事態に陥《おちい》るのは避けたかった。

「わかりました。少し苦しくなりますが、なんとかしましょう」

渋ることもなく、ヤルマールは請け負った。彼にしても、安心できる材料はひとつでも多い方がありがたい。「頼む」と、ファルは頭を下げる。

「ときに、ファルシェーラ様。ひとつお尋ねしたいことがあります」

居住《いず》まいを正して、ヤルマールは主たる金髪の王女をまっすぐ見つめた。

「アルトレイア様とは、もはや和解はかなわぬのでしょうか」

「そんなことはない」

ファルは首を横に振った。その瞳には希望と期待の光が淡く輝いている。

「今回の行動は、和解につながる第一歩と考えてほしい。これはルシードの台詞だがな」

「どういうことでしょうか？　アルトレイア様の兵を引き抜く形になるのですから、和解どころか恨まれるでしょう」

本当にわからなかったので、ヤルマールは尋ねた。ファルは口元を緩《ゆる》める。

「やり方次第だ。アルト姉様のところにいた兵が、私たちのもとへ来た。たとえばクログスターなどは、これをどう捉えるか。私たちが仲違いをしたと思うか、姉様が私を支援していると考えるか……。後者だと思わせれば、クログスターはこちらを警戒せざるを得なくなる」

「ルシード殿下らしい理屈ですな」

ヤルマールは苦笑しつつも、一理あることを認めた。ファルは真面目な表情で続ける。

「私はパルミアには戻れないし、私たちの国を捨てるつもりもない。姉様も同じ考えだろう。私と姉様が和解するには、対等とまではいかずとも、このアスティリアが相応に力をつける必要がある。アルト姉様が私たちを味方につけようと思うぐらいに」

感情面での亀裂の修復は、原因が原因なだけに難しい。ならば、ひとまずは別の形で手を結べるようにするべきだというのがルシードの考えだと、ファルは説明した。

「感謝します、ファルシェーラ様。これなら兵たちにも説明しやすくなるというものです。ところで、最後にもうひとつだけ、質問を許していただけますか」

とくに警戒もせずにうなずいたファルだが、次の瞬間には後悔していた。

「ルシード殿下のどこを気に入ったんです？」

「なっ」

ファルは声を詰まらせ、顔を真っ赤にして黙りこむ。それまでの神妙な顔つきとは打って変わって、ヤルマールは目をいやらしく細め、口の両端を吊りあげてにやにや笑っていた。

「兵たちを連れてくるために、こいつはぜひとも知っておかなければならんことなのです。ファルシェーラ様がたちの悪いろくでなしに引っかかっていると誤解し、心配する者が出てくるかもしれないでしょう。まして、ルシード殿下の顔と言動は、兵たちの考える王子というものから少し、いや、かなり、いやいや、ずいぶんとかけ離れていますからなあ」

「顔は悪くないと思うのだがな。あれで愛敬もあるし……」

拗ねるように視線をそらして答えたファルを、恋する少女を見守る親戚のような顔でヤルマールは見つめた。まさしく恋人の贔屓目《ひいきめ》のような台詞だと思ったのだ。

「それだけでは兵を連れてくるのは難しゅうございますな。ファルシェーラ様の考える、ルシード殿下のよいところをもっと教えていただけませんか」

ファルは顔をますます赤くして、忠実な部下を睨《にら》みつけた。

「おまえ、からかっているだろう……？」

「いえいえ、これはアスティリアの未来のために必要なことでございますれば」

もちろんからかっているのだが、ヤルマールの言っていることは、でたらめというわけでもない。主の隣に立つ男の存在が気になるのは、部下として当然である。

ファルは二十を数えるほどの間、沈黙を続けることで抵抗を試みたが、ヤルマールは悠然《ゆうぜん》と待ち続けた。ここはファルの家であり、主従関係からしても一言「出ていけ」といえばすむ話なのだが、それが思いつかないほどに剣姫の頭は熱くなってしまっている。

ついに根負けして、ファルはぽつぽつと話しはじめた。ヤルマールと決して視線を合わせようとせず、天井や壁を見たり、意味もなくスカートの裾をつかんだりしながらだったが。

「その、何だ。ルシードはああ見えて優しいし、いざというときには、決して逃げない勇気も持っている。発言や態度に粗野《そや》なところはあるかもしれないが……」

「ははあ」

「興味深い話をたくさん知っているし、いろいろなことに詳しい。魔物との戦いで助けられたこともある。威厳や風格とは無縁で、子供たちにからかわれるのもそのせいだろうが……」

「ほほう」

「顔だって、真剣にものごとにあたるときには凛々《りり》しく引き締まっているし、武芸にしても、知恵や技術を駆使する戦い方というだけの話だ。悪だくみをしているときの顔つきは凶悪そのものだし、ひねくれていることは間違いないが……」

「へへえ」

ヤルマールはてきとうに相槌《あいづち》を打ちながら、ファルの表情を観察している。ルシードの欠点をいちいち挙げているのは、真面目に考えすぎて、公平さを保とうとした結果だろう。もっとも、語尾を濁《にご》しているあたり「それもまたルシードのよさだ」と付け加えかねない雰囲気だ。

「他には……そうだな、ここのところ私に気を遣いすぎているのは問題だな。アルト姉様のところにいる兵をおまえに連れてこさせるという命令も、ルシードが出すつもりだったんだ。姉様に打撃を与えることで、私が心に傷を負わないようにとか、ヤルマールの苛立《いらだ》ちが私に向かないようにとか考えたそうだが、さすがに怒った」

そうしてファルはルシードの長所と短所を挙げたり、小さいころのことや最近の出来事などを話したりしていたが、ふと壁に飾っている聖剣メルサナーシュに視線を向ける。

「あれは三人で――私とルシードとコンスタンスで手に入れたものだ。誰が欠けても、いまこうしていることはできなかった。アスティリア建国は、私の想いだけで終わっていただろう」

「よくわかりました」

そろそろ腹いっぱいだといわんばかりの顔で、ヤルマールは笑った。

「兵たちには、ファルシェーラ様が深く信頼されている御仁《ごじん》であると伝えておきましょう。おうかがいしたことを正直に話せば、恋人のいない兵が辛いでしょうからな」

ファルは再び頬を赤く染めて、うつむいた。


ライサンダーは、石畳の敷き詰められた中庭に黙然とたたずんでいた。見事な装飾をほどこした白銀の甲冑を着こんで、大盾を背負い、腰には剣を帯びている。

この甲冑は四将だけが着用を許されているものであり、大盾は「白銀の盾」たるライサンダーに与えられたものだった。

今日が出陣の日だ。空は忌々しさを感じるほどに晴れ渡り、この中庭にも陽光が降り注いでいる。総指揮官でなければ、ライサンダーは真剣に悪天候を願っただろう。

中庭の四方には円形の花壇が配され、中央には立派なつくりの台座があり、その上に一体の石像が立っている。つばの広い帽子をかぶり、ゆったりとしたローブをまとって、襟の大きなマントを羽織《はお》り、手には杖を持った女性の像だ。豊かな髪は腰に届くほど長い。

カーヴェルの初代国王エスカラスの妃ヴァイオラである。魔術士《マギア》で、彼女が杖を一振りするだけで嵐が起き、炎が暴れ、雷が地上に降り注いだといわれている。エスカラス自身も魔術士《マギア》だったという話はあるが、公の記録にそのような記述はなく、伝説の域を出ない。

エスカラスはヴァイオラに何度も助けられ、周囲の反対を振り切って彼女を妃とした。彼女は国王との間に何人かの子をもうけたが、いずれも魔術士《マギア》としての能力を備えていたという。カーヴェルが「魔術士《マギア》の王国」と呼ばれるようになった所以《ゆえん》だ。

もっとも、三代目以降は魔術士《マギア》としての素質を持つ子が生まれたり、生まれなかったりと安定しない。先王ヴァシレウスとその妃メルヴィナとの間には二人の王子とひとりの王女が産まれたが、魔術士《マギア》としての能力を持っていたのは、王女のコンスタンスだけだった。

ちなみに、二人の王子はいずれも若くして亡くなっている。平民として生きていたルシードが急遽《きゅうきょ》、王子として擁立《ようりつ》されたのにはそのような事情があった。

ヴァイオラの像を、ライサンダーは胸を締めつけられる思いで見上げる。妻のハーミアを思いだしたのだ。ハーミアは魔術士《マギア》ではないが、彼女の髪の長さと背の高さはこの石像と同じぐらいだった。

ライサンダーは妻の無事を神々に祈っていたが、近づいてくる足音と甲冑の響きが、彼を現実に引き戻した。

「──待たせてしまったかな、ライサンダー卿」

明るく親しげな声が、ライサンダーの背中にぶつかって滑り落ちる。湧きあがってくる怒りを胸の底に押しこめてから「白銀の盾」の異名を持つ騎士は振り返った。

彼の視線の先には、二人の男が立っている。ひとりは紫の絹服をまとった宰相アンバート。もうひとりは鈍色《にびいろ》の甲冑を身につけた騎士だ。背の高さや体格は、ライサンダーと並んでも見劣りしないだろう。栗色の髪は肩にかかるぐらいの長さで、顔だちは整っているが、それ以上にこちらを見下すような目つきが印象に残る。

ライサンダーはその騎士を知っていた。ベネディクトという名で、年齢は二十七。ライサンダーの二つ下である。部下に対して気前よく、実力もあるのだが、目上の者に媚《こ》びる態度が露骨なために、周囲の評判はいまひとつといった男だ。アンバートがこの国を奪ったときは、すぐさま駆けつけて忠誠を誓ったという話だった。

甲冑姿のライサンダーを、アンバートは満足そうに見つめた。

「さすが『白銀の盾』だ。立派な出で立ちではないか」

ライサンダーがこの中庭にいたのは、アンバートが来るのを待っていたからだ。亜麻色《あまいろ》の髪の宰相は、傍らに控えるベネディクトを見る。

「ベネディクト卿のことは知っているかな。今度の戦では、彼がおぬしの副官を務める」

監視役ということか。ライサンダーはそう理解した。

非友好的な目つきはそのままに、ベネディクトは黙礼する。ライサンダーは礼儀として会釈《えしゃく》を返したが、それ以上は彼にかまわなかった。

「──宰相閣下」と、ライサンダーはアンバートに頭を下げる。

「王都を発《た》つ前に、ハーミアに……我が妻に一度だけ会わせてもらえないか」

アンバートは黙っているが、その顔に浮かぶ笑みは別のものへと変わっていた。人質の有効性を、あらためて確認する笑みだ。ライサンダーは懇願《こんがん》を続けた。

「言葉をかわせるほど近くに、とまでは言わぬ。遠くから見るだけでいい。戦場では何があるかわからない。今生《こんじょう》の別れになるやもしれないのだ」

「近隣諸国にまでその武名を轟《とどろ》かせたライサンダー卿ともあろう方が、情けないことをおっしゃるな。四将の地位と『白銀の盾』の異名をどのようにお考えか」

冷笑を含んだ声でそう言ったのは、ベネディクトだ。ライサンダーは拳を強く握りしめたものの、反論はしなかった。ただ、アンバートに頼みこむ。

「奥方を愛しく思うライサンダー卿の気持ちはよくわかる。私にも妻がいるのでな」

いかにも同情するような口ぶりで、アンバートは何度もうなずいた。それから、彼は悠然《ゆうぜん》と首を左右に振る。

「だが、会わせることはならぬ」

「どうあってもか」

「奥方への強い想いは、おぬしをいっそう奮戦させるだろう。一日も早くことを成し遂げ、王都に帰還しようとな。ゆえに会わせることはできぬ。だが、安心してほしい。以前にも言った通り、奥方はこの王宮で不自由なく過ごしている。実はさきほど会ってきたのだが」

おもわずライサンダーは顔をあげる。その反応を楽しむようにアンバートは続けた。

「ご武運をお祈りしています、と伝えてほしいと。騎士の妻の鑑《かがみ》というべきだな」

「まったく、うらやましいかぎりで」

ベネディクトが追従《ついじゅう》の表情を浮かべる。アンバートはライサンダーの肩を軽く叩いた。

「では行かれるがいい。見事、任務を達成すれば、奥方と再会できるだけではない。地位でも領土でも、望むだけの褒美をおぬしに与えよう」

妻の姿を思い浮かべ、奥歯を噛《か》みしめてライサンダーは耐える。ぎこちない動作でアンバートに一礼すると、踵《きびす》を返して歩きだした。甲冑を鳴らしてベネディクトがついてくる。

軽薄な笑みを浮かべながら、彼は実務的な話を進めた。

「我々は街道の警備という名目で北へ向かい、ラグラス西部を通過して、ガイセス村とやらを目指します。兵の数は五千。ラグラス西部を治めている領主貴族とは、すでに話がついておりますゆえ、ご心配なく。連絡をとりあうために、何日かは国境に待機することになりますが」

ライサンダーは黙ってうなずいた。ここまでは、知っていることとの確認だ。

アンバートの戦略は、なかなかに凝《こ》ったものだった。

街道の警備を装《よそお》って、本音はラグラス侵攻だと思わせ、ガイセス村を攻めるという真の目的は直前まで隠しておこうというのだ。

――名目というが、しっかりと街道の警備になっているところが上手いやり方だ。

五千もの兵が街道を進めば、街道の周辺を根城にしている野盗《やとう》や山賊は逃げるか、息を潜めてやり過ごすしかなくなる。街道の安全はひとの行き来を活発にするだろう。

ベネディクトが説明を続ける。

「宰相閣下から、国境に着くまでの行軍は速さよりも、足並みを乱さず、兵の士気を高めることを優先するようにとおおせつかっております。日数はかかってもかまわないと。これもよろしいですな」

それによって街道沿いの町や村を安心させ、また軍の統制がとれていることを周辺諸国に印象づけ、さらにルシードを油断させてこちらの狙いに気づかせないことが目的だ。

アンバートはコンスタンスを手に入れるだけでなく、統治者として複数の目的をまとめて達成しようとしているのだ。ライサンダーは苛立《いらだ》ちを覚えつつも、感心せざるを得ない。

「五千の兵は、すでに王都の外にそろっております。歩兵が四千五百。騎兵が五百。これに輜重部隊が加わります。歩兵、騎兵ともに指示通り、軽装にするよう命じてあります」

中庭を抜けて、王宮を出るべく二人は回廊を歩く。

「兵ですが、歩兵のみで編成される三千の第一部隊と、歩兵と騎兵からなる二千の第二部隊にわけます。ライサンダー卿には総指揮官と、第一部隊の指揮を務めていただきます」

初耳だった。ライサンダーは歩みこそ止めなかったが、その足どりがにぶいものになる。

「第二部隊の指揮は誰がとるのだ」

「ロンガヴィル将軍です」

ライサンダーは息を呑んだ。四将の筆頭であり、アンバートの叛乱に加担した男だ。齢五十を超える老将ながら、軍勢の指揮能力と実績ではライサンダーも及ばない。武芸に関してはさすがにライサンダーが勝るものの、熟練の騎士と互角以上に戦える技量の持ち主である。

「四将を二人も使うとは、ずいぶんと贅沢《ぜいたく》だな」

「宰相閣下は、それだけ今度の戦を重要視しておられるのですよ」

嘘ではないが、それがすべてでもない。ライサンダーが兵を率いておかしな行動に出たら、ロンガヴィルがただちに叩き潰すということだ。数の上ではライサンダーの率いる第一部隊が多いが、騎兵はロンガヴィルの指揮下にある。

王宮を出たところで、ベネディクトの説明は終わった。彼は下卑《げび》た笑みを浮かべながら前に出て、ライサンダーの隣に並ぶ。

「それにしてもライサンダー卿の奥方は実に若く、美しい方ですな。言い寄ってくる男どもが絶えないのではありませんか。ひとの妻でなければ、いや、ひとの妻であってもと思う者がいてもおかしくないほどの美貌《びぼう》で――」

「ベネディクト卿」

不意に、ライサンダーは足を止めた。ベネディクトが同じく立ち止まったのは彼につられたからではない。金髪の騎士の視線と声音《こわね》が、彼の足を地面に縫いつけたのだ。

「いまのうちに言っておくが、もしもよこしまな思いを持って妻に近づく者がいれば、私はただですませるつもりはない。相手が何者であっても、どのような地位についていようと、たとえ数千、数万の兵に守られていたとしてもだ」

ライサンダーの声は落ち着いていたが、その眼光の鋭さと烈しさは、ベネディクトをひるませるのに充分だった。声を失って立ち尽くす栗色の髪の騎士から視線を外すと「白銀の盾」は何ごともなかったかのように歩きだす。

ベネディクトが足を動かすことができたのは、ライサンダーが三十歩ばかり先を行ったころだった。

王都を囲む城壁を出ると、ベネディクトの言った通り、兵たちが整列していた。

歩兵たちは鉄片で補強した革鎧を着こんで、短槍と楕円形状の盾を持ち、腰には小剣を下げている。兵によっては小剣ではなく、手斧や鉈《なた》を持っている者もいた。騎兵の装備も似たようなものだ。

これは「森林と巨獣の王国」と呼ばれるラグラスで、戦闘になった場合を想定しての武装だった。ラグラス西部を治める領主貴族とは話をつけてあるとはいえ、総指揮官のライサンダーとしては、万が一を想定するのは当然である。

「ライサンダー様」

ひとりの若い騎士が、馬を引いてこちらへ歩いてくる。コンラッドという男で、ライサンダーが信頼する部下のひとりだ。

　部隊を編成する際、ライサンダーは信用できる者たちを自分のそばに置くよう要求したのだが、十人までしか認められなかった。コンラッドはそのひとりだ。

　ひとりも認めない、とならなかったのは、そこまでやってしまえば、軍を動かすのに支障が出ると判断したからだろう。この状況で、ライサンダーは打開策を考えるしかなかった。

「ロンガヴィル将軍は？」

「ご自分の部隊におられます。国境に着くまでは、すべてライサンダー様に任せると……」

　コンラッドに礼を言って、ライサンダーは馬上のひととなる。兵たちの前へ、馬を進めた。離れて様子を見守っていたベネディクトが慌てて駆けてきて、傍らに立つ。

　空は青く澄みきって、風もない。兵たちの隊列に乱れはなく、彼らは背筋を伸ばし、口を引き結んでライサンダーを見つめていた。

　兵たちの兜や鎧の鉄片が、数千の槍の穂先が、陽光を反射して鈍《にぶ》く輝く。ライサンダーの白銀の甲冑はそれ以上の輝きを放って、彼らを感嘆させていた。

「これより出発する！」

　兵たちを睥睨《へいげい》して、ライサンダーは声を張りあげる。声はよく通って、最後尾にいる兵たちの耳にもはっきりと届いた。

「目的地は北東の国境だ。街道から外れることなく、隊列を乱さずに進め。民衆には安堵《あんど》を与え、盗賊には恐怖を与えよ。諸国に、カーヴェル軍の武威を見せつけよ!」

一瞬の沈黙を挟んで、鬨の声があがる。

かくて、五千の兵は王都を発《た》った。


その女は、王宮の一室に閉じこめられていた。

年齢は二十二歳。ゆるやかに波打つ黒髪と、黒曜石を思わせる瞳を持つ美しい女だ。身にまとっている黒いドレスは肩から胸元までを露出させており、白い肌を浮きだたせている。

彼女の名はハーミア。ライサンダーの妻だ。

ハーミアがいる部屋には粗末なつくりのテーブルと椅子、ベッド、燭台《しよくだい》しかなく、窓は天井近くに小さなものがひとつあるだけだ。床は石がむきだしで、絨毯などは敷かれていない。明かりは窓から射しこむわずかな陽光と、燭台に灯された炎の二つ。牢獄も同然の環境である。その上、彼女の細い両腕には鉄の手枷がはめられていた。

罪人のような扱いだが、こうなったのには事情がある。

最初、アンバートはハーミアを客室に閉じこめたのだが、彼女は脱走をはかった。どうやってか火を手に入れ、室内にあるものを燃やして混乱を起こそうとしたのだ。

ハーミアは、アンバートの部下たちに力ずくで王宮に連れてこられたのだ。逃げだそうとするのは当然のことだった。アンバートは、彼女の行動力を見誤ったことに舌打ちをすると、やむを得ずこの部屋に移したのである。

食事は日に三度与えられ、身体を拭《ふ》くための湯と布も二日に一度用意されたが、常に女官が見張りとして同席した。ちなみに着替えについては、ハーミアの方から断っている。

「この服は夫から贈られたものです。触ってほしくありません」

その報告を聞いたアンバートは「健気《けなげ》なものだ」と冷笑したあと、子供じみた意地の悪さを見せた。洗濯をするための道具だけを運ぶように命じたのだ。

ハーミアは貴族の生まれだ。洗濯の仕方は知っているが、自分でやったことはない。

それが、ドレスも下着も自分の手で洗濯しなければならず、さらに服が乾くまでの間、一糸まとわぬ姿にならざるを得なかった。その屈辱は、どれほどのものだったろうか。

だが、ハーミアは何も言わず、おとなしく従った。再び行動を起こして失敗したら、自分ではなく夫が不利な状況に追いこまれる。そのことを恐れたのだ。

それから彼女は、夫のことを祈って日を送っている。

「あなた……。どうか、私のことはかまわず、あなただけでも無事でいて」

これだけが、いまの彼女にできることだった。

二章　折れた聖剣

ガイセス村を出て北へ向かうと、未踏地《ナルグタムス》にたどりつく。

未踏地《ナルグタムス》は人間を拒む、魔物たちの領域だ。

空は常に灰色の雲に覆われて薄暗く、大地は乾ききって生命の気配を感じさせず、昼夜問わず魔物が徘徊《はいかい》して、獲物を見つけては襲いかかってくる。腕に自信のある戦士たちが未踏地《ナルグタムス》に挑み、その日のうちに数を半減させて引き返してきたというような話はいくつもあった。

隊商や旅人は決して近づかず、神官からは「神々に見離された土地」と嘆かれ、魔術士《マギア》からも「呪われた地」と恐れられる。

その未踏地《ナルグタムス》に、ルシードとファル、コンスタンスは足を踏みいれていた。そこに棲む雷竜を訪ねるためだ。村で宴を開いてもらった夜から、二日が過ぎていた。

現在、雷竜は険《けわ》しい岩山の頂上をねぐらとしている。

巨大な黒い岩盤を乱雑に積み重ねてこしらえたような山だ。道らしい道などはなく、三人は落石を警戒しながら細い坂を歩き、はりつくようにして急な傾斜をよじ登って、ようやく頂上にたどり着いた。

「なんだか、この風景を見慣れてしまった気がするのがいやですわね」

コンスタンスが周囲の風景を見回して顔をしかめる。どこを見ても黒々とした岩場が広がるばかりで、木や草花などは見当たらない。空には黒灰色の雲がわだかまって、不安をかきたてる。吹き抜けていく風も、どこか濁《にご》っているように感じられた。

「私もだ。魔物を警戒しなくてすむのはありがたいがな」

コンスタンスの隣に立っているファルが言った。何か起きたときに備えて、彼女は聖剣を抜き放っている。二人のそばでは、三頭の馬が静かにたたずんでいた。

雷竜を恐れて、魔物たちはこの岩山の周囲に姿を現さない。そのことを知っているルシードたちは、ここで休ませることを計算に入れて馬に乗ってきたのだ。馬が登れないようなところでは、コンスタンスが魔術を使って上へとおしあげた。

二人から三十アルナ（約三十メートル）ほど離れた場所に、黒い巨大な生物がうずくまっている。山の一部かと錯覚してしまうが、その周囲に瞬く青い雷光が、そうではないことを教えていた。

竜だ。雷をまとっているため、雷竜と呼ばれている。

ルシードは、雷竜のほとんど目の前に立っていた。

竜と話をするのに、近づく必要はない。竜は人間のように声を使わず、思念をこちらの意識に投げかけてくるからだ。人間の側は、自分の声が竜に届く位置にいればいい。

それをわかっていながら、ルシードはあえて竜に近づいていた。相手を恐れていないということを態度で示すためだ。ファルとコンスタンスが後ろにいるのは、馬を見ていてほしいとルシードが頼んだからだった。実際、馬はこれ以上竜に近づくと、ひどくおびえてしまう。

雷竜の全身は黒い鱗に覆われ、前脚の爪の大きさは人間の大人ほどもある。尻尾の太さは大都市にそびえる尖塔のようだ。

もしも雷竜が気まぐれを起こして、前脚や尻尾で手前の空間を薙いだり、巨躯《きょく》にまとわりつかせている雷光を解き放ったりすれば、ルシードは一瞬で死体に変わるだろう。肉塊になるか炭の塊になるかの違いはあるにせよ。

それを思うとルシードのてのひらは汗まみれになるのだが、若者はさりげなく両手を握りしめて、平静を装《よそお》っていた。

『また来たのか』

三人の頭の中に、重々しい声が響く。雷竜の思念だ。目を閉じたまま微動だにしないので眠っているのかと思ったが、起きていたらしい。

ルシードたちが前にこの山を訪れたのは、初夏のころだ。悠久の時を生きる竜にとっては、ずいぶん早い再訪だと思ったのかもしれない。

「おう。ちょっと聞きたいことがあってな」

ルシードは離れたところにいるファルを指で示した。

「こいつの聖剣と互角にやりあえる自称『聖剣』が、二本も出てきた。前に話したものと合わせれば、三本だ。これらは何なんだ？」

前に話したものとは、エルドーム王国で見つかった、折れた聖剣のことだ。

雷竜の返答は、突き放すようにそっけないものだった。

『すでに言ったはずだ。知りたければ黄金を用意せよと』

竜の黄金酔いという言葉があるように、竜は黄金を非常に好む。

約一千年前、雷竜は大都市だったガイセスを滅ぼし、そこにあった財宝を己のものとした。

そして、ルシードはそれを上回る量の黄金を、五年以内に用意すると雷竜に約束している。

『もっとも、我と貴様が契約をかわしてから、まもなく一年になる。貴様からは、相変わらず黄金の匂いがしない。先の契約を果たせるかさえ怪しいものだが』

「俺がどれだけ黄金をためこんでいるか、知ったら驚くぜ」

ルシードは不敵な笑みを浮かべてうそぶく。たしかに驚くかもしれない。ルシードは金貨の一枚も用意できていないどころか、雷竜の財宝を見せ金に使うほどなのだから。

雷竜は身じろぎしたものの、それ以上の反応を見せなかった。

「ひとつ提案がある」

雷竜に向かって、ルシードは声を張りあげる。

「おまえに用意するといった黄金の一割……いや、二割を、いまから一年以内に持ってきてやる。おまえの目の前に」

「えっ」と、驚きの声をあげてしまったのは、兄の言葉を聞いたコンスタンスだ。ファルが顔を青ざめさせて彼女を見たが、もう遅い。

雷竜は片目をわずかに開いて、ルシードを見下ろした。

『思いつきのでたらめか』

「いいや」

ルシードは顔色ひとつ変えず、首を横に振る。

「こちらにとっても、かなり苦しい譲歩なんでな。そこまでするのかと思うのも仕方ねえ」

雷竜の目が、見るものを貫くかのような鋭い光を帯びた。超越的な存在のみが有することのできる尋常ならざる威圧感が、ルシードを押し潰そうとする。

だが、焦げ茶色の髪の若者は、表情を歪めただけでその重圧に耐えた。

いくばくかの間を置いて、雷竜は思念を投げかける。

『複数の聖剣が存在することについて、貴様の考えを聞かせてみよ』

「なんだと……？」

ルシードは何度か瞬《まばた》きし、次いで顔をしかめる。ファルとコンスタンスも戸惑《とまど》いを隠しきれずに雷竜を見つめた。

人間たちの困惑の視線を受け流して、雷竜は言葉を続ける。

『不思議に思うばかりでなく、貴様なりに考えたことがあろう。それを聞かせてみよ。興味深いものであれば、新たな契約を結ぼう。我は貴様の考えが正しいか否かを、いまこの場で答える。貴様は一年以内に、我の前に黄金を用意する』

「おまえ……。もしかして楽しんでないか？」

ルシードは冗談めかした口調で聞いてみた。興味深いものという曖昧《あいまい》な条件づけに、そう感じたのだ。雷竜は答えない。

——そりゃあ、考えてみたことはあるが。

こんな形で披露することになるとは思ってもみなかった。しかも、その推測が雷竜の気に入らないものであった場合、答えを聞けないのだ。ファルやコンスタンスと相談する余裕もなければ、知識と知恵を振り絞って新たな推測を働かせる時間もない。

ルシードは汗ばんだてのひらを服で乱暴に拭《ぬぐ》うと、後ろにいるファルを——正確には彼女の手にある聖剣メルサナーシュを、指で示す。

「あの聖剣が不完全なことに関係があると、俺は思っている」

『なぜ、不完全なものだと思う』

雷竜の問いかけに、ルシードは自分の推測が正しかったことを確信した。

「おまえが聖剣をたいして恐れちゃいねえからさ」

初夏のころに雷竜と会ったとき、ルシードは不審に思ったことがあった。雷竜に、ファルや聖剣を警戒する様子が見られなかったのだ。

いまもそうだ。ファルが離れたところに立っているとはいえ、雷竜は眠り足りないとでもいうかのようにうずくまったままである。

たしかに雷竜の力は圧倒的だ。いまのルシードたちでは、打ち勝つことなどできない。

だが雷竜は、聖剣メルサナーシュによって百年以上もの間、ガイセスに封印されていたのである。目覚めた瞬間、激昂《げきこう》して暴れまわったほどだから、どれほど忌々しいことだったのかは容易に想像できる。それなのに、聖剣を警戒しないのは奇妙に思えた。

また、聖剣そのものに対しても、ルシードは疑問を持つようになっていた。

聖剣は、黄金の竜を討つためにつくられたものだ。

黄金の竜は、人間や幻棲民《イーシャ》だけでなく、大陸に以前から棲んでいた竜たちをも喰らうほどの恐ろしい存在だったと伝えられている。いかなる武器をもってしても傷つけることができなかったと。その爪を鍛《きた》えてつくりあげた聖剣のみが、黄金の竜を打ち倒すことができたのだ。

しかし、ファルとともにくぐり抜けてきた数々の死闘を思いだすと、ルシードは首をかしげてしまうのだ。

雷竜との戦いでは、最終的に追い詰められた。イフリートに対しても、ルシードやコンスタンスの援護がなければ勝つことは難しかっただろう。アルトやクログスターと戦った際も、聖剣が絶大な力を発揮するようなことはなかった。

伝説とはしばしば誇張されるものではあるが、それにしても黄金の竜を葬り去ったという聖

剣は、このていどの代物なのだろうか。同じく黄金の竜に対抗すべく造られた巨人像ダイラン
は、大地を割り、軍船を破壊するほどの恐るべき力を持っていたというのに。
使い手の問題とも思えなかった。ファルの強さを、その戦いぶりを、ルシードはこの目で見
てきたのだ。彼女が聖剣を使いこなせていないとは考えにくい。
聖剣に何かあるのではないか。使い手のファルにもわからないような問題が。ルシードは、
そう思ったのだった。
「原因はわからねえが、何かがあって聖剣は不完全なものとなった。おまえを封印することは
できても、おまえが用心しないていどのものにな。そのことをまずいと思ったやつが、聖剣の
代用品をこしらえようとした。それで、聖剣もどきが何本もできあがった……」
どうだ、という顔で、若者は雷竜を見上げる。
正直にいえば、自信はあまりない。ルシードは聖剣について本格的に調べたことなどないか
らだ。この推測も、アルトたちと別れてガイセス村に帰還するまでの道すがら、今後の対策を
練るついでに考えたというだけのものである。
人間と竜の間に、沈黙が横たわる。それは二十秒に満たなかったが、ルシードにはその何十
倍にも感じられた。雷竜はわずかに口を開けて、かすかな唸り声を漏らす。
『半分だ』
「何だって……？」

顔をつたう汗を拭《ぬぐ》うことも忘れて、ルシードは聞き返した。雷竜の視線が若者から外れて、ファルの持つ聖剣へと向けられる。

『貴様の推測通り、いまの聖剣は不完全――折れているも同然の状態だ。それでも、我を封印するほどの力はあるが。だが、他の聖剣が代用品などというのは間違いだ』

「じゃあ、他の聖剣はいったい何なんだ？」

それに対する返事は、冷然とした響きを帯びた思念だった。

『正しいか否かを答えると言ったぞ』

ルシードははっとしてその場に立ち尽くす。これ以上、何かを聞きだそうとするならば、新たな提案をする必要があった。

『黄金を忘れるな』

雷竜は目を閉じる。そのとき竜が笑ったように、ルシードには思えた。目元や顎に動きがあったのではない。思念に、そのような響きを感じたのだ。

「――おう、またな」

別れの言葉を投げかけて、ルシードは雷竜に背を向ける。予想外の事態に疲労を強《し》いられはしたが、収穫はあった。ここに来て正解だったと思いながら、二人のところへ戻った。

「やっと終わりましたの？」

コンスタンスがこれ見よがしにため息をついて、歩み寄ってくる。口調とは裏腹に、ばつの悪い顔をしていた。内心の想いをこの場で口にしないのは、雷竜に聞かれることを警戒しているからだろう。魔術士《マギア》の少女は、さきほどまでの話とは関係のないことを言った。

「お兄様、わざわざ寄り道につきあってあげたのですから、心をこめた感謝の気持ち、期待していますわ」

「王都に着いたらリンゴを買ってやろう」

「お兄様の顔におもいきり投げつければよろしいんですのね」

「食いものを粗末にするんじゃない」

面倒くさげな口調で答えながら、ルシードは気にしていないというふうにコンスタンスの頭を軽く叩く。それから、何とはなしに空を見上げた。

奇妙な光景が視界に飛びこんできて、ルシードは顔をしかめる。

一片の蒼穹が見えた。天に蓋をしているかのようなぶ厚い暗灰色の雲の中に。

雲の切れ間から空が覗いているのだ。

乾いた砂を含んだ強い風が、山頂を吹き抜けた。ルシードは反射的に顔を手で覆う。それはひとつ数えるていどの短い時間だったが、若者が再び見上げたとき、未踏地《ナルグタムス》の空はいつもの状態に戻っていた。

「見間違いか？」

未踏地《ナルグタムス》で青空など見えるはずがない。疲れが、目に錯覚を起こさせたのだろう。

「なあ、ファル……」

おまえは見たかと聞こうとして、ルシードはファルを振り返る。そのとき、若者は彼女が顔を曇《くも》らせていることに気づいた。ファルの視線は、その手にある聖剣へと向けられている。

「おい、ファル」

見間違いかもしれない青空のことは意識から消し去り、ことさらにぞんざいな口調で、ルシードはファルを呼んだ。はっとして顔をあげた彼女に、ルシードは何も気づいていないというふうを装《よそお》って話しかける。

「山を下りたら王都まで急ぐからな。リンダと客をずいぶん待たせちまってるだろうし」

ガイセス村を出るとき、ルシードは行商人《ナーヴィ》の娘に頼んだ。自分たちが王都に着くまで、移住希望者の代表をなんとか引き留めておいてほしいと。移住の話がどう転ぶかわからない以上、ルシードとしては先に雷竜と話をしておきたかったのだ。リンダは渋ったものの、最後には「大きな貸しひとつね」と言って承諾してくれた。

ルシードの言葉に、ファルは気を取り直してうなずく。聖剣を腰の鞘に収めた。

「ああ、わかっている」

どこか自分に言い聞かせるように答えると、ファルは三頭の馬を引いて先頭に立つ。

三人は静かに山を下りていった。

壁の一画につくられた石組みのかまどの中で、火が揺らめいている。

立ちのぼる煙は、かまどのすぐ上に設置されている筒を通って、壁に開けられた穴から外へ吐きだされていた。

そのかまどを、ルシードたちは三方から囲んでいる。コンスタンスは外套《がいとう》にくるまって横になり、ルシードとファルは外套を床に敷いて座っていた。

王都アイクから歩いて半日ほど離れたところにある、森の中の猟師小屋だ。

日没と同時に、王都はすべての城門を閉ざす。日が沈む前に王都にたどり着けないと判断したルシードたちは、ここで夜を明かすことにしたのだ。

猟師小屋の造りはしっかりしているが、薪は置いていない。そのため、自分たちで枯れ枝などを拾ってこなければならなかったが、野営の苦労を考えればましだった。野の獣や魔物が暗がりの中から襲ってくる心配をせずにすむし、寒さもしのげる。

馬は入り口のそばにつないだ。そのまわりに、コンスタンスが魔術によって土の壁を張り巡らせる。一晩ぐらいなら問題なくもつと、彼女は保障した。

夕食をすませたのは二時間ほど前だ。パンと干し肉、それから立ち寄った村で買ったジャガイモと干しニンジンを、かまどの火であぶって食べた。

コンスタンスは、熱して溶けかかったチーズのかけらをジャガイモに乗せて頬張り、ルシードを驚かせたものだった。

また、ルシードは湯を沸かし、セスの実と野菜くずでスープをつくった。セスという木の実を挽き砕いて、特定の獣脂《じゅうし》で練り固めたこれを湯に溶かすと、スープに塩気が増す。伯父から教わったもので、若者はこれまでの旅の中でもよく使っていた。

食事を終えたあとは、三人で火にあたりながら他愛のない話をした。

コンスタンスが寝息をたてはじめたのを見て、ルシードとファルはどちらからともなく言葉を途切れさせる。薪の燃える音だけが、二人の耳に聞こえた。

「——馬の様子を見てくる。小屋のまわりも」

床に置いていた聖剣をつかんでファルが立ちあがり、外套《がいとう》を羽織《はお》る。かまどの火に照らされた顔は、どこか憂《うれ》いを帯びているようにルシードには見えた。

彼女を送りだしてから十数秒ほどが過ぎたあと、若者は顔をしかめて立ちあがる。

小屋を出る直前にファルの見せた表情が、気になった。

——聖剣のこと、やっぱり気にしてるのか。

雷竜が聖剣のことを「不完全だ」と言ったとき、ファルはあきらかに動揺していた。それから今日までの数日間、彼女はとくにそのことに言及してはいない。しかし、内心では衝撃を引きずっているのかもしれなかった。

コンスタンスをちらりと見る。妹が寝入っていることを確認すると、ルシードは外套をまとった。腰のベルトに差し挟んだ魔銃の感触をたしかめ、剣を腰に吊して小屋を出る。

外は真っ暗で、見上げれば闇の中に金色の満月が浮かんでいた。寒さのせいか、月はいつもより鮮明に、輝いて見える。若者は白い息を吐きだして、視線を地上へと移した。

目が徐々に闇に慣れてきて、夜空を背景に、漆黒の森が浮かびあがる。十数歩ほど離れた場所に、見慣れた黄金色の髪をルシードは見つけた。彼女はこちらに背を向けて立っている。

どのように声をかけたものか決めかねたまま、若者は歩きだしていた。気配を感じとったのか、ファルがこちらを振り返る。相手がルシードだとわかって表情を緩《ゆる》めた。

「どうした？」

「いや、ちょっと、夜風に当たりたくなってな……」

歯切れの悪い返事をして、ルシードはファルから視線をそらす。ファルは首をかしげたが「そうか」と笑って、とくに追及はしなかった。

ファルは無言で、視線を暗がりの奥に向けている。考えごとをしているようにも見えたが、ルシードにはわからなかった。

どれぐらいの時間が過ぎただろうか。気の利いた言葉を何も思いつかない自分に呆れながらも、ルシードはおもいきって彼女に声をかけた。

「その、おまえ、だいじょうぶか」

あまりに唐突な台詞に、ファルは眉をひそめてルシードを見た。

「何がだ？」

「聖剣のことで、落ちこんでいるように見えてな」

ルシードは率直に答える。ファルは目を丸くすると、肩を小さく揺らして吹きだした。

「違ったのか？」

当惑の表情をつくる若者に、ファルは首を横に振る。

「おまえがそんなふうに気を遣ってくれたのが意外でな。それに――嬉しかった」

笑いをおさめて、ファルはルシードを見つめた。紫水晶の瞳が輝いている。

「正直にいうと、あの言葉を聞かされたときは、たしかにくじけそうになった。薄々感じていたことではあったが、あらためて突きつけられるとな。だが、山を下りている途中で、雷竜の言葉の意味に気づいたんだ」

腰に下げた聖剣を見下ろして、ファルは言葉を続けた。

「私たちの聖剣は、偽物でも紛い物でもない。不完全ではあっても本物なんだ。あとは、不完全ではないものにしていけばいい」

もしも聖剣が偽物であれば、ルシードの「不完全」という言葉を、雷竜は否定しただろう。

そのことに思い至ったとき、ファルは安堵感《あんどかん》とともに前を向くことができた。

――取り越し苦労だったみたいだな。

若者はほっと息をつくと、腰の魔銃を軽く叩いて言った。

「不完全なものだからって気にすることはねえさ。俺のこいつだってそうだからな」

ルシードの魔銃は、懐中時計と並んで彼が敬愛する伯父からもらった大切な宝物だが、銃身がかすかに歪んでおり、弾がまっすぐ飛ばない。

だが、ルシードはそれをわかった上でどうにか使い、戦いに役立ててきたのだ。

二人はまっすぐ見つめあい、少し照れたような笑みを浮かべる。あたたかな気持ちがおたがいを包みこんで、ほのかな熱を身体にまとわせた。

「そろそろ戻ろうぜ。身体も冷えてきたし」

気恥ずかしさをごまかすように、ルシードが踵《きびす》を返そうとする。そのとき、ファルが手を伸ばして、若者の外套《がいとう》の裾をつかんだ。

「もう少し、ここにいないか」

遠慮がちに甘えるような声で、ファルは言った。いつもの堂々とした言い方ではなく。

そっと身体を寄せてくる彼女に、若者は自分の体内から熱が湧きだしてくるのを感じた。

ルシードがファルに自分の想いを伝えたのは、一ヵ月近く前のことだ。真夜中の船の上で、彼女と口づけをかわした。一度目は半ば強引にだったが、二度目はおたがいの想いをたしかめあうように唇を重ねた。

その後、二人の関係はまったく進展していなかった。

原因のひとつは、ガイセス村に帰還する数日前までアルトたちがいっしょにいたことだ。

異なる道を歩むことになったとはいえ、ルシードやコンスタンスにとってアルトは過去を共有している大事な友人であり、ファルにとっては大切な姉だ。まして、アルトはひとりの娘として、ルシードに強い好意を抱いていた。

その姉が近くにいる状況で、恋人らしい行動がとれる二人ではなかった。

では、アルトたちが去ったあとはそうした振る舞いに及ぶようになったのかというと、そんなことはなく、ルシードはいままでと変わらない態度でファルに接していた。

これからのことについて、いくつものことを考えなければならず、余裕がなかったのはたしかだが、ルシードが不甲斐なかったことも否定できない。

恋人らしい言葉をかけようにもまるで思い浮かばず、手をつないだり、抱きしめたりといった行動は、妹の目があるので腰が引けてしまう。それまで通りに振る舞うことがいちばん楽で、ついそうしてしまっていたのだった。

木々の葉を揺らして、夜風が吹き抜ける。ルシードのすぐ目の前に、月光を浴びて輝く黄金色の髪があった。甘やかな香りに誘われるように、ルシードが彼女の外套《がいとう》に触れると、ファルは身体を密着させてくる。外套越しに、やわらかな感触が伝わってきた。

「これなら、おたがいに寒くないだろう」

一呼吸分の間を置いて、どこか照れたようなファルの声が若者の耳に届く。ルシードは内心の動揺を隠すようにしかめっ面をつくって、体重を預けてくるファルをそっと受けとめた。

三秒ほどの時間を使って悩んだあと、ルシードは右腕をもぞもぞと動かす。それに気づいたファルは、左手を若者のそばに寄せた。ややあって、二人の手が重なる。

傍から見ているとじれったいほどだったが、当事者たちは満足しているようだった。もっとも、ファルが顔をほころばせたことにルシードは気づいておらず、伝わってくる彼女の手のぬくもりを感じながら、このまま指を絡めるべきかなどと埒もないことを考えている。

ファルが「ルシード」と呼んだのは、若者がおもいきって指を絡めたときだった。

「お、おう」とうわずった声で返事をして、ルシードは彼女を見る。

間近に迫ったファルの顔は、朱色に染まっていた。潤んだ目で見つめられて、ルシードはかすかに息を呑む。わずかなためらいのあと、ファルは口を開いた。

「私たちは、その、船の上で想いをたしかめあったはずだな」

ルシードの頭の中に、当時の光景がよみがえる。いま、目の前にいるのは「常勝王女《アルミーシュ》」と呼ばれる一騎当千の剣姫などではなく、恋人のことを想う健気《けなげ》な乙女だった。

ルシードが「ああ」とうなずいてみせると、ファルは熱を帯びた声で言葉を続ける。指を絡めている手に、力が入った。

「そ、そんな状況ではないと、おまえは思っているのだろうし、このようなときに、このような場所で言うべきではないとわかってもいるが……。私たちはもう少し、恋人らしいことをしてもいいのではないか」

喉元から出かかった言葉を、ルシードはどうにか呑みこむ。すまない、と言いそうになったのだ。そのようなものを彼女が求めていないことは、さすがにわかる。

——情けねえ、まったく。

ファルにここまで言わせてしまった自分に、心の中で悪態をついた。

ルシードは左手を彼女の右肩に置く。ファルはかすかに睫毛《まつげ》を震わせながら目を閉じた。

強烈な視線をルシードが感じたのは、そのときだった。野盗《やとう》か獣か、または魔物か。顔をしかめて、若者は慎重に左右を見回す。

猟師小屋の扉が半分ほど開いて、コンスタンスが顔だけを出してこちらを見ていた。頭の上に人形らしきものを乗せて。

ルシードはまず呆然とし、次いで唖然《あぜん》とした。いったい、いつから覗かれていたのか。何かを言おうとしたが、とっさに言葉が口から出てこない。

そうしているうちに、妹と目が合った。コンスタンスは兄をせかすように、握り拳を固めた両手を激しく振る。彼女の頭の上の人形も同じように両手を振った。

苛立《いらだ》ちを覚えつつも、ルシードは迷うような顔でファルに視線を戻す。彼女は恋人の行動を素直に待っていた。

ルシードは小さく息を吸って、吐く。妹のことは頭の中から消え去っていた。

身体を傾《かたむ》け、強く押しつけてしまわないように、自分の唇をファルのそれに触れさせる。肌

とは違う不思議なやわらかさと、微量の熱を感じた。

離れる。どれぐらい唇を重ねていたのかは、よくわからない。一秒だった気もするが、十秒以上そうしていた気もする。

ファルは目を開けて、熱を帯びた表情でルシードを見つめると、再び目を閉じた。

今度はルシードもためらわなかった。相手の唇の形を覚えようとするかのように、さきほどよりも強く口づけをかわす。おたがいの唇が濡れ、吐息が入り混じった。興奮と緊張と昂揚感《こうようかん》が体内の熱を高めて、意識の半ばを唇に集中させる。

二度目の接吻は、一度目よりもあきらかに長かった。そして、唇を離してすぐに、ルシードは視線で三度目を求めた。ファルは小さくうなずき、瞼を閉じることで恋人に答えた。

森を背景に、二人の影が三度、ひとつとなる。口づけはそれほど強くはない。しかし、ファルの肩に置かれていたルシードの左手は、彼女の背中へとまわされ、二人の身体は押しつけあうように密着していた。愛おしい者の存在を、全身で感じとろうとするかのように。

どれほど時間が過ぎただろうか。唇が名残惜しそうに離れ、絡みあっていた指から力が抜けてほどける。二人とも顔を上気させて、酔っているような笑みを浮かべていた。

「戻るか」と、ルシードが猟師小屋を指で示す。しかし、ファルは目を閉じて頭を振った。

「私は少し熱を冷ます。先に戻ってくれ」

「つきあうか」

若者の申し出を、しかし、ファルは恥ずかしそうに声を潜めて断る。

「いや。このままいっしょにいたら、その、また求めてしまう気がするから……」

「そ、そうか。そうだな、うん」

言われてみると、ルシードも同じ思いだった。もう一度ファルを抱きしめたら、三回ではすまなくなるだろう。それに、いっしょに猟師小屋に戻ったら、妹がどのような目で自分たちを見てくるかわかったものではない。

気を抜けば緩《ゆる》みそうになる表情を引き締めて、ルシードは猟師小屋に戻る。

コンスタンスは肩に外套《がいとう》を羽織《はお》った格好で床に座りこんでおり、満面の笑みを浮かべてぱちぱちと拍手をしながら兄を迎えた。その肩には、握り拳ぐらいの大きさの人形が立っている。

「わたし、ひさしぶりにお兄様をほんの少し見直しましたわ。もしもお兄様がファル姉様に何もせずにこちらへ来たら、蹴りとばして締めだしてやるつもりでしたけれど」

「俺はいますぐおまえを放りだしてやりてえよ」

ルシードは仏頂面《ぶっちょうづら》でそう返した。ファルも、覗かれていたと知ったら同意してくれるに違いない。コンスタンスは口元に手をあてて、からかうような目でルシードを見上げる。

「まあ。わたしを放りだして、ファル姉様と二人きりで何をするつもりですの？」

若者は言葉に詰まった。頬が紅潮しているのは、ファルとの口づけの余韻ばかりではもちろんない。顔を手で覆い、前髪をかきむしって唸ると、ルシードはかまどの前に座りこんだ。その背中にコンスタンスがしがみついて、甘い声でささやきかける。

「お兄様。なけなしの勇気を振り絞ったご褒美に、わたしに口づけする権利を与えてさしあげますわ。さ、どうぞ」

ルシードは首だけを動かして妹を見ると、彼女の頭を軽く小突いた。コンスタンスは両手で頭をおさえておおげさに痛がるふりをしてみせたが、たいして痛くないことはルシード自身がよくわかっている。コンスタンスも、兄の背中から離れようとはしなかった。

妹は放っておくことにして、ルシードはかまどに向き直る。ふと、後頭部に不思議な感触が伝わってきたので、顔をしかめてそこへ手を伸ばした。焼いた粘土のような、ざらざらとしたものがてのひらに触れる。

つかんで、手前へ持ってくる。それは土色をした人形だった。コンスタンスの頭や肩に乗っていたものだ。ひとの形をしており、顔には目と口を表す三つの穴が開いているが、それ以外は何の模様もない。

人形は、ルシードの手の中でもがくように手足をばたばたと動かしている。困惑した顔でそれを見つめていると、コンスタンスが身を乗りだして、兄の肩に小さな顎を乗せてきた。

「驚きまして、お兄様？」

「これは魔術の道具か何かか？」

人形のまわりで手を泳がせながら、ルシードは尋ねる。糸などで操っている様子はない。妹の得意そうな態度からしても、魔術で操っていると考えるべきだろう。

「お兄様の考えているような道具ではありませんわ。巨人像の島で、石隷《ゴウラム》を見たでしょう。あれにほどこされていた術を、わたしなりに再現してみましたの。もっとも、この輝晶杖《サーリオン》の力がなければ、できなかったでしょうけれど」

床に置いていた魔術の杖を手にとって、コンスタンスは軽く振った。人形は身体をひねってルシードの手から飛びだし、床に着地する。大げさな身振りで一礼した。

そのとき、ファルが中に入ってくる。彼女はルシードの背中にもたれかかっているコンスタンスを、意外そうな目で見つめた。

「起きたのか、コンスタンス」

「お兄様が出たり入ったりしたせいで、目が覚めてしまったんですの」

ぬけぬけと答える魔術士《マギア》の少女を背負ったまま、ルシードはかまどの左側へとずれる。ファルは若者に礼を言って、かまどの右側に腰を下ろした。

「ちゃんと眠っておかないと、朝がつらいぞ。ところで何の話をしていたんだ?」

「こいつだ」

ルシードが床に立つ人形を指で示す。コンスタンスが輝晶杖《サーリオン》で人形を操りながら、さきほど兄にしたものと同じ説明をした。

妹の声を聞き流しながら、ルシードは内心で胸を撫《な》で下ろす。別の話題があるおかげで、隣にファルがいても緊張したり、余計なことを考えたりせずにすんだのはありがたかった。

黄金色の髪の剣姫は感心した表情で人形を見つめていたが、何気ない調子で尋ねる。

「コンスタンスは、あの島にあったものと同じ大きさの石隷《ゴウラム》はつくれるのか?」

「できるといえばできますが、何もかもあの島にあったもののように、とはいきませんわ」

コンスタンスは真面目な表情になり、慎重な口ぶりで答えた。

「石隷《ゴウラム》をつくる際に大事なことは二つあります。大きさと、材質ですわ。石隷《ゴウラム》を動かすには、その身体に魔術の力を注ぎこまなければならないのですけれど、身体が大きいほどたくさんの力が必要になりますの。全身にしっかりと力を張り巡らせてあげなければ、腕が動かなかったり、片足を引きずったりしてしまうのですわ」

「この小さな石隷《ゴウラム》が元気なのは、その力が身体中に行き渡っているからなんだな」

ファルが粘土の石隷《ゴウラム》を指でつついた。

「わたしが直接操っているからというのもあります。石隷《ゴウラム》は基本的に単純な命令しかこなせないので、複雑なことをやらせるなら、そうした方が手っ取り早いんですの。次に材質ですけれど、何でできているかによって力の注ぎこみやすさが変わってきます。簡単なのは土や粘土、もっとも難しいのが金属とされていますわ。力を帯びていれば、また別ですけれど」

「巨人像の島にあった、あの緑青色の巨人……ダイランだったか。あいつって、そういう意味でもとんでもない代物だったのか」

ルシードがいまさらのように感心すると、コンスタンスは呆れかえった顔で兄を見た。

「とんでもない、などというものではありませんわ。黄金の竜と戦うためとはいえ、何をどうやってつくりあげたのか、わたしには想像もつきませんもの。あれでどうして百年ごとの整備ですんでいるのか……」

コンスタンスは難しい表情になって、視線を空中にさまよわせる。ルシードは意外そうな目で妹を見た。魔術士《マギア》としてのコンスタンスは、いつも得意そうな顔ばかりしているという印象があったからだ。

兄の視線に気づいて、コンスタンスは照れたようにこほんと咳払いをすると、話を戻した。

「たとえば粘土を使ってお兄様と同じ大きさの石隷《ゴウラム》をつくり、ガイセス村の厩舎《きゆうしや》の見張りをさせるとするなら……。無理をせずにやって五、六日で一体というところでしょうか」

「一ヵ月で五、六体ってところか。悪くねえな」

ルシードは目を輝かせたが、コンスタンスは小首をかしげて首を横に振る。

「それは無理ですわ。一体つくるごとに一日か二日は休まないとわたしの身体がもちませんし、つくった石隷《ゴウラム》は十日ぐらいで崩れて、もとの土に戻ってしまいますもの」

「たった十日しかもたないのか？」

ルシードが渋面《じゆうめん》をつくると、コンスタンスは憤然《ふんぜん》として頬をふくらませる。

「お兄様は勘違いしていますわ！　わたしの才能があればこそ、十日ももつのです！　もともと帝国の滅亡とともに失われた魔術だといわれていますのに」

すさまじい剣幕に、ルシードはたじろいだ。コンスタンスがこんなふうに本気で怒るのは珍しい。ファルが見かねた顔で割って入る。

「落ち着け、コンスタンス。ルシードが魔術に詳しくないのはわかっているだろう。それからルシード。いまのはおまえが悪い。ちゃんと謝るんだ」

コンスタンスは不満そうに口をとがらせたが、それ以上ルシードに何かを言いたてるようなことはしなかった。兄の背中から離れて、隠れるようにファルの後ろへとまわりこむ。

床の石隷《ゴウラム》と妹とを交互に見て、ルシードは焦げ茶色の髪をかきまわした。自分の台詞の何が妹を怒らせたのか考え、すぐに思いあたる。

――失われた魔術か。

コンスタンスは普段、魔術について語ろうとはしないが、それはルシードもファルもその方面に疎《うと》いからだ。おそらくこれは、簡単にできるものではないのだろう。

自分の母と、伯父のルーセンシオをルシードは思いだした。尊敬する伯父は、たまに母を怒らせることがあったが、自分に非があると思えばすぐに謝っていた。

ルシードは妹に身体ごと向き直ると、深く頭を下げる。

「すまなかった、コンスタンス。俺が悪かった」

コンスタンスは答えず、拗ねたようにそっぽを向いた。ファルが鋭い声で問いただす。

「ただ頭を下げているわけじゃなく、何が悪かったか、わかっているのか」

それは詰問に見せた、助け舟だった。ルシードは内心でファルに感謝しつつ、コンスタンスに向けて答える。

「おまえのがんばりを低く見た。俺が魔術に詳しくないのは理由にならないな」

「――と、おまえの兄は言っているぞ、コンスタンス」

ファルが穏やかな表情で、彼女の背中にくっついている少女を振り返った。コンスタンスはまだ不機嫌そうな顔をしていたが、碧い瞳に揺らめいている怒りはいくらか薄れつつある。

「仕方ありませんわね……。ここはファル姉様のお顔をたてて、特別に許してあげますわ」

「今後は気をつける」

小屋の中に満ちていた気まずい雰囲気が、ようやく消え去った。ファルはコンスタンスをやんわりと自分の背中から離す。

「コンスタンスはもう寝ろ。ルシードもだ。二時間後に起こす」

かまどの火が消えてしまわないように、誰かが見ている必要があった。ルシードは「ありがとうな」と小さな声で礼を述べ、外套《がいとう》にくるまって横になる。

コンスタンスが外套の裾を引きずりながら膝立ちでこちらへ歩いてきて、ルシードの目の前で横になった。少し手を伸ばせば、触れることのできる近さだ。

「王都に着いたら一日中、お兄様をこき使ってさしあげますからね」

それが和解の言葉らしい。ルシードは「わかった」とうなずくと、手を伸ばして妹の頭を撫《な》でる。コンスタンスはくすぐったそうに目を細めた。

ほどなく、兄妹はそろって寝息をたてはじめる。その様子を微笑ましそうに眺めながら、ファルは遠い地にいる姉のことをぼんやりと考えた。

いつか自分たちも、このような関係に戻れるだろうか。

──ルシードはできると言っていたが。

恋人の寝顔を見る。自分にそう言ったときの自信ありげな顔が、鮮明に頭の中に浮かんだ。たとえ、それがルシードの得意な虚勢によるものだとしても、いまのファルにとっては何よりも信頼できる笑顔であり、言葉だった。

「うん」とうなずき、瞳に期待の色を輝かせて、ファルはかまどの火に視線を戻した。

シエティン王国の王都アイクは「古都」という異名で呼ばれている。約一千年の歴史を持つこの都市には、数百年前から存在している建物が珍しくないからだ。

現在、魔物に悩まされているシエティンだが、それでも王都だけあって、アイクは活気に満ちている。大通りに並ぶ露店はどれも商品を高く積みあげ、商人たちが声をはりあげていた。

大きな羊の肉が軒先にいくつも吊され、葡萄酒《ファム》の樽が店頭に置かれ、織物やなめし革が目立つように飾られ、真鍮細工《しんちゆうざいく》や銀細工がテーブルの上で輝いている。

客は通りを埋めつくし、大金をはたいて買った細工物を大事そうに抱えた若者や、手に提げた籠を果物や野菜でいっぱいにした主婦が行き交う。買ったばかりの織物を仕立屋へ持ちこむ娘もいた。あちらこちらにできているひとの輪は、吟遊詩人《ミラドール》や旅芸人を囲むものだ。

「さすが王都だな」

ようやくという感じで大通りを抜け、落ち着いた場所に出たルシードはため息をついた。若者のそばにはファルとコンスタンスがいる。三人とも、ひとの波に翻弄されて、髪も、外套《がいとう》の下の服もおおいに乱れていた。

空はくすんだ水色をしているが、雲は少なく、太陽は白く輝いて穏やかに中天へと上昇を続けている。昼時だった。

三人が王都に着いたのは、ルシードの持つ懐中時計でいうと二時間ほど前のことだ。

リンダが泊まっている宿へ向かうには、大通りを抜けるのがもっとも近い。そう判断したルシードたちは、城門の近くで馬を預けて大通りに足を運んだのだったが、人々の数と熱気は想像以上だった。

「お兄様。これからどこへ行くんですの？」

露店で兄に買わせたリンゴをかじり、服の乱れを直しながら、コンスタンスが尋ねる。ルシードは荷袋から一枚のメモを取りだした。

「看板にクワガタを描いた『双子角《スタッカ》』って宿だ。五百年通りの端らしい」

「五百年通りというのは何だ？」

ファルが尋ねる。通りを歩きながら、ルシードは説明した。

「シエティンができてからちょうど五百年目に、当時の国王が城壁を大きく造り直して、王都を広げたんだそうだ。それで、古い区画と新しい区画の境目《さかいめ》が、通称としてそう呼ばれるようになったんだと。そのあたりの住人は、当時からの装飾をいまでも使い続けているそうだ」

「五百年か。パルミアやカーヴェルでは、そんな名はつけられないな……」

ファルは感嘆の息を漏らした。パルミアやカーヴェルの歴史は約二百五十年。ひとつの国としては充分に長いが、シエティンには遠く及ばない。

しばらく歩くと、風景が変わってきた。五百年通りに入ったのだろう。

地面に敷き詰められている石畳が、四角い石を整然と並べたものから、大小いくつもの石片を埋めこんで平らに均《なら》したものとなり、建物の壁に描かれたり、彫られたりしている模様には螺旋《らせん》や四角い渦が目立ってくる。ほとんど削れてしまった模様もあれば、最近つくり直されただろう真新しいものもあり、それらの色の違いが年月の長さを感じさせた。

「これが五百年前の装飾ですのね」

コンスタンスも感心した顔で地面や建物を眺める。一千年前に建てられたという神殿を見たとき、彼女はその荘厳《そうごん》さに圧倒されたものだった。それとはまた異なる時間の積み重ねが、この場所にはある。日々の生活の中で守り続けてきた、当時の匂いとでもいうべきものが。

ルシードは建ち並ぶ店を見回して、クワガタの描かれた看板をさがしていたが、ひとごみの中にリンダを見つけて手を振った。彼女もこちらに気づいて、通りを行くひとたちを上手に避けながら歩いてくる。

「今日、着いたんだね。ちょうどよかったよ。これからご飯食べに行くところだったから」

「待たせて悪かった。よければ飯代を出させてくれ」

こちらの都合で無理を頼んだのだ。ひとまず、これぐらいのことはするべきだろう。

リンダはルシードから視線を外して、ファルとコンスタンスを見た。

「あまり上等なものじゃないから、二人には合うかなあ。お腹はそれなりにふくれるけど」

「俺のことは気にしないのか」

顔をしかめるルシードに、行商人《ナーヴィ》の娘は悪意のない笑顔でけらけらと笑った。

「あんたは食べられるものなら何でもだいじょうぶでしょ」

「私とコンスタンスも似たようなものだ。遠慮はいらない」

ファルが笑顔で答え、コンスタンスも「すっかり慣れましたものね」と同意する。

「わかった」と、リンダはうなずいて、一行を先導するように歩きだした。

五百年通りを抜けたあたりに、ひとつの露店がある。パンと飲みものを売っている店だ。リンダはそこで足を止めた。

「この先に噴水があるんだ。そこで食べながら話そうと思うんだけど」

ルシードはかまわないと答える。

その店に売っているパンは、平べったい形をしていて中に穴が開いており、細かく切った野菜や肉を好みで穴に詰めて食べるというものだった。

店先にはその肉や野菜が小さな皿に盛られており、客が好きに選べるとのことだ。肉の味つけに使われている香辛料や、野菜にかかっている酢などの入り混じった匂いが店先にたちこめていたが、それはかえって客の食欲をそそった。

飲みものはリンゴの絞り汁か葡萄《ぶどう》の絞り汁を水に溶かして、蜂蜜《はちみつ》などを加えたものだ。陶杯に入れて渡してくれるのだが、飲み終わったら陶杯を店に返すように言われた。

「パルミアやエルドームで、似たようなパンを見た覚えがあるな」

人数分のパンと飲みものを買ったルシードは、考えこむような顔でパンを見つめる。自分の分を受けとって歩きだしながら、リンダは言った。

「前に聞いた話だけど、五百年以上前からあるらしいよ。肉がすぐになくなって、野菜ばかり残るのが悩みの種だって」

「五百年もあれば、どこに伝わってもおかしくありませんわね」

コンスタンスが相槌《あいづち》を打った。

噴水には、すぐに着いた。そこは小さな広場になっていて、噴水のまわりに大きな石を切りだした長椅子がいくつか置かれている。

長椅子に並んで座って談笑している恋人たちや、噴水で子供を遊ばせている主婦たちがいたが、彼らは旅装姿のルシードたちを見ても気にする様子はなく、自分たちの話に戻った。

ルシードは空いている長椅子にリンダとコンスタンスを座らせる。パンを一口かじって、リンダは話しはじめた。

「移住希望者たちの代表はロパーヒンというひとなんだ。まだ、この町にいるから、会おうと思えば今夜には会わせてあげられる」

ルシードは首をひねった。リンダは自分たちの考えを知っているのに、なぜ「会おうと思えば」などと言うのか。

若者の反応を見ながら、行商人《ナーヴィ》の娘は声を潜めた。

「カーヴェル軍のことだけど……。かなり前にカーヴェルの王都を発《た》って、ラグラスに向かっているみたい。指揮官は『白銀の盾』ライサンダーで確実」

ルシードはおもわずパンを握り潰していた。中の肉や野菜がはみ出て、若者の手を汚す。コンスタンスは飲みものが残った陶杯を取り落としそうになったが、とっさにリンダが横から押さえて事なきを得た。

ファルは周辺にすばやく視線を走らせて、誰もこちらに注意を向けていないことを確認してから、リンダに劣らぬほど小さな声で聞いた。

「カーヴェル軍が王都を発ったのはいつごろなのか、兵の数はどれぐらいか、わかるか?」

リンダは首を横に振る。陶杯に口をつけて喉を潤してから答えた。

「あたしがこの話を聞いたのは昨日の昼前で、それからいろいろと尋ねてみたんだけどさ。王都を出たのは十日前、十五日前、二十日前と話してくれるひとによってばらばらでね。兵の数も三千、五千、七千って……」

「この距離じゃ仕方ねえな」

はみ出てしまった肉や野菜をこぼさないように食べて、ルシードがため息をついた。カーヴェルの王都レイセティからここまでの距離の長さを、若者はわかっている。商人たちがどれだけ正確さを心がけて情報を伝えようとしても、伝聞になれば、脚色や誇張はまぬがれない。

「最悪の想像で、出発は二十日前、数は七千か」

ファルが渋面《じゅうめん》をつくる。かなり幅があるとはいえ数字が出てきたことは、ルシードたちの緊張感を急速に高めた。カーヴェルが数千の兵を動かした以上、ラグラスもそれに近い数の兵を用意するだろう。かなりの規模の戦になるに違いない。

「カーヴェルは、いったいどんな理由でラグラスを攻めようとしているんですの?」

コンスタンスが首をかしげる。ガイセス村でリンダから話を聞いたとき、アンバートが己の地位を盤石《ばんじゃく》なものにするためではないかと彼女は推測した。だが、それは他国に攻め入る大義名分にはならない。もっともらしい口実を用意しているはずだ。

「いまのところ、カーヴェル軍は国境まで含めた街道の警備としか言ってないみたいだよ。ラグラスの貴族の誰かとこっそり手を組んだんじゃないかっていう噂はあるけど」

リンダは肩をすくめた。納得したという顔でルシードはうなずく。

「なるほど。ラグラスの内輪もめを上手く利用したか」

隣国で内紛が起きると、国境付近は俄然《がぜん》、不安定になる。戦で住むところを失った者や脱走した兵などが、難民となって入りこんでくるからだ。彼らは生活の基盤を持っていないため、野盗《やとう》に身を落としやすい。他にも、混乱を利用して一稼ぎしようと山賊や傭兵などが国境近くに集まってくる。このような連中が村や町を襲うこともあった。

カーヴェル軍の主張する「国境まで含めた街道の警備」というのは、そうした者たちを追い払い、あるいは牽制して近づけないことで、国境の安定と平和を維持するという意味だ。

「このことはロパーヒンさんにも話した。そうしたら、ルシードたちの意思をもう一度たしかめてほしいって。あたしもそうすべきだと思った」

リンダはルシードとファルを見上げる。彼女が慎重になるのは当然だった。事態は、数日前よりも深刻さを増しているのだから。

「ありがとう、リンダ。だが、私の考えは変わらない」

ファルが迷わずに答える。コンスタンスは黙って碧い瞳を兄に向けた。ルシードの判断に従うということだ。ルシードは力強い口調で言った。

「俺もファルと同じだ。ひとを増やす機会を逃す手はねえ。それに、カーヴェル軍の指揮官がライサンダーだとはっきりしたのは好都合だ。あいつは話がわかる」

「お兄様。まさかライサンダーをこちら側に引きこむつもりですの？」

コンスタンスが眉をひそめる。ルシードは苦笑して首を左右に振った。

「王都にいる嫁さんを捨てて、俺たちと来いって？　そんなこと言えるわけねえだろ」

「あの男、妻帯者だったのか」

ファルが紫水晶の瞳に軽い驚きをにじませる。

「ああ。嫁さんは貴族の生まれなんだが、政争に巻きこまれて敵対派閥にさらわれてな。そこをライサンダーに助けられて、一目惚《ひとめぼ》れだ。ライサンダーのやつもまんざらじゃなかったらしくて、その二ヵ月後だか三ヵ月後に結婚した。仲睦《なかむつ》まじいって言葉がぴったりの夫婦だ」

「たしかに、二人の仲を引き裂くのは可哀想ですわね」

コンスタンスは口元を手で隠して、意味ありげにルシードとファルを見つめる。妹を無視して、若者はリンダに視線を戻した。

「そういうわけで、俺たちの考えはガイセス村のときと変わらない。ロパーヒンだったか、そのひとに会わせてもらえるか」

「わかった。じゃあ、日が暮れるころに『双子角《スタッカ》』に来て」

リンダは表情を緩《ゆる》めて、笑みをこぼした。

夕方までの間に、ルシードたちは宿をとって身体を休めたり、必要なものの買いだしに行ったりした。そうして空が暗くなってきたころ、三人は「双子角《スタッカ》」を訪れた。宿の壁には、四角い渦と、それをなぞるように這っているらしいクワガタがおかしそうに描かれている。

リンダは宿の出入り口の前で、ルシードたちを待っていた。

「ロパーヒンさんはもう来てるよ。あたしの部屋で待ってもらってる」

「双子角《スタッカ》」は二階建ての宿屋で、一階は帳場と厨房、宿の主人一家の部屋と、荷物を預かる倉庫になっている。客室はすべて二階だ。リンダはそのひとつに泊まっていた。

薄闇に包まれた階段をのぼりながら、ルシードは思いだしたようにリンダに尋ねる。

「そういや、ロパーヒンってのはどんなひとなんだ？　まだ名前しか聞いてなかったが」

「男で、年齢は三十。椅子職人をやっているんだって」

「町の長や、その補佐じゃないのか？　職人なら職人組合の長や副長とか」

ルシードは意外だという顔をしたが、すぐに考え直した。移住希望者たちは、圧政から逃れようとする人々でもある。支配者に疑いを持たせないためにも、肩書きのある者たちが動くような真似はできるかぎり避けるに違いなかった。

「詳しいことは聞いてないんだ。あんたたちがどうするか、わからなかったからね」

階段をのぼりきって、リンダはいちばん奥の部屋へと歩いていく。扉を叩き「入るよ」と呼びかけて、彼女は扉を開けた。

なかなか広い部屋だった。天井から吊り下がっているランプが室内を照らし、窓は、壁に円形の穴を開けてガラスをはめこんだもので、そのそばにベッドが設置されている。

樫でできた四角いテーブルが、部屋の中央に置かれていた。テーブルを囲むように、背もたれに大きな螺旋《らせん》の描かれた五つの椅子がある。

そして、椅子のひとつに中肉中背の男が腰かけていた。

ぼさぼさの黒髪は目が隠れるほど長く、顎には無精髭《ぶしょうひげ》が伸びている。外套《がいとう》と靴の汚れは落としているようだが、それはこの部屋を借りているリンダに配慮したものだろう。足下には荷袋と、剣を収めた鞘があった。

——こいつがロパーヒンか。

男を一瞥《いちべつ》して、ルシードは汚らしいというよりも、旅慣れているという印象を抱いた。荷袋の紐の結び方が複雑なのは他人に容易に開けさせないためだろうし、剣は床に無造作《むぞうさ》に置かれているように見えて、少し身体を傾《かたむ》ければ手が届く。

男は椅子から立ちあがって、リンダに会釈《えしゃく》した。それからルシードたちに視線を向ける。

「リンダさん。この方たちが……？」

「ええ、ロパーヒンさん。北の新興国アスティリアの指導者たちです」

リンダはにこやかな笑みを浮かべて、ルシードたちを紹介した。三人は順番に名のって、彼と握手をかわす。自分たちがかつてはカーヴェルやパルミアの王族だったことも話した。

ロパーヒンの手は乾いてごつごつとしていたが、職人の手というよりは戦士のそれに、ルシードには思えた。

ルシードたちが椅子に座ると、リンダは用意していたらしい人数分の陶杯と葡萄酒《ファム》をテーブルに置いて、陶杯に葡萄酒《ファム》を注いでいく。

「この出会いが、皆にとって幸運なものとなりますように」

全員が陶杯を手に持ったことを確認して、リンダが言った。あとで聞いたところによると、商談における常套句らしい。ルシードとコンスタンスはカーヴェル式に陶杯を目線よりも上へと持ちあげ、ファルとリンダはパルミア式に右手で陶杯を持ち、左手を添えて前へ突きだす。

ロパーヒンは自分の左手を胸と喉、頭の順に当てていき「酒は身体を温め、喉を潤し、精神を満たす」と厳かにつぶやいた。それから陶杯をつかんで、一気に呷る。

「それがラグラスでの乾杯の仕方なんですか？」

好奇心からルシードが尋ねると、ロパーヒンは笑ったようだった。

「ええ。何でもよいので思うことを言って、酒を一気に飲み干すのです。酒の苦手な者は水や蜂蜜《はちみつ》、生姜《しょうが》などで薄めますが。これは、とても飲みやすくてありがたいですね」

台詞の後半は、リンダに向けたものだ。行商人《ナーヴィ》の娘は「お口にあってよかった」と笑顔で応じて、空になっているロパーヒンの陶杯に二杯目を注いだ。

「さっそくだが、ロパーヒン殿」と、ファルが話を切りだす。

「あなたたちが置かれている状況については、リンダからおおよそ聞いている。だが、あなた自身から詳しい話を聞きたい。いいだろうか」

ロパーヒンはうなずき、テーブルの上に置いた両手の指を組みあわせた。

「私たちが暮らしているのは、ラグラスの西にあるサキアームという地です。領主の名はガーエフ。この男の統治は、過酷なものでした。税を多く取りたて、彼のためだけの労役に駆りだし、配下の者の乱暴、狼藉《ろうぜき》を咎《とが》めようとしなかった。直訴した者は、斬り捨てられました」

黒髪の隙間から覗く両眼が、強烈な感情を帯びた。

「もともと、我が国は森林や山あいの地が多く、領主貴族たちの領地が隣接している場合、その境目《さかいめ》は不明瞭でした。そのため、揉めごとは珍しくなかったのですが、ガーエフはとくに好戦的で、何ごとも力で解決したがり、ことあるごとに争いを起こしていました」

領民たちにしてみれば、たまったものではない。畑仕事が忙しい時期でも兵士として戦場に駆りだされ、動きが悪いと怒鳴られ、殴りつけられるのだ。領地の端にある村や町などは、隣接している領主貴族の報復にもおびえなければならなかった。

重税も、労役も、戦のためのものだった。領地や領民を富ませるための戦ではなく、ガーエフと配下の者たちが満足するための戦である。この非道をあらためるようにと進言した部下は何人かいたが、遠ざけられるか、投獄されるか、斬り捨てられた。

「昔、悪政は野の獣よりも恐ろしいという話を聞いたことがありましたが、まさしくその通りだと思いました」

ロパーヒンは笑ったようだったが、その声は空気を重くするような暗さを帯びていた。知っているファルが紫水晶の瞳をルシードに向ける。「知っているか」と視線で問いかけた。知っていたので、ルシードは口を開いた。

「昔、旅人がある村に立ち寄って一夜の宿を求めたんだ。そうしたら、ひとりの老婆が部屋を用意してくれた。息子の部屋だったが、先日、獣に喰われたんだそうだ。旅人が話を聞いてみると、その村には獣に身内を喰われたという者が数多くいた」

旅人は、老婆に言った。なぜ、村のひとたちはこの地を捨てて、もっと安全な地を求めないのかと。それに対する老婆の答えは「この村には悪政がない」というものだった。

「その話はわたしも昔、お兄様に聞かせてもらったことがありましたけれど」

コンスタンスが首をかしげた。

「野の獣を何とかできなければ、それは悪政ではないんですの？」

「昔話にそんな疑問をぶつけるなよ」

そう言いつつも、ルシードは腕組みをして妹のために考えをまとめる。

「獣を、仮に狼だとする。村の近くに深い森があり、そこからたびたび現れてはひとを襲うってわけだ。この狼をどうにかしようとするなら、森を切り開くか、腕のいい狩人をどこかからつかまえてくるかしなけりゃならねえ。だが、どちらも難しい」

森を切り開けば、そこを住み処としている兎やリスは逃げ、狼はますます村の近くに現れてひとを襲うようになるだろう。木の実やキノコなども採れなくなる。そして、腕のいい狩人など、そうそう見つかるものではない。

「狼を何とかできない代わりに、領主は遺族の税を減らしたのかもしれない。村を囲む柵を頑丈なものにしてやったり、喰われた者のために、神々に祈ってやったりしたのかもしれない。少なくとも、悪政はないと言われるだけのことはしていたんだろう」

妹がようやく納得したところで、ルシードは、ロパーヒンが感心した顔で自分を見ていることに気がついた。「関係のない話をして申し訳ない」と、若者は頭を下げる。深刻な空気を多少はやわらげたかったので、あえてファルに説明したのだが、コンスタンスが疑問をぶつけてきたところからは余計だっただろう。

「いえ、ためになる話を聞かせていただきました。いつか私も使わせてもらうとしましょう」

ロパーヒンがこちらに気を遣って言っているのか、それとも本気なのかルシードはわからなかったので「どうぞ」とだけ答えた。

ファルは兄妹を横目で微笑ましげに見たあと、すぐに真面目な顔になって話を戻す。

「そうしたガーエフの圧政が、ラグラスで起きた内紛のせいでひどくなったというのか」

「さきほどお話ししたように、領地の境目《さかいめ》でのいざこざはよくあることでした。それでも、以前までは王家の調停《ちょうてい》が入ったので、大きな争いに発展することはなかったのです」

ロパーヒンの説明によれば、王家の調停は、ラグラス王国において絶対的な伝統とでもいうべきものらしい。どれほど話を聞かない領主であっても、後に引けない問題を抱えた者でも、王家の調停が入るとひとまず戦いを止めて引きあげ、話しあいに移行したという。

「ところが一年前、カーヴェルへの対応を巡って王族同士が対立すると、王家の調停は遅れがちになりました。そればかりか、調停に入るふりをしながら敵対勢力の争いを煽《あお》るようになったという話も聞くほどで……」

そのような情勢で、ガーエフの行動は次第に悪辣《あくらつ》なものになっていった。野盗《やとう》やならず者を配下とし、彼らを食わせるための食糧を領民に用意させた。

「すべては戦に勝つためだ。戦に勝てばこの地が豊かになるのだぞ」

ガーエフは何度も近隣の領主に戦を仕掛け、調停が滞っているのをいいことに戦を長引かせて、略奪をほしいままにした。しかし、彼が得たものが何らかの形で領民を豊かにすることはなかった。

ロパーヒンたちの反感を決定的なものにしたのは、次の一件である。

ガーエフの領地の南に、ゴスカータという町がある。なかなかに大きく、街道も四方に延びており、ガーエフにとっても重視するべき町だったのだが、数年前に疫病が流行って、何百人もの住人が命を落とした。

ガーエフはこの町に活気を取り戻すため、領民の強制移住を行った。領内にある町や村から若い男女を力ずくで連れ去り、ゴスカータに住まわせたのである。彼らは町や村に戻ることはおろか、ゴスカータを出ることとさえ禁じられた。

「私が住んでいる村からも、百人が連れ去られました」

沈痛な面持《おもも》ちでロパーヒンは語った。

「実をいうと、村ではこれまでに何度も議論がされてきたのです。生まれ育った地を捨てて、逃げるべきではないかと。なかなか結論を出せずにいたのですが、この出来事のあとに開かれた会合で、誰もがもう無理だと言いました」

吐きだされる言葉のひとつひとつに、強い覚悟がうかがえる。ロパーヒンだけでなく、彼と話しあった者たちも同じ表情をしていたに違いないと思わせるほどの、凄みがあった。

「なるほど。あなたがたが移住を決意したわけが、よくわかった」

ファルの表情には静かな怒りがにじんでいる。彼女は確認するような視線をルシードに向けた。若者は黙ってうなずく。ロパーヒンのこの態度からして、途中で気が変わるようなことはないだろう。ファルは、黒髪のラグラス人に向き直った。

「ロパーヒン殿。私たちは、あなたたちを歓迎したい。ただ、先にいくつか言っておくことがある。あなたたちの数は二百人と聞いているが――」

「正確には二百二十三人です。男が百四十二人。女は八十一人」

よどみなくロパーヒンは答える。ファルはうなずいて、話を進めた。

「私たちの村は、それほど大きなものではない。よって村の中に受けいれるのではなく、近くにあなたたちの村を作ってもらう形になる。もちろん、私たちもできるかぎり手伝う」

「その条件でかまいません」

「それから、こちらの数は二百人ほどだが、一千人近く増えるかもしれない」

「一千人？」

黒髪の奥で、ロパーヒンが目を瞠《みは》る。ファルは正直に、そして簡潔に事情を説明した。パルミアの王女だった自分を慕《した》って、パルミア兵が村に集まってくる予定だと。こういうことは、いまのうちに言っておかなければ揉めごとの種になる。

ロパーヒンは考えこむように無精髭《ぶしょうひげ》を撫《な》でると、慎重な口ぶりで聞いてきた。

「これから移住しようとする我々にとっては頼もしいかぎりですが……。我々とあなたがたとの関係は、どういうものになるのでしょうか？」

「私たち三人が、あなたたちの上に立つ形となる。ガイセス村の者やパルミア兵とは対等だ。上に立つといっても、もちろん自治は認める。乾杯の仕方などもそうだが、あなたたちの伝統や慣習をないがしろにする気はない」

それから、暮らしが成り立つまでは税をとらない、大がかりな労役などには参加してもらうといったことを付け加えて、ファルは次の言葉で締めくくった。

「私は、おたがいが助けあうような関係になってほしいと思っている」

ルシードは、この若者には珍しい類の微笑を湛《たた》えて、黄金色の髪の娘を見つめた。

こういったことを真剣に考え、自分の言葉として発する。ルシードにはできないことだ。

「――ありがとうございます」

椅子から立ちあがって、ロパーヒンは深く頭を下げる。ファルも立ちあがり、彼に手を差しだした。ロパーヒンは顔をあげ、二人は握手をかわす。ルシードとコンスタンス、リンダは安《あん》堵《ど》の笑みを浮かべてその光景を見守った。

おたがいが再び椅子に座ったところで、ファルが尋ねる。

「ところで、これまでにガイセス村を訪れたことは？」

「シエティンの北部と未踏地《ナルグダムス》の間に村があるという話は聞いたことがありましたが、さすがにそこを覗いてみようとは思わず……」

ロパーヒンの返答を聞いて、コンスタンスが不安そうに眉をひそめた。

「見たこともない地を移住先に決めてしまって、よろしいんですの？」

「さきほどの昔話の通りです。そこに悪政はないのでしょう？」

コンスタンスが少女だからか、ロパーヒンは年長者らしい態度で笑いかける。実際、彼にとって、いや移住希望者たちにとって、それこそが重要な点なのだろう。

「あるのは、シエティンからも見捨てられた村ひとつですね」

ルシードが肩をすくめる。若者は、そのまま言葉を続けた。

「ロパーヒンさん。これからの予定を聞かせてもらっていいですか」

「大雑把なものになりますが」

そう前置きをして、ロパーヒンは荷袋から地図を取りだした。ガーエフの治めるサキアームのもののようだ。それをテーブルの上に広げて、彼は説明をはじめた。

村を作る場所を下見して、可能ならガイセス村の者に挨拶をする。その後、シエティン領内を通ってラグラスに戻り、ゴスカータの町へ向かう。

「ゴスカータの町に拠点を設けてあるんです。そこから私たちの村――トマナクというのですが、そこと連絡をとりあい、機を見てトマナクに集まり、北上してラグラスを抜けます」

話を聞きながら、ルシードは静かに地図を見つめている。

――シエティンから、ラグラス南西にあるゴスカータへ。そして、北西にあるトマナクへ。最後に北西の国境を抜けて、街道もない荒野を十数日歩いてガイセス村に到着予定か……。

兄と同じように地図を眺めながら、コンスタンスが聞いた。

「ゴスカータから出るのは禁じられているという話でしたけれど、抜けだせますの？」

「門衛を買収してあります」

あっさりとロパーヒンは答える。そのあたりの準備はすでにできているということらしい。

「もっとも、一日たてば門衛以外の者にも知られてしまいますからね。住人となっている者たちがゴスカータを抜けだすのは、ただ一度。最初で最後です」

「あなたがたがラグラスを抜けることに関して、私たちが手伝うようなことは？」

ファルの質問は、どちらかといえば確認といっていいものだった。ロパーヒンは、これにも落ち着いた態度で応じる。

「ガイセス村の方々と揉めるようなことさえなければ、問題はありません」

それもそうか、とルシードは内心で納得した。ラグラスから逃げるのに外部の力を頼るようでは、何かあったときにガーエフの領地の中で立ち往生しかねない。ゴスカータの門衛を買収しているように、準備は念入りにほどこしているのだろう。

彼らの予定については、任せてしまっていい。この話しあいがはじまってからずうっと聞きたかったことを、ルシードは聞くことにした。

「ところで、カーヴェル軍がラグラスを攻めようとしているとか」

ロパーヒンの表情が緊張で硬くなる。

「話だけは、リンダさんをはじめとして何人かにうかがっています。それが私たちの行動にどのような影響を及ぼすのかは、ラグラスに戻ってみるまでわかりません。私も一ヵ月以上離れているので」

「あなたがラグラスに戻られる際は、同行させていただいてもいいでしょうか。私たちも気になっているので」

カーヴェル軍のことを考えると、ルシードの胸中でいいしれぬ不安が湧き起こる。なぜ、ラグラスなのか。その疑問がいまだに解けず、頬の内側に腫れ物ができたときのような不快感を覚える。疑問に思ったことは何でも追及しなければ気がすまないという性質ではないのに、どうしてこのことだけが気になるのか。

「そうですね。ラグラスの状況次第では、また話しあうことが出てくるかもしれませんから、来ていただけると助かります」

ロパーヒンは笑顔でそう言って、話しあった末に、ルシードとファル、コンスタンスの三人が同行することとなった。

「それでは、明日の朝にこの宿の前で」

ロパーヒンは剣を腰に吊るし、荷袋を肩に担《かつ》ぐと、ひとりひとりと握手をかわして部屋を出ていった。扉が閉まり、廊下を歩く足音が次第に遠ざかって聞こえなくなったところで、リンダが手を叩く。

「とりあえずはおめでとう。話がまとまってよかったよ」

「見かけほど怖い方ではありませんでしたね」

葡萄酒《ファム》に口をつけながら言ったコンスタンスを、ルシードは叱るように軽く睨《にら》む。

「おまえな、真面目な話をしてる途中で、変なことを聞いてくるなよ」

「悪政がどうのって話なら、あれはあれでよかったと思うよ。あのあと、ロパーヒンさんの態度がかなりやわらかくなったでしょ」

リンダが手をぱたぱたと振った。ルシードは意外だという顔で彼女を見る。

「そうなのか？」

「うん。あたしは何度かロパーヒンさんと会ってるからね」

彼の言葉はこちらへの気遣《きづか》いというだけでなく、いくらかは本心でもあったということか。

「わかりましたか、お兄様。わたしはそこまで考えた上で質問したのですわ」

ここぞとばかりにコンスタンスが得意満面で胸を張る。ルシードは怒る気力も削《そ》がれてしまい「えらいえらい」と抑揚《よくよう》のない声で言って、妹の頭を撫《な》でてやった。

ファルは椅子から立ちあがって、リンダに歩み寄る。

「リンダ。礼を言う。ありがとう」

黒髪の行商人《ナーヴィ》は目を丸くしてファルを見つめたあと、照れたように頭をかいた。

「あの、そういうのは、全部うまくいってからお願いします」

「ところで、リンダさんはこの話のどこで儲けるんですの？」

コンスタンスが尋ねると、リンダは気を取り直して笑みを浮かべる。

「新しく村ができて、ものを買えるぐらいになるまで生活が安定したら、二百人のお客ができるわけでしょ。これに関しては、あたしが一手にやらせてもらうよ」

「それはかまわねえが、何年も先の話だぞ？」

ルシードが言うと、リンダは肩をすくめた。

「この件についてはそれでいいの。目先のことも大事だけど、先の楽しみってやつがないと、しんどくなるからね。だから、がんばって成功させて。あんたのためにもなるんだからさ」

「それはいいが……」

ルシードは不本意そうな顔でリンダを見る。

「いまさらな気もするが、おまえって俺とファルとでずいぶん態度が違うよな」

「当然でしょ」

「人徳の差ですわね」

コンスタンスがすました顔で追撃し、室内はささやかな笑いに包まれる。ルシードも苦笑するしかなく、焦げ茶色の髪をかきまわして椅子の背もたれに寄りかかった。

三章　森林と巨獣の王国

とうに中天を通り過ぎた太陽の下で、色褪せた草花が風に揺れている。風は獣じみた咆哮《ほうこう》を乗せ、血なまぐささをともなっていた。

右手に草原が広がり、左手に小高い丘のある街道で、人間たちと魔物たちが戦っている。わずか四人の旅人が、二十体近い数の魔物に襲われているのだ。

魔物たちは、コボルドとゴブリンだ。全員が武器を持ち、革鎧などを身につけている。鎖かたびらをまとっているものもいた。

コボルドは犬の頭部と、人間と変わらない体格を持ち、長い体毛に全身が覆われている怪物だ。ゴブリンは猿から体毛をすべて取り去ったような外見と、黒ずんだ褐色《かっしょく》の皮膚をしている怪物である。どちらも、大陸では広く知られている魔物だ。常に群れで行動し、武器や罠も使うため、熟練の戦士でも不覚をとることがある。

しかし、この場において優勢なのは、数の少ない方だった。それもたった二人、あるいはひとりの奮戦によって、魔物たちは追い詰められていたのである。

旅人はルシードたち三人と、ロパーヒンだった。

黄金色の髪をなびかせて、ファルが地面を駆ける。気合いの叫びとともに振るわれた聖剣メルサナーシュは、彼女よりも一回り大きな体躯《たいく》を持つゴブリンを一撃で斬り伏せた。そのゴブリンは鎖かたびらを着こんでいたのだが、ファルの斬撃の前では紙の鎧も同然だった。

手に持っていた鉈《なた》や、斬り裂かれた鎖かたびらを残して、ゴブリンの死体は音もなく崩れ去った。魔物は死体となって、日の光を浴びると消滅する。

一体のコボルドが何ごとかを叫ぶ。それに呼応するかのような仲間たちの動きからすると、複数でファルを取り囲めとでも言ったのだろう。

直後、そのコボルドはロパーヒンに斬りつけられて草むらの中に倒れた。ファルのような鮮やかさはないが、彼は一体一体を確実に仕留めている。

ルシードとコンスタンスは、二人のように馬から下りることもせず、魔物たちが次々に倒れては消え去っていくさまを戦場の外から見つめていた。

「こいつらも狙いは悪くなかったんだが」

一度は抜き放った魔銃を、ルシードは腰のベルトに戻す。

魔物たちは、左手にある丘に潜んでこちらの様子をうかがっていた。ルシードたちが丘の近くまで馬を進めてきたところで、いっせいに石を投げてきたのだ。矢を射放ってきた魔物も一体だけいた。

同時に、街道に縄が張られた。高さからして、馬の脚を引っかけるためのものだ。

投石の雨をしのぎ、馬を走らせて一気に逃げようとすれば、かえって囲まれてしまうというわけである。

だが、魔物たちの目論見《もくろみ》は、投石の段階で崩れた。ロパーヒンと並んで馬を進めていたファルは、すばやく聖剣を抜き放って、自分に降りかかる投石をすべて叩き落としたのだ。ルシードとロパーヒンはそのような真似ができず、ひとつずつ投石をくらったものの、身体に小さなあざができただけですんだ。コンスタンスは兄にかばわれて怪我ひとつない。

奇襲が失敗した時点で魔物たちは逃げればよかったのだが、数の優位を信じたのだろう。武器を鉈や手斧に持ち替えて、雄叫びとともに丘を駆け下りてきた。

それを見たファルは、馬から下りるや駆けだして、魔物たちの群れの中に飛びこんだのである。それを見たロパーヒンが驚き、同じく馬から下りて彼女に続いたが、そのときには黄金色の髪の剣姫は二体の魔物を血煙の中に沈めていた。

「お兄様は、ファル姉様を助けないんですの？　ガイセス村を発《た》ってから、お兄様が剣を抜いたところを見た記憶がありませんわ」

背中にしがみついているコンスタンスの言う通り、ここしばらく、ルシードの剣は鞘に収まったままである。手入れのときを除いて。

「剣ってのは、抜かずにすめばそれに越したことはねえんだよ」

「なんて薄情なお兄様。ファル姉様はきっと、恋人が肩を並べて戦ってくれることを望みながら聖剣を振るっているはずですのに」

「あいつのそばに行ったら、邪魔だから離れてろぐらいのことは言われそうだがな」

口に出してみると、本当に言われそうな気がしてルシードは憮然《ぶぜん》とした。だが、そう思ってしまうほどにファルの強さは圧倒的だった。聖剣の剣姫は、襲いくる魔物たちを寄せつけず、次々と斬り捨てている。

「おまえこそ、魔術でファルやロパーヒンを助けないのか」

「勝ち戦で手柄の横取りをするほど醜くはありませんわ」

妹と会話をかわしながら、ルシードはロパーヒンを観察していた。彼と行動をともにするようになって十数日が過ぎているが、その戦いぶりを見るのはこれがはじめてだ。

椅子職人を名のる黒髪のラグラス人は、優《すぐ》れた戦士でもあるようだった。彼は魔物たちに囲まれるようなこともなく、常に一対一で戦うように立ち回って、相手を打ち倒している。戦いがはじまったときの数の差を考えれば、見事なものだった。

ファルによって十体目が倒されたところで、魔物たちの士気もついに崩壊した。半数になるまでよくもったといえるかもしれない。

武器を捨て、仲間を見捨てて逃げ散っていく魔物たちを、ファルもロパーヒンも追わなかった。まわりに魔物の姿がないことを確認して、二人はこちらへ戻ってくる。

「加勢しなくて申し訳ない」

ルシードは馬から下りると、ロパーヒンにそう言って頭を下げた。ファルにはいつもの調子で「お疲れさん」とねぎらってもかまわないだろうが、彼に対してはそういうわけにもいかないだろう。ロパーヒンは笑って言葉を返した。

「私もほとんど戦っていませんから、お気になさらず」

「いやいや。魔物を三体も討ちとっていたじゃありませんか」

ルシードが言うと、ロパーヒンは黒髪の奥の目を細める。「よく見ておいでだ」と言った。

彼の長い黒髪と無精髭《ぶしょうひげ》は、長旅によるものだろうとルシードは思っていたのだが、どうやら違ったらしい。ロパーヒンの風貌は、王都アイクで会ったときのままだ。

「お二人とも。少し先に行ったところで、ひと休みしませんか？」

コンスタンスが提案する。聖剣の刃を布の切れ端で拭《ぬぐ》っていたファルは、空を見上げた。

「そうだな。これなら日が暮れる前に町にたどり着けるだろう」

ロパーヒンも異存はなく、四人は三頭の馬を駆って街道を進んでいった。

十四、五日前、ロパーヒンを加えて四人となったルシードたちは、リンダに見送られて王都アイクを発《た》った。
四人は、まずガイセス村に向かい、村長に挨拶をすませた。村長はロパーヒンに、移住希望者たちを歓迎する旨を伝えた。

ありがたかったのは、村長が空き家をいくつか提供すると言ってくれたことだ。魔物除けの紋様を上手に残して解体し、持ち運べば、新しい村において魔物の脅威は格段に減るだろう。

それから、ルシードたちは新しい村を作る場所の下見をした。

ガイセス村の者にも手伝ってもらうことを考えると、あまり離れた場所は選べない。かといって近すぎれば、おたがいに耕作地を広げたときに衝突して、揉める可能性がある。また、どちらかの村で疫病が発生したとき、感染して共倒れになる恐れもあった。

村長とも話しあって、ガイセス村から西へ歩いて半日ほどのところにある平坦な草原に決める。草原といっても近くに小高い丘があり、丘の向こうには川も流れていた。

「ここにしましょうか。森が近くにないのは、ラグラスの民として少し寂しいですが」

丘の上から草原を見下ろして、ロパーヒンはそう言った。

その後、ルシードたちは再びシエティン領内に入り、ラグラスを目指して東へと街道を進んでいるのだった。

魔物たちを追い払ってからしばらく馬を進めたところで、ルシードたちは休憩をとった。

草原の中の、葉がほとんど落ちた木に馬たちの手綱を結びつける。馬から鞍《くら》を外し、荷物を下ろして、身体を拭《ふ》いてやった。最後に荷袋からリンゴを出して食べさせる。

四人が地面に腰を下ろすと、風が吹き抜けて、草原の海を穏やかにさざめかせた。

革袋に入れておいた葡萄酒《ファム》を一口飲んで息をつくと、ルシードは草の上で脚を伸ばして休んでいるロパーヒンに、さりげない調子で声をかける。

「ところで、ロパーヒンさんはどういった経緯で移住希望者たちの代表を務めることになったのですか？　考えてみると、聞いたことがなかったので」

しばらく彼と旅をして、ルシードはいくつか不審に思ったことがあった。

ひとつは、護身用の武器が剣であることだ。

職人が旅の中で護身用に持つ武器は、ルシードの知るかぎりでは三つにわけられる。槍か、棍棒か、短剣だ。どれも調達するのが容易で、剣とは違い、訓練などしなくとも扱える。

では彼が剣を持っているのははったりなのかというと、さきほどの魔物との戦いでも、見事に使いこなしていた。戦士としては、ルシードより強いかもしれない。

次に、王都アイクで話したときにも感じたことだが、椅子職人にしては、彼はラグラス全体のことに詳しい。王家の動きにまで言及できる職人など、ルシードは見たことがない。職人たちにとって、王侯貴族というのはいわば別世界の住人だからだ。

悪政と野の獣の話を知っていたことも引っかかる。職人が興味を持つような話ではない。

ルシードの質問の意図を詮索することもなく、ロパーヒンは答えた。

「私が旅慣れていることが理由です。移住希望者たちは村の住人がほとんどで、彼らはラグラスどころか、サキアームから出たことがありませんから」

旅慣れているのは、今日までの旅で充分にわかっている。二、三度、野営をしたのだが、ロパーヒンは上手に火を熾《おこ》し、夜の見張りも問題なく務めてみせた。

「職人が修行のために各地を旅するというものですね」

「いえ、私がトマナク村で椅子職人として生きるようになったのは、五年前です。それまでは傭兵をやったり、旅芸人をやったりして糊口をしのいでいました」

ルシードは、おもわずロパーヒンをまじまじと見つめた。傭兵ならば剣を振るったこともあるだろうし、旅芸人ならば悪政と野の獣の話を知っていたり、王国の事情をかじったりしていてもおかしくない。ルシードの抱いた疑問はすべて解消される。

若者から視線を外し、遠くを見つめてロパーヒンは言葉を続けた。

「ラグラス王国から逃げだすのですからね……。少しでも外の世界に詳しいことが、選ぶ際の基準になりました。他にも何人か候補はいましたが、最終的にはシエティンやカーヴェルにも行ったことのある私に決まったのです」

「そんな事情があったのですね」

ルシードは焦げ茶色の髪をかきまわす。取り越し苦労だったということかと馬鹿馬鹿しさを感じ、彼を疑ったことを申し訳なく思った。

ふと、ファルが立ちあがる。

「少し歩いてくる。コンスタンス、悪いがつきあってくれ」

黄金色の髪の剣姫は、首をかしげるコンスタンスを連れてその場を離れた。ロパーヒンが遠ざかっていく二人の後ろ姿を眺める。

「どうしたんでしょうか」

「用でも足しに行ったんでしょう」

荷袋から地図を取りだしながら、ルシードは品のない顔で品のない台詞を言った。ロパーヒンは苦笑を浮かべて、ファルたちが歩き去っていった方向に背を向ける。念のために、何かの弾みでそちらを見ることがないようにしたのだろう。

「そういえば、我が国では用を足すためにその場から離れることを『キノコを採ってくる』というんですよ」

ロパーヒンの言葉に、ルシードは地図から顔をあげた。

「おもしろい言い回しですね。そこらじゅうにキノコが生えているみたいで」

「ほとんど森と山ですから。どんなものでもよければ、年中、キノコは採れますよ。ただ、地方によっては、隠れて恋人と会うときにも『キノコを採ってくる』というそうで」

「受けとり方を間違えるとおっかないですね」

二人は顔を見合わせてひとしきり笑いあう。笑いをおさめると、ロパーヒンは真面目な顔になってルシードの持っている地図に視線を向けた。

「カーヴェル軍のことが気になりますか?」

「あと三日ほどでラグラスに着く予定ですし、こちらのやることに影響があるかもしれないと思うと……」

ルシードは素直に答える。これまでに立ち寄った村や町でも聞いてみたが、隣国のことだからか、ろくな情報が手に入らなかった。カーヴェル軍がどこまで来ているのかも、その数も、王都でリンダから聞いた話と大差ないのが現状だ。

情報がほしい。なるべく正確な情報が。カーヴェル軍のことで、余計な不安を抱えずともすむように。そんな内心の焦りと苛立《いらだ》ちを隠して、ルシードは笑顔をつくった。

「ラグラス軍が上手いこと持ちこたえてくれて、ガーエフの注意もそちらに向けられれば、みなさんの脱出はずうっと楽になる。そうなれば願ったりかなったりですが」

「ぜひとも、そうなってほしいものですね」

ロパーヒンも笑顔でうなずいてみせる。

ファルとコンスタンスが戻ってきたので、ルシードたちは馬に鞍《くら》と荷物を載せ、手綱を解いて出発した。これまで通り、ファルとロパーヒンが轡《くつわ》を並べて前を進み、ルシードはコンスタンスを後ろに乗せて、二人に続く形だ。

「お兄様」と、コンスタンスが声を潜めて、ルシードの服の裾を引っ張った。若者は首だけを動かして妹を振り返る。

「ファル姉様からのご伝言です。驚かず、声を出さずに聞いてくださいまし」

ルシードは眉をひそめた。たいていのことは直接言ってくるファルが、わざわざコンスタンスを介するとは何があったのか。蹄《ひづめ》の音にかき消されそうなほどの小さな声で、妹は続けた。

「ロパーヒンさんは馬に乗り慣れている。ファル姉様はそうおっしゃいました」

「昔、傭兵をやっていたって言ってたじゃねえか」

「黙って最後まで聞いてくださいな。今日まで、ロパーヒンさんの馬の操り方を見ていたが、馬上で姿勢を安定させて、馬を走らせている、あれは訓練を積んだ証拠だ……そうですわ」

台詞の半分以上が、駆けだしの吟遊詩人《ミラドール》のように棒読みなのは、ファルの言葉をそのまま伝えているからだろう。まだひとりで馬に乗れないコンスタンスでは、説明を聞いてもしっかり理解できなかったようだ。兄の方は、そこまで聞いてようやく納得した。

馬に乗る傭兵は、少ない。理由は簡単で、馬を飼うには金もかかれば手間もかかるからだ。餌は毎日やらねばならないし、病気にならないよう身体を拭《ふ》いてやるなど、気を遣う必要がある。金に余裕のある者でなければ、馬という財産を維持することなどとうていできない。

そうした傭兵が馬をどのように使うかというと、高所から見下ろすことで味方や部下に威厳を示し、敵を威圧するのだ。また、戦場などで味方や敵の様子を見るときにも馬に乗る。負け戦で逃げるときでもないかぎり、馬を走らせるような真似はしないし、そのような訓練もしない。騎乗した状態での突撃など論外だ。敵陣に飛びこむ前に落馬するだろう。

ルシード自身、王子となってから乗馬の訓練をはじめたが、慣れるまでは馬を歩かせるだけでも何度も落馬した。馬上は、端から見ているよりも揺れるのだと思い知らされたものだ。

——傭兵の他には旅芸人もと言っていたが、旅芸人だって馬には乗らねえしな。

旅芸人が乗るとすれば、馬よりも身体が小さくて乗りやすいロバだろう。彼らにとって馬は荷車を引く存在であり、曲芸をやるのでもないかぎり馬に乗ることはない。

「もちろん、ロパーヒンさんは生い立ちから現在までを、わたしたちにすべて話してくださったわけではありませんけれど……。馬の扱いを見ていると、過去に貴族か騎士だったのではないかと思う。ファル姉様はそうおっしゃってました」

ルシードは空を仰いでため息をつく。ファルに言われなければ、気づかなかっただろう。

「ファルはどうすべきだって言ってた？」

ロパーヒンの後ろ姿を眺めながら、ルシードはしかつめらしい顔で聞いた。

「何か理由があるのでしょうから、心には留めておいて、詮索せずにいようって」

「わかった。ファルには、あとで礼を言っておいてくれ」

「だからお兄様は駄目なんですわ。謝意は、お兄様から形のあるもので伝えないと。恋人同士なんですからいくらでもあるでしょう。甘い接吻とか、優しい抱擁《ほうよう》とか……まあやらしい」

ひとりで興奮しながら、コンスタンスは兄の背中をぽかぽか叩く。

——こいつ、あの夜から一段と面倒くさくなりやがったな。

しかし、妹の言うことは正しい。折を見て、ルシード自身がファルに礼を言うべきだろう。

そのとき、ロパーヒンが馬足を緩《ゆる》めて、こちらを振り返った。

「どうかしましたか？」

「いえ、さきほどの戦いのことで、妹があまりに不甲斐ないと私を叱るもので。次に魔物と遭《そう》遇《ぐう》したら、ロパーヒンさんには周囲の警戒をお願いして、私が前に出ようかと話していたところです。妹は、魔術で自分の身を守る方法を心得ていますから」

にこやかな笑みを浮かべてルシードは答えた。お説教役にされてしまったコンスタンスは、不満そうに唇をとがらせる。

「魔術を使わずとも身を守る方法はありますわよ。魔物が近づいてきたときに、お兄様を地面に突き落とすとか」

「そうしたら馬は誰が操るんだ」

「お兄様がわたしと馬を守って勇敢に戦ってくれればいいのですわ」

とうとうロパーヒンが吹きだした。その隣で、ファルはため息混じりに苦笑する。

「漫才もほどほどにな。行くぞ」

ファルが馬を進め、それにつられてロパーヒンと、それからルシードも手綱を操る。

ロパーヒンの過去を、むやみにほじくり返したいわけではない。これからの予定に支障がなければ放っておいてもいいのだ。カーヴェル軍のことだけで手一杯なのだから。

雲がまばらに散る空の下、ルシードたちは街道を東へと進んでいった。

カーヴェル王国の王都レイセティ。その王宮にある執務室で、アンバートは政務を処理していた。次々に持ちこまれる陳情や要請に応え、報告を聞いては新たな指示を出し、それらに合わせて会議や謁見《えっけん》や宴の予定を設ける。

激務だったが、彼にしてみればヴァシレウス王に仕えていたときとたいして変わらない。もたらされる報告に対して案を考えるのは、常に彼だったからだ。自分の提出した案に許可を出す置物というのが、国王に対するアンバートの認識であった。

日が傾《かたむ》いて、窓から見える王都の空がくすんできたころ、アンバートのもとにいくつかの報告書が届けられた。その中に、行軍の状況について書かれたものが二通ある。ライサンダーのものと、第二部隊を率いるロンガヴィル将軍のものだ。

これは、アンバートの指示によるものだった。二つの視点から状況を把握することができるし、ライサンダーが偽りの報告を書いても、ロンガヴィルの報告によってそれがわかる。

「いまのところ、行軍は順調のようだな」

二通の報告書に目を通し終えて、アンバートは満足げにうなずいた。報告書の日付から考えると、数日中には、ラグラスの国境にたどり着くだろう。通常の行軍よりもだいぶ遅いが、街道の警備が目的だと思わせるためなので、問題はない。

——今日まで、ライサンダーの報告書に不審な点はない。ようやく膝を折る気になったか。

そう考えてから、アンバートは首を横に振った。まだ油断はできない。ライサンダーがコンスタンスを連れて王都の門をくぐるまでは。

もうひとつ、アンバートを晴れやかな気分にさせたのは、隣国であるパルミアに派遣した部下が無事に戻ってきたことだ。執務室に通された部下は、アンバートに報告した。

「閣下のご命令通り、パルミア王と王妃の所在をクログスター殿に伝えました」

「よくやってくれた」

アンバートは部下をねぎらい、休むように言って退出させる。ひとりになった執務室で、アンバートは、どちらかというといたずらが上手くいった子供のような笑みを浮かべた。

「返礼としてはささやかだが、ひとまずはこれでいいだろう」

クログスター将軍が叛乱を起こしたとき、パルミア国王エイルハラルと王妃フリージアは混乱の中で姿を消した。長い間、その行方は杳《よう》として知れなかった。

国内の山中に隠れ潜んでいる、海をわたって他国に逃れた、すでにこの世にいないなど、さまざまな噂が流れていたが、真実は誰もわからないままだったのだ。

執務机の引き出しから、大陸を描いた地図をアンバートは取りだす。その一点を見つめた。

カーヴェルと、北東にあるラグラス、東のグリストルディ、その三ヵ国の国境に囲まれた、誰のものでもない小さな地。険《けわ》しい岩山が連なり、森と荒野が点在する一帯だ。

無人ではない。住まいを失った難民や、逃亡中の罪人、山賊くずれなど何らかの事情で近隣諸国を離れた者たちが、寄り集まって暮らしているらしいという報告を、アンバートは部下から受けとっている。

三ヵ国とも領土の獲得には非常に貪欲だが、彼らから見ても、その地はあまりにも魅力に欠けていた。手に入れることは簡単だが、領土として維持するためには兵を派遣しなければならない。時間と手間をかけて整えれば、隣国を刺激してしまう。

放置というのが彼らの出した結論であり、その地は長らく空白地帯となっていた。

ところが最近になって、この地にヴェルクードという国が生まれた。統治者は、かつて東にあった国の生き残りだそうだが、アンバートの興味はその人物にはない。名前も知らない。

アンバートが驚いたのは、その統治者の相談役を、行方不明中のパルミア国王と王妃が務めているということだ。

このことを知ったのは、偶然だった。コンスタンスを捜して広く情報を集めていたところ、ヴェルクードに異国の貴人がいるという噂を耳にして、調べさせてみたら判明したのだ。

「さて、クログスターはどのような行動に出るかな」

亜麻色《あまいろ》の髪の宰相は冷笑を浮かべた。パルミアからヴェルクードなる地に向かうには、カーヴェルか、ラグラスか、グリストルディのいずれかを通過しなければならない。アンバートはもちろん熱心に妨害してやるつもりだった。

文官たちが書類の束を抱えて執務室を訪れたのは、それからまもなくのことである。

日が暮れようと、大国の為政者としてアンバートは多忙であった。

ルシードは呆気《あっけ》にとられた顔で、それを見つめていた。

眩く輝く太陽と青い空の下、黒々とした森がどこまでも広がっている。ここから東をぶ厚い暗緑色の絨毯で覆ったかのような、壮大な眺めだった。北、東、南のいずれを見ても、森が途切れているところが見当たらない。カーヴェルはもちろん、他のどの国にもこれほどの大森林はないだろう。

シエティンとラグラスの境目《さかいめ》にある、丘の上である。「森から先がラグラスです」と、ロパーヒンは言っていたのだが、その言葉の意味をルシードはようやく実感していた。これほど明確な境界線はない。

ルシードは視線を巡らせて、これまで進んできた街道を振り返った。左右を草原や丘に挟まれた街道が、西へゆるやかに延びているのが見える。ところが、東の方を見ると、街道は森の中に消えてしまっているのだ。呑みこまれてしまったかのように。

目を凝《こ》らせば、密集している木々の隙間に街道らしき一筋の線がかろうじて見えてくるのだが、道案内がいなければ決して足を踏みいれたくない心境である。

「いかがですか、ルシード殿」

「たしかに、キノコがそこらじゅうで採れそうですね」

誇らしげなロパーヒンに感想を聞かれて、ルシードはそう返すのが精一杯だった。

「キノコって何のことですの？」

ルシードの後ろに乗っているコンスタンスが首をかしげる。ロパーヒンは少女に気を遣ってか、用を足す云々は口にせず、恋人同士がひそかに会うときに使う言葉だと教えた。

「まあ、それではお兄様とファル姉様の二人でキノコがたくさん採れそうですわね。わたしは話だけでおなかいっぱいになりそうですけれど」

「振り落とされるなよ」

言うが速いか、ルシードは馬を走らせる。丘の斜面はゆるやかだが、勢いに任せて駆け下りれば揺れも激しい。コンスタンスは悲鳴をあげて兄にしがみついた。ファルは頬をかすかに染め、気まずさをごまかすように兄妹を追う。ロパーヒンがそのあとに続いた。

丘を降りきったところで馬を休ませてから、街道を進む。自分たちから近づいているのに、森が自分たちを呑みこもうとして迫ってくるような錯覚を、ルシードは抱いた。

「たしかに街道は延びているな」

ルシードたちの隣で馬を進めているファルが、安心したように言った。案内役を務めるロパーヒンだけが先頭に立っている。

森の中に入った途端に視界が薄暗くなり、大気もかすかに冷たくなる。陽光を木々が遮っているからだとわかっていても、ラグラス人ではない三人は緊張した。

「街道を少しでも外れたら、すぐ迷子になりそうですわね……」

コンスタンスが不安そうな顔で左右を見回す。言葉にはしないが、ルシードも同感だった。

視線を巡らせれば、立ち並ぶ木々と生い茂る草に阻まれて二十アルナ（約二十メートル）先もわからない。見上げれば、奔放に伸びた無数の枝葉が空をほとんど隠している。

街道の方へ葉を延ばしてきている草も多く、暗くなったら街道が見えなくなってしまうのではないかという気にさせられる。悠然《ゆうぜん》と馬を進めるロパーヒンの後ろ姿が、頼もしく見えた。

そのロパーヒンが、馬首を返してルシードたちを振り返る。

「忘れていました。あなたがたに渡しておくものがあります」

ルシードたちに馬を寄せると、黒髪のラグラス人は荷袋から何やら取りだした。それは、子供のてのひらに乗るほどの小さな革袋だった。

革袋を受けとったルシードは顔を近づけてみる。腐らせた卵に数種類の香辛料を振りかけたような、異様な臭気が鼻をついた。小さなころに貧民街で何度か嗅いだ、すえた匂いに似ている。隣にいたファルと、後ろにいたコンスタンスが、それぞれ盛大に顔をしかめた。

「何ですの、これ……」

「獣除けの粉です」

ロパーヒンはこの臭いに慣れているのか、何とも思っていないようだった。

──これ、荷袋に入れたら他のものに臭いが移るんじゃねえか。

荷袋にしまうことをためらっているルシードに、ロパーヒンが説明する。

「むろん狼や猿などにも効きますが、基本的には巨獣《バルカ》対策だと思ってください。とはいえ、巨獣《バルカ》は森のもっと深いところにしかいませんが」

「巨獣《バルカ》は、ひとを襲うことがあるのか？」

荷袋に獣除けの粉の袋を入れながら、ファルが訊いた。

「積極的に襲ってくるのは繁殖期など気が立っているときですね。ただ、とにかく身体が大きいので、巨獣《バルカ》自身に害意がなくとも、こちらが痛い目を見る場合があります」

「力の強い大男が、軽く叩いたつもりで相手に怪我をさせてしまうようなものか」

ファルは納得したようだった。ルシードも、仕方なく荷袋に獣除けの粉の袋を入れる。できれば昨日、町に泊まったときに出してほしかったと思いながら。

「巨獣《バルカ》はおとなしい生き物なんですの？　巨獣兵《バルバート》というのがいると聞いていますけれど」

コンスタンスが首をかしげる。ロパーヒンは笑って、乗っている馬の首筋を軽く叩いた。

「馬も、多くはおとなしいでしょう。鉄や血の臭い、戦の音などに慣れさせて、ようやく戦場の相棒となる。巨獣《バルカ》も同じです。気性の荒いものに出くわすことも、ごくまれにありますが」

四人は前進を再開した。どこまで行っても風景は同じで、ときどき遠くで鳥の鳴き声や、木々の奥から茂みを揺らすような音が聞こえる。

森の中を通る街道は、細い。一台の馬車が余裕をもって進めるていどの幅はあるのだが、二台の馬車がすれ違うことのできる街道が当たり前のように存在しているカーヴェルやパルミアで生まれ育った三人には、窮屈に思えた。

「街道の狭いところで馬車がすれ違うときには、どうするんですの？」

コンスタンスが聞くと、ロパーヒンはそれが当然のことのような口調で答えた。

「片方が街道から外れます。そうした事態に備えて、馬車には厚い板を載せる決まりになっているんです。通る側は、街道から外れる側にその板を貸す。板が二枚あれば、安全に街道から外れることができますから」

「助けあうのはいいが、森を切り開こうとはしなかったのか」

ファルが疑問をぶつける。

「森が我々に恵んでくれるものの方が多い。それが結論です」

たとえば木の実をすり潰して粉にしたものを小麦に混ぜて、パンを焼いているとロパーヒンは説明した。また、草木が豊富なために家畜が多く、子供たちは羊の乳を飲んで育つのだと。

「葡萄酒《ファム》に、羊の乳を混ぜるという飲み方があります。はじめたのは子供たちですが、大人の中にも好む者は少なくありません」

「葡萄酒《ファム》はともかく、パンは食ってみたいな」

そんな話をしながら、ルシードは何度かズボンのポケットから懐中時計を取りだして、時間を確認する。思ったほど時間が過ぎていないことを意外に思った。代わり映えのない景色が気を緩《ゆる》ませ、緊張感を削《そ》いでいるようだ。

どれぐらい街道を進んだろうか。急に、森が薄暗さを増した。

「もう日が暮れてきた、というわけではないようだが……」

枝葉の隙間から見える空に目を凝《こ》らして、ファルが眉をひそめる。

「まわりの木が変わったんですよ」

こちらを振り返って、ロパーヒンが答えた。「少し待っていてください」と言うなり、彼は街道から外れて森の中へと姿を消す。ルシードたちが止める暇もなかった。

「お兄様、どうするんですの？」

「こんなとこじゃ、道案内が帰ってくるのを待つ以外にねえだろ」

兄妹はそんな言葉をかわす。この国で生まれ育った彼ならともかく、ルシードでは街道から五十アルナ（約五十メートル）も離れれば戻ってこられなくなるだろう。

三人の不安をよそに、ロパーヒンはすぐに戻ってきた。ルシードたちに馬を寄せて、手に持っているものを見せてくる。二枚の葉と、二つの樹皮だった。

「こちらが、さきほどまで進んでいたところに生えていたもので、こちらが、このあたりに生えているものです。葉の形も樹皮も違うでしょう。薄暗くなっているのはこのためです」

葉と樹皮を指で示しながら、ロパーヒンは丁寧に教えてくれる。ルシードたちは「な、なるほど……」としか言えなかった。こうして間近で見せられると、たしかに違いはわかる。しかし、それが左右に立ち並ぶ無数の木々になると、どれも同じに思えるのだ。

「木と木の間隔も違います。森に入ってすぐのあたりは、もっと木が密集していましたが、このへんはかなり広いでしょう」

「言われてみるとそうだな。ここなら、森の中でも剣を振るうのに支障がなさそうだ」

ファルが木々に目を向けて、うなずく。その言葉で、ルシードにもようやく違いが呑みこめた。自分の慣れていることにすぐ当てはめた彼女に感心する。ロパーヒンが言った。

「明かりを用意しましょうか。はぐれてしまってからでは遅いので」

「そうしてもらえるか。私もこのようなところははじめてで、驚くことばかりだからな」

ファルは虚勢を張らず、素直に頼んだ。ロパーヒンは松明《たいまつ》を二本用意して、火をつける。

「もしもはぐれてしまったら、街道の真ん中で火を熾《おこ》して、煙を出してください。左右の木や草には絶対に燃え移らせないように。場合によっては死刑もありえます」

そう言って、一本をルシードに渡したときだった。彼の背後に並ぶ木々の奥から、茂みをかきわけるような音が聞こえた。若者は松明を左手に持ち替えながら腰の魔銃に手をかけ、ファルは聖剣を抜き放つ。コンスタンスも輝晶杖《サーリオン》を握りしめた。

——獣か？

聞こえた音の大きさからして、熊のような大型の獣だろうとルシードは推測する。向こうもこちらに気づいたのか、動きを止めたようだった。森の奥から視線らしきものを感じる。

ロパーヒンは呆然とした顔で、森の奥を見つめていた。彼の口からかすれた声が漏れる。

「巨獣《バルカ》です……」

ルシードたちはいっせいに息を呑んだ。ロパーヒンは緊張に顔を強張《こわば》らせながらも、獣除けの粉が入った革袋を取りだす。馬から下りた。

再び、森の奥から物音が聞こえた。大槌をゆっくりと地面に打ち下ろすような重く鈍《にぶ》い響きだ。その音が二つ、三つと近づいてきたかと思うと、不意に止んだ。森の中に静寂が訪れる。

「ここにいてください」

左手に松明《たいまつ》を、右手に革袋を持って、ロパーヒンは慎重な足どりで森の中へ踏みこんだ。ファルが横目でルシードを見る。若者は首を横に振った。

「たぶん、巨獣《バルカ》を刺激したくないんだろう。わざわざ馬から下りたのも」

風が吹いて草がざわめき、木々のまとう葉が揺れる。それに合わせて、か細い陽射《ひざ》しの雨が不規則に降り注いだ。ロパーヒンは十数歩ほど歩いたところで足を止める。

ルシードは彼を見守りつつ、その周囲に目を凝《こ》らしていたが、おもわず声をあげそうになった。ねじれた大木だと思っていたものが、獣の脚であることに気づいたのだ。地面に近いところが黒ずんで見えるのは、それが蹄《ひづめ》だからだった。

猪《いのしし》に似た、巨大な生き物がそこにたたずんでいた。充分に離れていたからそうとわかったのであって、もっと近づいていたら、巨大な何かとしか思えなかったに違いない。

――あの脚は、俺の胴体と同じぐらいか？　いや、一回り太いか？

蹄から肩までの高さは四アルナ（約四メートル）はあるだろうか。額に三本の短い角を生やしていることを除けば、顔のつくりといい、口元の湾曲した牙といい、丸みを帯びた巨躯《きょく》といい、猪に近い。黒がかった緑色の体毛に覆われているため、景色に半ば同化していた。

くぼんだ目が、白っぽい光を放ってロパーヒンを見ている。

ロパーヒンは一歩一歩をたしかめるように、巨獣《バルカ》に近づいていった。あと数歩というところまで距離を詰めると、下から上へすくいあげるように腕を振って、革袋を放り投げる。

巨獣《バルカ》はわずかに身体を動かしたものの、大きな放物線を描いてゆっくりと飛んでくる革袋を避けなかった。それは巨獣《バルカ》の鼻に当たって、地面に落ちる。

暴風の唸りにも似た叫びを、巨獣《バルカ》はあげた。頭を激しく左右に振る。

次の瞬間、すさまじい地鳴りが轟《とどろ》いた。何十もの大槌をいっせいに叩きつけたかのような衝撃が大地を揺るがし、大気を震わせて、ルシードの身体にまで震動を伝える。後ろにいるコンスタンスが、おもいきりルシードの背中にしがみついた。

「すごいな……。あの巨体で跳んだぞ」

ファルは目をいっぱいに見開いて、驚嘆のため息をこぼす。

ルシードは心臓のあたりをおさえながら、巨獣《バルカ》がいた場所へと視線を向けた。しかし、そこに巨獣《バルカ》の姿はなく、ロパーヒンが呼吸を整えながら戻ってくるところだった。

「お待たせしました」

ロパーヒンは小さく息をついて、黒髪をかきあげる。整った顔には汗が浮かんでいた。

「あれが巨獣《バルカ》なのか」

そう問いかけるファルの顔は興奮と緊張とに満ちて、頬もかすかに紅潮している。

「ええ。大きさからして成獣ですね。幼獣じゃなくてよかった」

「成獣と幼獣とでは、何か違うんですの？」

コンスタンスが訊くと、ロパーヒンは丁寧に答えてくれた。

「どちらも好奇心が強いことは同じなのですが、成獣は学習して、むやみに接近してこないのです。さきほどのように一定の距離を保って、こちらの様子をうかがいます。これが幼獣ですと、とくに警戒もせずに近づいてきます。驚いた者が攻撃してしまって争いになるのは、親からはぐれた幼獣に遭遇《そうぐう》した場合がほとんどです」

「害意がなくとも痛い目を見る、か……。よくわかった」

ルシードは肩を揺らして大きく息を吐くと、気を取り直してロパーヒンに尋ねる。

「ところで、獣除けの袋は鼻にぶつけないと駄目なのか？」

「鼻に当てれば確実ですが、顔の近くなら、まずだいじょうぶです。ゆっくり投げれば避けられることもありませんから」

答えて、ロパーヒンは馬に跨がった。しかし、彼はすぐに出発しようとはせず、何やら考えこむ表情で、巨獣《バルカ》がいた空間を見つめている。

「何か気になることでもあるのか」

ルシードが聞くと、ロパーヒンは森を見つめたまま、唸るような声で答えた。

「巨獣《バルカ》は、このあたりには姿を見せないんですよ」

どこかで、何かがあったのかもしれないということか。しかし、若者がその質問を発する前に、ロパーヒンは頭を振って街道に視線を戻した。

「いえ……。おそらく私の考えすぎです。行きましょうか」

街道に蹄《ひづめ》の音を鳴らして、ロパーヒンが歩きだす。ルシードとファルは顔を見合わせたが、何かを提案しようにも考える材料が少なすぎた。結局、三人は黙ってロパーヒンに続いた。

それから、ルシードたちは日が暮れるごとに街道沿いの村や集落に立ち寄って夜を明かしながら先を進み、数日後の夕方にゴスカータの町に到着した。

森が途切れて視界が開けると、朱色に染まった空を背景に、石造りの城壁に囲まれた町がそびえている。ゴスカータは、想像していた以上にしっかりとした町に見えた。

ロパーヒンによれば、この町からは街道が四方に延びており、東へ行けばラグラス中央にたどり着き、南へ行けばカーヴェルに出られるという。

「ガーエフとやらが大事にするわけだ。たしかに場所と見た目はいいな」

そんな感想を抱きつつ、馬を引きながらルシードは城門をくぐったのだが、視界に飛びこんできた光景におもわず顔をしかめた。

そこは広場になっているのだが、汚い身なりをした男女が何人もたむろしていたのだ。何もやることがなさそうに地面に寝転がったり、下品な笑い声をあげながら騒いでいたりする。巡回中らしき兵が通りかかったが、彼らを追い払うどころか注意をする気配すらない。

広場の隅にある花壇も荒れ果てて、花はしおれ、草は伸び放題になっていた。

「荒れているな」

ファルが不快そうに目をすがめる。コンスタンスも眉間に皺《しわ》を寄せた。平然としているのは先頭を歩くロパーヒンだけだ。

「この町では珍しくありません。気にせず行きましょう」

広場をまっすぐ抜けて、大通りに入る。日が暮れているためか、人通りはほとんどないが、このあたりにはさきほどのような荒んだ雰囲気はない。ファルが聞いた。

「町に入ってすぐの場所があのようなありさまでは、商人たちも訪れないのではないか？」

「たとえばリンダさんのような、まともな商人は徐々に減っていますね。そして、商人はまともな者ばかりではないのです」

ファルを見ず、歩みを止めずにロパーヒンは答える。ルシードが口元を歪めた。

「盗品とわかっていて扱う商人だったり、傭兵部隊の雇われだったりってあたりか」

「よくご存じで」

黒髪のラグラス人の声に、軽い驚きが混じる。ルシードは黙って肩をすくめた。貧民街で生活していたころの記憶を引っ張りだしたに過ぎない。まともな商人が減れば、割増しの値札をぶら下げて、強面の欲深い商人が現れるものだ。

ロパーヒンは途中で脇道に入った。空が暗さを増してきたので、ルシードはごく自然な動作でコンスタンスの手を握る。妹も、兄の手をしっかりとつかんだ。ファルが少しうらやましそうな顔をしたが、若者は気づかなかった。

脇道を抜けてさらに歩き、ロパーヒンは町外れにある神殿の前で足を止める。

「お待たせしました。ここが我々の拠点です」

神殿の前には見張りを務める神官が立っていたが、ロパーヒンの顔を見ると、すぐに中へ通してくれた。馬たちも、神殿の裏手にある厩舎《きゅうしゃ》へと彼らが連れていく。

神殿に入ると、ロパーヒンはルシードたちを広間に待たせて、奥へと姿を消した。

彼が戻ってくるまでの間、三人はまわりを眺める。広間の左右の壁にはランプが据えつけられ、等間隔に並んでいる石像を照らしていた。石像はラグラスの神々だろう。石像の間には鉢植えが置かれ、葉を豊かに茂らせた木が育っている。

ロパーヒンはほどなく戻ってきたが、ひとりではなく、女神官をともなっていた。

「部屋を用意しました。代表たちが集まったら呼びますので、それまで休んでいてください。湯浴みの準備もさせています」

湯浴みと聞いて、ファルとコンスタンスが顔を輝かせる。最後に湯浴みをしたのはガイセス村にいたときで、旅の間は水や湯で身体を拭《ふ》くだけだったのだ。

女神官に案内されて、ルシードたちはひとつの部屋に通された。

「同じ部屋なのか」

ファルは意外そうな顔をしたが、それ以上は何も言わなかった。ここは宿ではなく神殿だ。それに、自分たちは目的があってここに来たのである。

部屋は三人で過ごすのに充分な広さで、ベッドはないが、籐《とう》を編《あ》んだ敷物と、毛布が人数分置かれている。他にテーブルと椅子がひとつずつ。天井からはランプが吊り下がっていた。

女神官が一礼して部屋の前から歩き去ると、さっそくとばかりにコンスタンスが空中に指で線を引く。

「わかっているとは思いますけれど、お兄様はこちらより先に来てはいけませんからね。もちろん、わたしたちが着替えるときは後ろを向いて、目と耳と鼻と口をふさぐのですわ」

「俺に死ねって言ってるのか、おまえは」

「でも、鼻と口を自由にさせたら、お兄様は必死に鼻を動かしてわたしたちの身体の匂いを吸いながら、意味不明なことを口走るのでしょう」

「着替えるときはおまえが出ていけ」

自分の分の敷物と毛布を部屋の左側へ運びながら、ルシードは面倒くさそうな声で答えた。

「わたしに出ていけと言っても、ファル姉様には言わないんですのね」

「コンスタンス。そのへんにしておけ」

聖剣を壁に立てかけて、ファルが苦笑気味に少女をなだめる。白銀の鎧を外し終えると、彼女は真面目な顔でルシードを見た。

「この町の雰囲気をどう思う？」

「ロパーヒンの話だと、いろんな町や村から無理矢理ひとを引っ張ってきて、住まわせてるんだろ。あれぐらいの荒れようですんでいるなら、いい方なんじゃねえか」

「そのことじゃない。とても戦が迫っている町とは思えないということだ。防戦の準備もしていなければ、避難する様子もない。ガーエフがこの町を重要視しているのなら、いずれかの指示を出していそうなものだが」

「ここに来るまでに通ってきた村や集落とは違いますわね」

ファルの言葉に、コンスタンスがうなずく。

これまでは村や集落に立ち寄るたび、カーヴェル軍が南の国境に迫っているという噂を聞いた。誰もが不安そうな顔をして、いつでも逃げだせるように必要なものはまとめてあると言っていた。まだ避難していないのは、カーヴェル軍の位置も動きもわからないからだとも。

カーヴェル軍は南から来ているのだから、北へ逃げればいいように思える。だが、いますぐ北に向かえば、それを狙った野盗《やとう》たちが待ちかまえているだろう。カーヴェル軍が国境を越えて侵入してくれば、さすがに彼らも逃げだすに違いないが。

深刻な表情で、ファルは自分の考えたことを口にした。

「ガーエフは、カーヴェル軍に降伏するつもりなんじゃないか」

「もしもそうなら、俺たちはどうやってライサンダーに会うかを考えるだけですむから楽なんだがな。あいつなら、降伏した町に対して手荒な真似はしない」

ルシードはことさらにのんびりとした口調で応じると、自分の荷袋を抱えるように座って、中身の整理をはじめる。荷袋を見つめたまま、言葉を続けた。

「ロパーヒンの話を待とうぜ。乏しい情報であれこれ考えたって疲れるだけだ」

ルシードも不安がないわけではない。だが、この町に入ってから、ほんのわずかな部分しか見ていないのだ。カーヴェル軍についても、具体的な情報はつかめていない。焦るべきではないと自分に言い聞かせた。

しばらくして、さきほどの女神官が姿を見せる。「湯浴みの準備ができました」と告げた。

ファルとコンスタンスは、女神官に案内されて、神殿の奥にある浴場に足を踏みいれた。

浴場は脱衣室と浴室にわかれている。女神官もいっしょに入るとのことで、三人は脱衣室で服を脱いだ。一糸まとわぬ姿になったファルは、胸や股間を手で隠して、女神官に尋ねる。

「ここのやり方は知らないのだが、身体に巻く布はないのだろうか」

「身体を拭《ふ》く布でしたら、浴室を出たあとにお渡ししますよ。ここでは、何も身につけずに入っていただくことになっていますので」

なまめかしい肢体を惜しげもなくさらしながら、女神官はにこやかに答えた。ファルの身体を上から下まで眺めて「立派な身体をしていらっしゃいますのね」と感心したように笑う。

そういうものと言われてしまえば、ファルとしては納得するしかない。コンスタンスはとくに抵抗もなく「わかりましたわ」と答えた。

浴室の扉をくぐると、室内に充満していた熱気がファルの顔を撫《な》でた。

広さは、自分たちに用意された部屋と同じぐらいだろうか。熱気のために、室内はぼんやりと霞んで見える。壁に沿って長椅子が置かれ、中央にある石造りの大きな箱には焼けた石が詰めこまれて、そこから絶えず蒸気が噴きだしていた。

「浴槽がありませんわ」

首をかしげるコンスタンスに、女神官は微笑を浮かべた。

「私たちは浴槽を使いません。水に浸かるのは、川や湖で水浴びをするときぐらいですね」

彼女は、葉のついた短い枝を二人にそれぞれ渡す。

「椅子に座っていると、汗が出てきます。充分に汗をかいたら、この葉で身体を叩き、こすって汚れや疲れを落とすのです」

「いい匂いだな」

受けとった枝から漂う香りに、ファルは表情を緩《ゆる》めた。ようやくラグラスの浴場を受けいれる気分になってくる。パルミアなど他国の浴場を基準に考えるべきではないのだ。

椅子に座って、ファルたちはしばらく女神官ととりとめのない話をしていた。この国の情勢などの深刻な話題はなるべく避けて、自分たちが旅の中で見たものや、ラグラスを訪れての感想を口にする。巨獣《バルカ》を見たことを話すと、女神官はうらやましがった。

「巨獣《バルカ》は森の奥深くまで行かないと会えないといわれています。ラグラスの人間でも、野生の巨獣《バルカ》を見たことがある者は少ないんですよ。あなたがたは幸運に恵まれているのですね」

そんな話をしているうちに身体中が熱くなって、汗が噴きだしてくる。ファルやコンスタンスは、長い髪が顔や背中に張りついた。

「かなり汗が出てきたが？」

「いい調子ですね。もう少し汗をかきましょう。そうしたら、これの出番です」

女神官が短い枝を軽く振る。黄金色の髪をわずらわしげにかきあげたファルは、隣に座っているコンスタンスが自分をじっと見上げているのに気づいた。

「どうした？」

「つかぬことをうかがいますが」と、意味深な前置きをして、コンスタンスは尋ねる。

「ファル姉様とお兄様の仲は、どこまで進展していらっしゃるんですの？」

黄金色の髪の剣姫は、とっさに言葉に詰まった。

「いや、いまはそれより重大な話があるだろう」

「男女の仲だって重大な話ですよ。それに、聞かせていただけたら、相談に乗れることがあるかもしれません」

女神官までが興味津々という顔で話をせがんでくる。「相談なんてとくに」と、はぐらかそうとしたが、言葉巧みに誘導され、熱気にもあてられて、ついファルは喋らされてしまった。

「その、何だ、口づけはした。抱きしめあったりも。あいつの想いは伝わってきたし、私の想いだって、ちゃんと伝わっていると思う」

「このご立派なものを好き放題さわらせたりなどは？」

コンスタンスが手を伸ばして、ファルの豊かな乳房をつかむ。てのひらに伝わってきた弾力に、少女は目を瞠《みは》った。「見た目以上ですわ」と感嘆の声を漏らす。

「さわらせたことなんて一度も……」

そこで、ファルは言葉を途切れさせた。以前、ルシードに胸をさわられ、揉みしだかれたことを思いだしたのだ。顔を赤くしてファルが黙ってしまったのを、コンスタンスと女神官は誤解したようだった。

「想いを伝えあえれば、なんて子供同士でもできることですのよ、ファル姉様。お兄様にこれはもったいない気もしますけれど、口づけを何度もしているなら、その先へ――」

「べ、別にいいだろう、そういうことの進め方は、ひとそれぞれで」

ファルは強引に二人を振り切って、別の椅子に移る。手に持った枝で肩のあたりを軽く叩いた。それを見た女神官が、こちらへ歩いてくる。

「まだやり方をお見せしていませんでしたね。こう使うんです」

女神官は、まず肩から胸にかけて、葉を当てるように叩き、さらに背中、腕、腰を叩く。腕などは、叩くというよりもこするという感じだった。

「枝ではなく、葉で疲れと汚れをとり、新たな香りを身体にまとわせるのです」

女神官のやり方を見ながら、ファルは葉を身体に当てる。枝の一振りごとに、葉の香りがふわりと鼻をついた。身体から余計な力が抜けて、ほぐれていく感じがする。コンスタンスも女神官を見ながら枝葉を身体に当てた。

一通り身体を叩き終えると、たしかにすっきりとした気分になった。「ありがとう」とファルが礼を言うと、女神官はくすりと笑う。

「これで、いつでも殿方の前に立つことができますよ。そういう意味もあるのですから」

ファルは再び赤面して、うつむいてしまった。

浴場を出て部屋に戻ったファルとコンスタンスは、扉の前でルシードと鉢合わせをした。かすかに漂ってくる香りに、若者も浴場に入ったのだとわかる。

「ちょうどよかった。開けてくれ」

ルシードは、小さな鍋を両手で持っている。鍋からは湯気が立ちのぼっていた。ファルが扉を開けて中に入り、テーブルに置いておいたランプを天井から吊り下げる。部屋を出るとき、ランプの明かりはつけたままにしておいたのだ。

「何をするつもりですの、お兄様」

鍋を見ながら、コンスタンスが尋ねる。ルシードは、鍋を自分の敷物の上に置いた。その場に座りこんで、荷袋から茶色い豆粒のようなものを取りだす。

「セスの実ですか」

「荷物を点検してたら、こいつがそろそろ駄目になりそうだったんでな。さっさと使っちまうことにした。晩飯がいつになるかわからねえが、スープの一杯ぐらいなら問題ねえだろ」

立ち寄った村で買っておいた炒り豆や干し野菜を、ルシードは鍋に放りこんだ。立ちのぼる湯気が、食欲をそそる匂いをまとう。

そのとき、扉が叩かれた。ファルが立ちあがって応対に出る。扉を開けて何やら話していた彼女は、怪訝《けげん》そうな顔でこちらを振り返った。

「ルシード。おまえに客だ」

そうして入ってきたのは、二人の男女だった。ともに黒髪で、外套《がいとう》に身を包んでいる。男は二十歳前後。女はファルと同じぐらいだろうか。

男は剣を背負っており、その顔には愛想のかけらもない。女は外套の下に紫色のローブをまとっている。こちらは美しいだけでなく、聡明な印象を与える顔だちをしていた。

「あなたがルシード・ラ・ハル・カーヴェルですね」

「……そう名のるときもあるな」

警戒心から、ルシードは歪んだ笑みを浮かべる。自分をカーヴェルの王子だと知って訪ねてきたのだ。用心して然るべきだろう。

黒髪の女は、敵意を感じさせない微笑を湛《たた》えてまっすぐ歩いてくる。男の方は、影のように彼女に付き従った。ファルはさりげなく聖剣のそばに立ち、コンスタンスは兄に寄り添う。

鍋を挟んで、ルシードと女は向かいあった。

ところが、次に彼女の口から出てきた言葉は思いがけないものだった。

「セスの実ですね、それ。一口いただけますか」

目を丸くして、ルシードは女を見上げる。女がしゃがみこむのに合わせて、視線を下げた。

ルシードの目は、彼女の顔と鍋とを忙しく往復する。迷ったものの、若者は自分の陶杯にスープを注いで彼女に渡した。「ありがとうございます」と、女は礼を言って、スープを一口すする。明るい口調で感想を述べた。

「ルーセンシオ殿のものとは少し違いますね。でも、おいしいです」

ルシードは引きつった笑みを浮かべる。驚きが、顔の筋肉を混乱させたかのようだった。

「あんた、伯父さんの友人か？」

ルシードが最後に伯父に会ったのは、八年も前だ。だが、伯父のあたたかみのある表情を、若者は鮮明に思いだすことができた。生きているのかという驚きと喜びとがこみあげてくる。

「頼りにしています。とはいえ、あのひとはすぐにどこかへ行ってしまうのですが。――エイルハラル殿とフリージア殿の方が、よほど相談に乗ってくださいますね」

ルシードの疑問に答えながら、彼女はさりげない口調で新たな衝撃を部屋に放りこんだ。

ファルが呆然とした顔で、黒髪の女を見つめる。だが、それはほとんど一瞬で、彼女は聖剣をつかむことも忘れて、大股でこちらへ歩いてきた。

「教えてくれ」

苦しげな表情と、詰問するような口調で、黄金色の髪の剣姫は頼みこむ。エイルハラルとフリージアは彼女の両親、すなわちパルミア王と王妃の名だ。

それをわかっていてこの女が言ったのは、あきらかだった。

黒髪の女は首を傾《かたむ》けてファルを見上げると、申し訳なさそうな表情をつくった。

「ごめんなさい。詳しいことは話すなと言われているので」

激昂《げきこう》したファルが、拳を握りしめて一歩踏みだす。同時に、それまで黙って立っていた黒髪の男が動いた。女とファルの間に、すばやく身体を割りこませる。

ただそれだけだったが、ファルへの牽制としては充分だった。

「本当にごめんなさい」

もう一度、静かな口調で黒髪の女が詫びる。ファルは納得していなかったが、仕方がないというふうに一歩下がった。それを確認して、男も元の位置に戻る。

「あなたがたは何をしに来たんですの？」

迷惑な客を見る目でコンスタンスが尋ねた。

「いろいろです」と、陶杯のスープを一口すすって、黒髪の女は答える。

「あなたがたに会う機会があったら、会っておくといい。ルーセンシオ殿たちに、そう言われていました。ついでに、自分たちはまあまあ元気でやっていると伝えてくれ、とも」

「それは、父上と母上もか？」

しかめっ面で訊いたファルを振り返り、黒髪の女はこくりとうなずいた。

「さきほども言いましたが、お二人にはずいぶんと助けられていますので、あまり責めないであげてほしいのですが」

「そりゃ、あんたらが何者かによるな」

ルシードが言った。若者としては、伯父の安否が確認できたことと、相変わらずの冒険者ぶりを発揮しているらしいことがわかったのとで、むしろ目の前の女には感謝したいぐらいである。だが、ファルの心境を思うと、このままにしておくわけにもいかない。

「私もルシードと同じ意見だ」

背筋に悪寒が走るほどの、冷えきった声でファルが言った。

「私はまだいい。アルト姉様が、あれからどれだけ苦労してきたと思って……！」

「ファル。こっちに来い」

瞬時に感情を昂《たか》ぶらせた恋人を、ルシードは自分の隣に座らせる。女の話次第では、つかみかかりかねない。それから黒髪の女を視線で促《うなが》した。

「私たちは新興国ヴェルクードの者です。いまは、それしか言えません」

聞いたことのない名だ。顔をしかめるルシードたちを見て、女はくすりと笑った。

「できて、まだ半年たつかどうかですから」

女は床に、指で大陸を描く。それを見て、ファルがわずかに眉を動かした。彼女の指の動かし方は、エイルハラルが自分やアルトに教えてくれたものと同じだったからだ。

「私たちの国は――」と、大陸の何ヵ所かを指でつついて、女は説明する。

「このラグラスと、カーヴェル、グリストルディの三ヵ国に囲まれる形で存在しています」

「そこは、どの国も放置している空き地だったはずですけれど」

コンスタンスが首をかしげたが、彼女はすぐに納得して首を何度か縦に振った。まだ半年。そう言ったばかりではないか。コンスタンスの知識は一年以上前のものだ。

黒髪の女は、傍らに控えている男を見上げた。

「私と彼はいろいろあって、そのヴェルクードの王さまに協力しているのです。ルーセンシオ殿とエイルハラル殿、フリージア殿も。ただ、臣下というわけではありません。放っておけないので力を貸している、というのが適切でしょうか」

ファルは、何とも言い難い複雑な表情で女を見つめた。嬉しさも怒りも中途半端になってしまったという顔だ。結局、彼女がため息とともに吐きだしたのは両親のことだった。

「父上も母上も、いったい何をお考えなのか……」

「私から言えることがあるとすれば、お二人とも、ファルシェーラ殿とアルトレイア殿をいまでも大切に想っているということですね」

黒髪の女の言葉に、ファルは不機嫌そうに唇をとがらせる。

「それなら、一刻も早くパルミアに戻ってほしいものだが」

「あなたがここにいるように、何かしらの理由があるのではないでしょうか」

痛いところを突かれて、ファルは精神的にも肉体的にもよろめいた。生まれ育った国を離れて新たに国を興し、姉とも決別した彼女の行動は、他人の目にはただの暴走に映るだろう。憮《ぶ》然《ぜん》として、黙りこむしかなかった。

「それでは、私たちはそろそろ行きますね。ごちそうさまでした」

空になった陶杯を床に置いて、黒髪の女が立ちあがる。本当に、ルーセンシオたちの言葉を伝えにきただけらしい。名前すら名のろうとせず。

ふと気になって、ルシードは部屋を出ていこうとした彼女たちを呼び止めた。

「あんたら、俺たちがここにいることを誰から聞いた？」

ルシードたちがゴスカータの町に着いたのは、今日の夕方だ。次から次へと驚かされたので気にも留めずにいたが、考えてみればおかしなことだった。

黒髪の女は微笑を浮かべて、隠す様子もなく答える。

「ロパーヒンさんです。彼らが移住先をさがしているときに、会う機会があって。私たちのところはいかがですかと誘ってみたのですが、大国に囲まれているからと断られました」

未踏地《ナルグタムス》が近くにあるガイセス村と、三ヵ国に囲まれたヴェルクード。おそらくロパーヒンたちにとっては、ラグラスから離れていることが重要だったのだろう。

「断られたのに、また会いに来たのか？」

「今回は別件です。いま、私たちはガーエフと、カーヴェル軍の動きを調べていまして」

彼女は簡単に事情を説明してくれた。

ヴェルクードはいま、アレクセイというラグラスの貴族と戦っているのだそうだ。そして、アレクセイはガーエフと深い対立関係にあるという。

「アレクセイとガーエフを上手く噛《か》みあわせることができないかと考えていたのですが」

そこへ、彼女のもとに新たな情報がもたらされた。

ここ数日の間に、カーヴェル軍の使者がアレクセイのもとを何度か訪れたというのだ。

ライサンダーの名は彼女も知っている。もしもカーヴェル軍に介入されたら、ヴェルクードはひとたまりもない。黒髪の女は考えた末に、カーヴェル軍の動きとガーエフの様子を調べるべく、ここまでやってきたのだった。

「何か、いい話は聞けたのか?」

いくばくかの同情とともに、ルシードは聞いた。まさか、カーヴェル軍のことまで彼女の口から出てくるとは思わなかった。だが、さきほど彼女が床に描いて教えてくれたヴェルクードの位置を考えれば、警戒し、不安に思うのはよくわかる。

「そうですね。いくつかのことは。ただ、それについてはロパーヒンさんに聞いてください」

そして、彼女はルシードたちに頭を下げると、黒髪の男とともに部屋を去った。

ルシードたちは黙って扉を見つめていたが、やがて誰からともなくため息をついた。

「わたし、何だかとても疲れましたわ……」

コンスタンスが兄にもたれかかる。ファルも身体をそらし、両手を後ろについて、ぼんやりと天井を見上げていた。

ルシードも背中を丸め、頭痛がようやく過ぎ去ったというような顔で、焦げ茶色の髪をかきまわす。スープが冷めていくと思ったが、いますぐ飲む気にはなれなかった。

ロパーヒンがルシードたちの部屋を訪れたのは、それからまもなくのことだ。

「お待たせしました。長く離れていたもので、どうしても会議が長くなり……」

恐縮してみせる彼は、パンやチーズ、葡萄酒《ファム》の入った籠を抱えていた。

ランプの明かりの下で、四人は遅めの夕食をとる。冷めてしまったスープにパンをつけて食べながら、ロパーヒンは現在の状況について話してくれた。

「ガーエフから、カーヴェル軍とは話がついているのでおとなしくしているように、という通達があったそうです」

「話がついているって、具体的には？」

ルシードが聞くと、ロパーヒンは首を横に振った。この町に来たガーエフの使者が、一方的にそう告げて去っていったのだという。ファルが言った。

「やはりガーエフは、カーヴェル軍に降伏するつもりなんじゃないか」

「対立している貴族を打ち倒すために、カーヴェルの力を借りたということも考えられます」

ロパーヒンは慎重な口ぶりで答える。国内の敵を倒すために、他国の力を借りる。ラグラスの情勢を考えればあり得る話だった。

「残念なことですが、カーヴェル軍の動向はつかめていない状態です。国境にいるということぐらいで……。こうなったら、自分たちで国境まで行った方が速いでしょう」

「ロパーヒンさんも国境へ行くつもりなんですか？」

彼の言い方がそのように感じられたので、ルシードは確認するように尋ねる。ロパーヒンは真剣な表情でうなずいた。

「ええ。移住計画は順調でしたから。私がいなくとも、トマナク村に集まり、ラグラスを抜けるところまでは問題なく進められるでしょう。ガーエフの思惑も気になりますが、いま、もっとも気になるのはカーヴェル軍です」

「私たちも同行させてもらっていいですか？」

ルシードがそう聞いたのは、ロパーヒンの立場を慮ったからだ。幸い、黒髪のラグラス人は笑顔で承諾した。

「こちらこそ。あなたがたがいてくださると心強い」

ロパーヒンが握手を求めてきたので、ルシードは彼の手を握り返す。乾いた感触の、温かくも力強い手だった。

話すべきことを一通りすませると、話題はヴェルクードの二人に移る。

「面白い二人でしょう」

ロパーヒンは笑ったが、ルシードたちは苦笑で応じるのが精一杯だった。これは、ルーセンシオやエイルハラルたちと親しいかどうかの差だろう。

あの二人は何者なのかと聞いてみたが、ロパーヒンも詳しくは知らないようだった。

「そういえば、女性の方は『テュリオンの魔洞の発見者』だとうかがいましたね。男性の方はご自分のことを語らず、腕のいい傭兵だとしか」

「あのひとが魔洞の発見者だったんですの？」

コンスタンスが悔やむような表情になる。「何だ、そりゃ」とルシードが聞くと、魔術士《マギア》の少女は呆れた目で兄を見た。

「テュリオンの魔洞といったら、知らない者はえせ魔術士《マギア》、へぼ魔術士《マギア》と嘲笑されて石を投げられても仕方がないくらい有名なものですわ。それなのにお兄様ときたら」

そうして兄を散々こきおろしたあと、コンスタンスは説明した。

数年前、大陸の東で、一千年前に築かれた魔術士《マギア》たちの都市の跡が見つかった。都市の跡といっても多くのものが当時のままで残っており、魔術士《マギア》たちを大喜びさせた。

テュリオンの魔洞は、その都市に通じる唯一の洞窟の名だ。しかし、調査をはじめてまもなく、落盤事故によって埋まってしまったという。

――魔洞か。

ルーセンシオが自分にしてくれた数々の冒険譚を、ルシードはふと思いだした。いかにも伯父が首をつっこんでいそうな代物だ。ヴェルクードとやらに行ったら、現在の伯父について、もっと詳しく知ることができるかもしれない。

「話だけではわからなかったが、彼女も相応の実力者というわけか」

ルシードの隣で同じく話を聞いていたファルが、感心した顔をする。両親のことを聞いたときには動揺していたが、いまでは彼女も落ち着いていた。

「こちらも負けてはいませんわ。『常勝王女《アルミーシュ》』と『カーヴェルの知将』がいるんですもの」

コンスタンスが高らかに言って胸を張る。ルシードは怒りを帯びた笑みを妹に向けた。

「わかって言ってるだろ、おまえ」

「カーヴェルの知将」はロンガヴィルが蔑称としてつけた異名であり、若者はそう呼ばれるのをひどく嫌っている。

「いまのルシードなら『アスティリアの知将』になるはずなのだがな。知名度が低いというのはつらいことだ」

ファルが言い、ルシードは傷ついた顔で彼女を見た。おまえまでこの冗談に乗るのかと思ったが、紫水晶の瞳には優しげな輝きが宿っている。

「私は大真面目だぞ？　いつか、おまえがそう呼ばれる日が来てほしいと思っている」

ルシードは髪をかくふりをして赤くなった顔を隠し、肩をすくめた。

翌朝、ルシードたちはロパーヒンの紹介で、何人かの移住希望者たちに会った。彼らはトマナク村の名主のひとりだったり、この神殿に務めている神官だったりしたが、ほとんどの者は好意的な態度を見せてくれた。

「未踏地《ナルグタムス》の近くということだが、魔物に襲われるようなことはないのかね」

もちろん、中には不安そうな表情で質問をぶつけてくる者もいたが、ファルが悠然《ゆうぜん》たる態度で「ご安心ください」と笑いかけると、おとなしく引き下がる。これにはロパーヒンも「すごいものですね」と感心したものだった。

彼らへの挨拶をすませ、食糧や水など必要なものを用意すると、ルシードたちはゴスカータの町を発《た》った。朝と呼ぶには遅すぎるが、昼と呼ぶには速すぎる頃合いだ。

「ここから国境までは、馬を飛ばせば半日で着きますが」

馬を進ませながら、ロパーヒンが隣を行くファルに説明する。

「何かあったときのために、馬には余裕を持たせたいのです。今夜は途中にある猟師小屋に泊まって、明るくなったら国境に向かいましょう」

「そうだな。私もそれがいいと思う」

カーヴェル軍がラグラス領内に攻めこむとしたら、本隊が国境を越える前に偵察隊を先行させるだろう。そうした連中と遭遇《そうぐう》したら、面倒なことになる。

ルシードとコンスタンスは二人の後ろで馬を進めながら、左右に広がる森を眺めていた。

「町を少し離れれば、すぐに森の中っていうのは、西だろうと南だろうと変わらないんだな」

見上げれば、森に挟まれた視界の先に細長い空がある。今日も鳥の鳴き声が絶えない。

「お兄様、ライサンダーとはどうやって会うつもりですの？」

後ろのコンスタンスが、ルシードの服の袖を引っ張った。

「まだ考えてねえ」

ルシードがおおっぴらにライサンダーと会えば、よからぬ考えを抱く者がアンバートに密告する恐れがある。そのような事態が起こるのは避けたかった。

結局、いい案が思い浮かばないまま時間は過ぎていく。

空が暗くなり、空気が冷たくなってきたころ、森が途切れた。街道から少し外れたところに猟師小屋がぽつんと建っている。薄気味悪く見えるのは、小屋が古びているせいだろうか。

「日が沈む前に着いたな」

ファルが安堵《あんど》の息を漏らした。だが、ロパーヒンは手を横に伸ばして彼女を止める。

「先客がいるようです。見てきます」

猟師小屋の屋根と壁のわずかな隙間から、明かりが漏れていた。ロパーヒンは慎重に馬を進めて、猟師小屋に近づいていく。

ルシードとファルはそれぞれ武器に手を伸ばした。もしも小屋の中にいるのがカーヴェル軍の偵察隊だったら、戦闘になる可能性も考えなければならない。

「お兄様、わたしが魔術を使って調べてみましょうか」

コンスタンスが輝晶杖《サーリオン》を両手で握りしめる。

「それはいい。だが、いつでも魔術を使えるようにしておいてくれ」

ロパーヒンは猟師小屋の前で馬から下りると、扉を叩いて中に呼びかけた。それから扉を開けて、小屋の中を確認する。馬をそのままにして、こちらへ戻ってきた。

「中にいたのはひとりだけで、旅人のようです。少し話してわかったのは、言葉にカーヴェルの訛りがあることぐらいですね」

ルシードとファルは顔を見合わせる。このような状況で旅人というのは怪しいが、相手がひとりならば何かあっても対応できるだろう。ファルがロパーヒンに言った。

「私たちも小屋を使わせてもらおう」

猟師小屋のそばまで行って、三人は馬から下りる。コンスタンスは兄に手伝ってもらって、地面に降り立った。ルシードは小屋のまわりを一周してみたが、厩舎《きゅうしゃ》らしきものはない。

「交替で見張りをたてるか、コンスタンスに頼るか……」

カーヴェル軍も、他国の地で夜に偵察隊を出すような真似はしないだろう。それを考えれば妹の魔術に頼ってもいいかもしれない。しかし、ルシードはすぐにその考えを打ち消した。

「いや、先客に怪しまれるかもしれないな。やめておこう」

この結論はどちらかといえば、妹に対する保護者意識から出たものだった。もちろんルシード自身はそのことに気づいていない。若者の提案を聞いたロパーヒンは異論を唱えることもなく承諾し、ファルはひとつだけ付け加えた。

「見張りにたつのはいいが、しばらく旅人の様子を見てからにしよう」

ルシードは賛成して、扉のそばに立っている杭に馬たちをつないだ。

小屋は、大人が六、七人は余裕をもって寝転がれそうな広さだった。中央には石組みのかまどがあって、その中で燃える火が周囲を照らし、わずかな暖気を提供している。夜風が入ってこないように、ルシードは扉をしっかりと閉めた。

件の旅人は、中肉中背の身体を薄汚れた外套《がいとう》に包み、壁によりかかるようにして床に座っていた。フードを目深《まぶか》にかぶっているため顔はわからないが、身体つきから男だと思われる。その手元には、鞘におさめられた剣と荷袋が置かれていた。

——予想はしていたが、毛布一枚ないな。

雨風をしのぎ、獣から逃れるためだけの小屋のようだ。旅人に対して申し訳ていどに会釈《えしゃく》すると、ルシードたちは、彼が座っているのとは反対側の壁に身を寄せる。

旅人がわずかに顔をあげた。こちらを見た彼は、驚いたように勢いよく身体を起こす。

「ルシード殿下……？」

その言葉を耳にした瞬間、ルシードはコンスタンスを後ろにかばいながら、腰の剣に手を伸ばした。ファルも聖剣をつかんで立ちあがり、戸口の前に移動する。ロパーヒンは膝を立てた態勢から動かないが、厳しい表情で旅人を見据えていた。ルシードが鋭い声で誰何《すいか》する。

「誰だ。顔を見せろ」

旅人は立ちあがって、フードを取り去った。

二十代前半というところか。短い褐色《かっしょく》の髪は乱れ、顔には疲労の色が濃く、やつれている。

ルシードは目をすがめて男の顔を観察していたが、思いだして声をあげた。

「おまえ、コンラッドか？」

「やはり……やはり、ルシード殿下で」

コンラッドと呼ばれた男は涙ぐみ、よろよろとした足どりでルシードに歩み寄る。彼がつまずいて転びかけたところを、ルシードはとっさに手を伸ばして支えた。

「おまえの部下だった者か？」

ファルが聖剣から手を離して、若者に尋ねる。

「俺の、というよりはライサンダーの部下だ。おまえ、どうしてこんなところにいるんだ？」

ルシードの台詞の後半は、コンラッドに向けたものだ。彼が口を開きかけたとき、ファルが再び聖剣をつかんだ。黄金色の髪の剣姫は、小屋の外へ鋭い視線を向ける。

「足音だ。複数いる」

「どうします？　明かりもですが、馬が外にいるから、ひとがいると相手にわかりますよ」

ロパーヒンが問いかけた。若者はコンラッドを見る。かまどの中で燃えさかっている火に照らされた彼の顔は、緊張と恐怖とで強張《こわば》っていた。

「おまえは壁の方を向いて、横になっていろ。フードはしっかりかぶっておけ」

元気づけるようにコンラッドの肩を軽く叩くと、ルシードはファルとロパーヒンを見る。

「俺とコンスタンスは包帯で顔を隠して怪我人のふりをする。悪いが時間をもたせて——」

扉を力強く叩く音が、ルシードの台詞を途中からかき消した。

やむを得ず、ロパーヒンが慎重に扉を開ける。そこには鈍色《にびいろ》の兜をかぶり、厚手の外套《がいとう》に身を包んだ男たちが立っていた。数は六人。短槍か、火のついた松明《たいまつ》を持っている。ロパーヒン以外の者が彼らを見たら、カーヴェル兵だと一目でわかっただろう。

「人探しをしている。中を見せてもらうぞ」

先頭にいるカーヴェル兵が高圧的な態度で言い放ち、ロパーヒンを押しのけて小屋の中に足を踏みいれようとする。ロパーヒンは彼を止めようとしたが、他の兵士が短槍の切っ先を向けてきたので、おもわず後ずさった。

カーヴェル兵が小屋の中に踏みこむ。ルシードはとっさにコンスタンスを抱きしめて戸口に背を向け、コンラッドは二人の足下に倒れこんだ。

カーヴェル兵はルシードたちを見て、顔をしかめる。あからさまに怪しい動きだった。

「おい、おまえたち……」

カーヴェル兵は、そこまでしか言葉を続けられなかった。

ファルが一気に距離を詰め、抜き放った聖剣の刃を男の喉元に突きつける。ルシードの行動は、兵の注意を彼らに向けさせるためのものだと、彼女は瞬時に理解したのだ。

カーヴェル兵はその場に立ち尽くし、驚きのあまり声も出ないようだった。後ろにいる兵たちは異変に気づいたが、先頭のカーヴェル兵のために中へ入ってこられない。

「動くな。武器を捨てろ。後ろにいる者たちもだ」

男は言われた通り、持っていた短槍を床に落とした。ロパーヒンがそれを拾いあげる。

同時に、男は行動を起こした。身体を傾《かたむ》けて、勢いよく床に倒れこむ。聖剣の切っ先が彼の首筋を切り裂き、鮮血が空中に尾を引いた。

「やれっ！」

床に倒れたカーヴェル兵が叫び、後ろにいた兵たちが短槍をかまえて飛びこんでくる。しかし、これは彼らにとって致命的な失敗だった。

ファルはひるむ様子も見せず、それどころか相手の勢いを利用する形で聖剣を振るった。外《がい》套《とう》と、その下に着こんでいた革鎧ごと斬られて、カーヴェル兵が倒れる。革鎧を補強していた鉄片が、血に染まりながら床にこぼれ落ちた。

続けて向かってきたカーヴェル兵も、ファルは返す一撃で斬り伏せる。その後ろから突撃してきたカーヴェル兵は、ロパーヒンの短槍によって太腿を傷つけられ、動きを止めたところをファルに斬り捨てられた。

わずかな間に半数の仲間を失って、小屋の外にいた二人のカーヴェル兵は立ちすくむ。

「降伏しろ。悪いようにはしない」

血に濡れた聖剣を手に、ファルは戸口に立って静かに呼びかけた。

そのとき、彼女の足下に倒れていたカーヴェル兵が腰に吊していた小剣を抜き放つ。自分の首から血が流れでているにもかかわらず、ファルの脚に斬りつけようとした。

だが、彼の腕をルシードが踏みつけた。戦いがはじまってすぐに若者は妹から離れ、剣を抜いて、こちらの様子をうかがっていたのだ。

男は苦痛の呻きを発して、小剣を取り落とす。ファルはルシードと男を一瞥《いちべつ》すると、小屋を飛びだした。外にいた二人のカーヴェル兵が逃げたのだ。

戸口でおさえこまれた男は、顔を汗に、首を血にまみれさせながらルシードを見上げ、それから何気なく視線を小屋の中へ向けて、目を見開いた。

「コンスタンス殿下……！」

その叫びに、男の腕を踏みつけていたルシードの脚が緩《ゆる》む。男は強引に腕を振りあげて、若者の脚をはねのけた。床に落とした小剣をつかむ。

彼の反撃はそこまでだった。ルシードが持っていた剣を男の頭に振りおろし、ロパーヒンが短槍で肩を突き刺す。短い悲鳴をあげて、カーヴェル兵は血溜まりの中で動かなくなった。

「ありがとう。助かった」

ルシードは呼吸を整えながら、ロパーヒンを見る。黒髪のラグラス人は「たいしたことではありません」と、首を横に振った。

「どうしますか」

「埋めるしかねえな。獣を呼び寄せるのは困る」

いつもの口調でロパーヒンに答えていることにも気づかず、ルシードは妹を振り返る。

「喜べ。おまえの魔術の出番だ」

「またそれですの。お兄様、わたしの魔術は墓穴を掘るためのものではありませんわ」

顔を青ざめさせつつも、コンスタンスは気丈な態度で兄に苦情を申したてた。兄は取りあわないばかりか、無情にも要求を増やした。

「水もつくってくれ。この血を洗い流さなきゃならねえ」

井戸がないのは、小屋の外を一周したときに確認してある。ロパーヒンによれば近くに川が流れているそうだが、真っ暗な中で水を汲みに行く気にはなれなかった。

コンスタンスは不満そうに頬をふくらませたものの、拒みはしない。彼女も、死体をそのままにしておくことの危険性はわかっている。

ファルが戻ってきたのは、ルシードたちが四つの死体を小屋の外に運び終えたときだった。

「どうだった？」

「二人とも襲いかかってきたので、斬った。すまない」

「仕方ねえさ」と、ルシードは彼女をなぐさめる。ロパーヒンにその場を任せて、若者はファルとともに死体を回収しに行った。まとめて埋めてしまうしかなかった。

死体をすべて埋葬して、戸口を水で大雑把に洗い流したときには、かなりの時間が過ぎていた。夜空には、金色の半月が高く昇っている。

ルシードとファル、コンスタンスは、小屋の中でコンラッドを囲んだ。ロパーヒンは馬の見張りを引き受けて、小屋の外にいる。気を遣ってくれたのだ。

ルシードを見つめるコンラッドの表情は、さきほどよりもだいぶやわらいでいたが、緊張の代わりに申し訳なさのようなものが浮かんでいる。

「事情を話してくれ」

ルシードが促《うなが》す。埋葬した死体からわかったのは、彼らがカーヴェル兵だということだけだった。コンラッドは全身を使ってうなずく。

「その……。ルシード殿下は、ここからはるか北西にあるガイセス村というところで暮らしているとうかがっているのですが、間違いないでしょうか」

意識の片隅で、いやな予感が湧き起こった。

「それが、どうかしたか」

動揺を顔に出さないよう努めながら、ルシードは聞き返す。

コンラッドは苦しげな表情で息を吸って、吐くと、拳を握りしめた。

「アンバートが、ライサンダー様にガイセス村を攻めるよう命じたのです」

「ライサンダーが、そんな命令に唯々諾々と従うはずはありませんわ……！」

息を呑み、狼狽《ろうばい》した顔で必死に叫んだのは、コンスタンスだった。

「コンスタンス殿下のおっしゃる通りです。ですが、こともあろうにアンバートは、ライサンダー様の奥様を人質にとったのです。屋敷から連れ去り、王宮の一室に監禁したと……」

コンラッドは涙を流し、握り拳で自分の膝を何度も叩く。

「人質か。ずいぶんと卑劣な手に訴えたものだな」

ファルが渋面《じゅうめん》をつくった。それだけしか言葉が出てこなかったのは、彼女も少なからず衝撃を受けているからだ。

ルシードも落ち着かない表情で、天井から壁へ、壁から床へ、床から三人の顔へと視線をさまよわせている。何度もかきまわされた髪は、鳥の巣の出来損ないのようになっていた。

「――ルシード」

ファルが呼びかけて、水の入った革袋を渡す。ルシードはそれを受けとって一気に呷った。

空になった革袋を返して、若者は引きつった笑みを浮かべる。

「悪いな。死体運びで少し疲れていたみたいだ」

冷静さをいくらか取り戻したルシードは、コンラッドに向き直った。

「ガイセス村を攻める目的について、おまえは何か聞いているか?」

コンラッドは気遣《きづか》わしげな表情で、ルシードとコンスタンスを交互に見る。しばらくもごもごと口を動かしていたが、三方向からの視線に耐えかねるように、答えた。

「ルシード殿下。これはアンバートが言ったことであって、私やライサンダー様の考えなど、うぶ毛の一筋ほども存在しないということをご承知ください。——庶子にして恥知らずの悪党たるルシードは、追放処分となったことを逆恨みして、妹君たるコンスタンス殿下をさらい、辺境の寒村に閉じこめた。ひとりの人間としても、ひとりの兄としても失格者であり、極悪人であるルシードを討ち、コンスタンス殿下をお救いせねばならぬ。——以上です」

「なんですの、それ!?」

真っ先に反応したのは、またもやコンスタンスだった。足を踏み鳴らして勢いよく立ちあがった彼女は、碧い双眸に激しい怒りを輝かせ、小さな握り拳を震わせて、コンラッドを見下ろす。コンラッドはその迫力におびえ、尻を引きずるようにして後ずさった。

わずかに遅れて、ルシードが床を殴りつける。顔をひどく歪ませて、「そうか、それか」と呻くような声で何度も繰り返した。

——どうして、たったいままで、そのことに思い至らなかった!

一年前、コンスタンスが兄についてカーヴェルをあとにした理由のひとつが、アンバートの魔手から逃れるためだった。簒奪者《さんだつしゃ》のアンバートが自らの立場を強化しようとすれば、コンスタンスを狙うのは当然だからだ。

ルシードは、そのことをわかっていた。だからこそ、エルドーム王国でイフリートを打ち倒したとき、コンスタンスの名を出さないようにしたのだ。

油断した。あるいは増長したのだ。このままコンスタンスの存在を隠し通せるだろうと。その魔術の力をあてにして、各地に連れまわしておきながら。

なぜ、ラグラスなのか。

抱え続けていたこの疑問にも、答えが出た。

ラグラスは、アンバートにとって通過点なのだ。そういう基準で考えるのならば、シエティンは通過点としては不適切である。シエティンとカーヴェルの仲は非常に険悪だからだ。それに、シエティンに軍を進めれば、パルミアの妨害を警戒しなければならない。

——ガイセス村が攻められる……。

歯ぎしりをする。自分の失敗が村を危機に陥《おちい》れ、妹を窮地に追い詰めている。

怒りと後悔と焦りが頭の中で渦を巻き、何も考えていないことにすら、ルシードは気づいていなかった。どうする、どうすればいいと心の中で何度も繰り返し、瞬く間に胸の中がその言葉で埋めつくされる。

「——ルシード」

再び、ファルが若者の名を呼んだ。細い指で前髪がかきあげられ、額にやわらかな感触が伝わる。しかし、それはほんの一瞬のことで、触れていた何かはすぐに離れた。

我に返ったルシードの目の前に、ファルの顔がある。

微笑を浮かべて、ファルは冗談めかした口調で聞いてきた。

「今度はどんな理由で疲れていたんだ？」

ルシードは彼女に答えず、額に手をあてる。記憶は混乱していたが、さきほどの感触に該当する情報を正確に引っ張りだしてくれた。

恋人の唇をじっと見つめていると、ファルは笑って肩をすくめた。

「手持ちの水を、これ以上使うわけにはいかないだろう」

ちなみにコンスタンスとコンラッドは、ファルに言われたのだろう、無言で壁の方を向いている。ルシードは視線を動かしてそれを確認すると、熱を帯びた息を吐きだした。

「俺は、幸せ者だな」

ようやく、それだけを言った。その言葉にすべての想いをこめた。

ファルは微笑を絶やさず、黙ってうなずいた。

コンスタンスとコンラッドにこちらを向いてもらって、ルシードは話を再開させた。

コンラッドも、壁を見つめている間に冷静になったらしい。落ち着いた口調で説明する。

「ライサンダー様は奥様を人質にとられたため、逆らうことができません。そこで、行軍中に私がひそかに申しあげたのです。ラグラスの国境に到着したら、脱走を装《よそお》ってガイセス村まで走ると」

ラグラスは「森林と巨獣《バルカ》の王国」だ。森の中に入ってしまえば、追っ手をまくこともできるとコンラッドは考えたのだ。

「ですが、実際には脱走して早々に見つかり、追っ手を差し向けられました。ルシード殿下にお会いできなければ、どうなっていたか……」

さきほど打ち倒した六人のカーヴェル兵が追っ手とのことだった。

「おまえに追っ手を放ったのは誰だ？」

「ベネディクトです。ライサンダー様の副官を務めているのですが、ようはアンバートがつけた監視役です。奥様を人質にとっただけでは、安心できなかったようで」

コンラッドの頬が、怒りで紅潮する。間を置いて、ファルが訊いた。

「ライサンダーが率いている兵の数は？」

「五千です。とはいいましても、歩兵三千の第一部隊と、歩兵一千五百、騎兵五百の第二部隊にわかれていて、ライサンダー様は第一部隊の指揮官と総指揮官を兼ねる形です」

「第二部隊の指揮官は？」

この質問をぶつけたのはルシードだが、ロンガヴィル将軍ですという返答に、唖然《あぜん》とした顔になる。ファルも難しい表情をつくった。彼女もよく知っている名だ。

「本格的だな。ロンガヴィルの部隊だけでも、いまのガイセス村ではひとたまりもない」

「でも、それだけの大軍が、どうしてラグラスの領内を通過することができるんですの？　ガーエフと交渉しているのではないかという噂は聞いていましたが……」

コンスタンスが疑問を口にする。

「ライサンダー様から教えていただいたのですが、そのガーエフという貴族と、アンバートが手を結んだのです。ガイセス村を滅ぼしたあと、我が軍はガーエフに協力して兵を提供する約束をかわしたとか……」

「ガーエフが、ゴスカータの町に何もするなと命じたのはそういうわけか」

ルシードは腕組みをしてため息をついた。

人質がいるとなれば、ライサンダーも戦わないわけにはいかないだろう。もしも、彼がここにきて戦いを拒んだとしても、ロンガヴィルが控えている。

「ルシード殿下とコンスタンス殿下には、どうか無事に逃げ延びてほしいと」

最後にライサンダーの言葉を伝えて、コンラッドは話を終えた。

「どうする、ルシード」

ファルの顔にもさすがに余裕がない。

「私は、急いでガイセス村に戻るべきだと思う。カーヴェル軍が本当にラグラスを通過できるのかはわからないが、話を聞くかぎりでは、その可能性は大きい。村の者たちにはシエティンか、いっそエルドームに逃げてもらって……」

現在のガイセス村には兵がいない。ヤルマールが期限通りに戻ってくるとしても、まだ半月はかかる。また、彼が奇跡的に間にあったとしても、その兵力はよくて一千。ガイセス村のまわりはほとんどが平坦な草原だ。そうした地形での戦いは、数がものをいう。ヤルマールの部隊は蹂躙《じゅうりん》されて、ガイセス村は滅びるだろう。

——だが、逃げてもらって、どうなる？

村が無人になったとしても、カーヴェル軍が放っておくとは思えない。畑を踏み荒らされ、家々に火を放たれれば、村人たちは冬を越せなくなる。カーヴェル軍が去ったあと、彼らもそこから離れるしかない。

「お兄様。ロパーヒンさんにはどう説明するんですの？」

コンスタンスに聞かれて、ルシードは重苦しい息を吐きだした。

「正直に話すしかねえだろう。リンダやウォットンにも関わってくる話だ」

移住の話は、まずウォットンのところへもちこまれたと、リンダは言っていた。ロパーヒンの信用を失えば、ルシードはウォットンとリンダの顔を潰すことになり、彼らの信用までも失うことになる。アスティリアは早晩立ち行かなくなるだろう。

「しかし、どう話したもんかな……」

ロパーヒンたちにとって恐怖の対象であるガーエフが、カーヴェル軍の助力を得るのだ。新たな移住先をさがし、見つけて、実行に移すまでにどれほどの時間がかかるか。そして、その間に何人がガーエフの圧政の犠牲になるのか。

コンラッドが、おそるおそるルシードに声をかける。

「あの、殿下。ライサンダー様のことは……」

そこまで言ったとき、コンラッドの腹が盛大に鳴った。緊迫した空気が緩《ゆる》み、褐色《かっしょく》の髪の騎士は恥ずかしそうに肩を縮める。

「おまえ、食糧や水はどうした？」

「食糧は少ししか用意できず、昨日で尽きました。水は、南にある川で調達できたんですが」

ルシードは自分の荷袋からパンと、チーズの塊を取りだして、コンラッドに渡した。コンラッドは深く頭を下げてそれらを受けとり、嬉しそうにかじる。

彼が食事を終えるのを待って、ルシードは尋ねた。

「コンラッド、おまえはこれからどうする」

「お許しをいただけるなら、このままルシード殿下にお仕えしたいと存じます」

真剣な表情になって、コンラッドは答えた。ルシードは新たな質問をぶつける。

「おまえ、ライサンダーを助ける気はあるか？」

驚きも露《あら》わに、コンラッドは大きく身を乗りだした。

「そのようなことが可能なのですか⁉」

「これから考える」

ルシードの返答はとぼけているようで、真剣そのものだ。

ライサンダーを、このままにしておけるはずがない。また、可能ならば、彼をアスティリアに誘いたいとも思っていた。

「お兄様がまた怖い顔をしていますわ」

横目で兄を見て、コンスタンスがため息をつく。ファルが聞いた。

「そろそろ、私がロパーヒン殿と代わってこようか」

それは、ロパーヒンとの交渉をルシードに任せるという意味でもある。

ルシードはファルに視線を向けた。

「おまえはどうしたい」

「ガイセス村の者たちを避難させることは、もう言ったな。それ以外のことならば、移住希望者たちの件を、まだ諦めていないということぐらいだ。カーヴェル軍とライサンダー卿のことは、おまえに任せる」

「いや、だからな……」

まさにそのことについて、ファルの考えと判断を聞きたかったのだが、黄金色の髪の剣姫は首を横に振った。

「私は、おまえほどライサンダー卿のことを知らないんだ」

もっともな言葉だった。ファルは言うべきことは言ったというふうに立ちあがる。聖剣を持って、小屋を出ていった。ルシードは扉が閉まるまで、彼女の後ろ姿を見送っていた。

「ルシード殿下。あの方はいったい……？」

コンラッドが興味深そうな顔で尋ねてくる。考えてみれば、コンラッドの事情を聞くことを優先して、自分たちのことは何も話していなかった。

「まさか、殿下と深い仲の女性ですか」

ルシードは、隣にいるコンスタンスがおもわず吹きだすほどのしかめっ面になる。否定する気はないが、肯定するのも恥ずかしかった。

ロパーヒンが小屋の中に入ってきた。彼はかまどの火に両手をかざしながら、コンラッドの様子を見て笑いかける。

「元気になったようですね。私にも紹介していただけますか」

ルシードたちも火を囲むように、彼のそばに座った。若者は、コンラッドのことと、カーヴェル軍とガーエフとの密約について説明する。

「五千の兵に『白銀の盾』と『白銀の剣』ですか」

聞き終えたとき、ロパーヒンはさすがに愕然として色を失っていた。

ルシードはコンラッドに視線を向ける。

「おまえ、シエティンの地理には詳しいか？」

「ラグラスの国境付近の地理なら、いくらか自信はあるのですが……」

コンラッドは申し訳なさそうに首を横に振る。彼はおもに、ラグラスとの戦に参加していたのだそうだ。「気にするな」とねぎらいの言葉をかけて、ルシードはロパーヒンを見る。

「これからどう動くか、教えてもらえないか」

わずかな間に、ロパーヒンは気を取り直していた。彼はかきむしるように無精髭《ぶしょうひげ》を撫《な》でながら、考えていることを言葉にしていく。

「大至急、ゴスカータに使いの者を走らせます。いえ、この一帯の町や村すべてに知らせる必要があるでしょう。下手に町や村から出たら、カーヴェル軍に襲われるかも……」

カーヴェル軍がガーエフと協力関係にあるなら、町や村を襲うことはしないだろう。ガーエフがゴスカータの町に告げた「話がついているのでおとなしくしているように」というのは、そういう意味に違いない。

しかし、町や村の外にいる者を、カーヴェル軍が放っておくとは思えなかった。指揮官がライサンダーだけなら、ルシードも否定するところだが、ロンガヴィルもいるとなると、断言はできない。「白銀の剣」は、そういう点において冷淡だった。

「それにしても、他国の軍を引きいれるなんて……」

コンスタンスが憤《いきどお》りを帯びた声でつぶやく。もっとも、ルシードはそれほど怒りを覚えてはいない。争乱を解決する際に、他国の軍の力を借りるのはひとつの手だからだ。

ただ、その場合は前提条件が必要となる。

他国の軍が勝手な行動をとらないだけの信頼関係を結んでいるか、あるいは勝手な行動をとった場合におさえることができるだけの力を自分が持っているか。

――ガーエフの場合は、そのどちらもなさそうな気がするのが怖いな。

とにかく、ルシードたちは早急にいくつかの手を打たなければならなかった。


その旅人がガイセス村を訪れたのは、日が傾《かたむ》いて、空の青がくすんできたころだった。

旅人は馬に乗り、外套《がいとう》に身を包んで、つばの広い帽子を目深《まぶか》にかぶっている。荷袋を肩にかけ、腰に剣を吊していた。帽子も外套もひどく汚れており、馬のたてがみもけばだっている。よほどの長旅をしているようだった。顎に髭《ひげ》が生えているので、男だとわかる。

旅人は、その日の仕事を終えて畑で談笑していた村人たちに声をかけ、一夜の宿を求めた。

村人たちはルシードやファルに関わりのある人物かと思ってそう尋ねたが、男が首を横に振ったのでたいそう珍しがった。

「なんとまあ、こんな僻地《へきち》まで来るとはもの好きなお方だ」

口々にそう言って、彼らは旅人を村長の家へ案内した。応対に出たのは村長と、そのとき村長の家を訪れていたプロテウスだ。

話を聞いた村長は、村人たちと同様に驚いた。ここ最近は、村を訪れるよそ者といえばルシードたちの関係者ばかりだったからだ。

村長は旅人を自分の家へあげようしたが、旅人は「このようななりですので」と、かすれた声で丁重に断った。それから、興味が湧いたのか質問をしてきた。

「ルシードやファルシェーラというのは、いったいどのようなひとたちなのですか」

「そうだな。説明するのは難しいが、この村をよくしようとしている方々だ。村の者たちからも親しまれている」

「そのひとたちは、いまどちらに」

用事があって留守にしていると村長が答えると、旅人は「そうですか」とだけ言った。残念に思っているのか、興味をなくしただけなのかはよくわからない。

村長は、農具をしまっている小屋で寝泊まりをしてはどうかと旅人に提案した。村の者たちの家に泊めようとしても遠慮するだろうと考えたのだ。

「それから、武器は預からせてもらえないか」

旅人は一瞬ためらう様子を見せたが、いやだとは言わず、腰に吊していた剣を鞘ごと外して村長に渡した。鍔に凝《こ》った装飾がほどこされている剣だ。値打ちものだろう。ためらったのはそのためかと村長は思った。

「では、私がご案内します」

プロテウスが進みでる。村長は少年に任せることにした。

小屋は、村長の家のすぐそばにある。プロテウスはそこまで旅人を連れていき、あとでスープを持ってくる旨を伝えた。

「馬にも干し草と水をやっておきますね」

旅人はかすれた声で礼を述べると、荷袋から銀貨を三枚取りだしてプロテウスに渡す。プロテウスは笑顔でそれを受けとった。

小屋を出ると、プロテウスはあらためて銀貨を確認する。シエティンの銀貨だった。

──でも、言葉はパルミアの訛りだったな。

パルミアからシエティンを通ってここまで来たのだろうか。何のために。詮索するべきではないとわかっていても、気になった。

昨年までは、まれにこの村を訪れる者もいたという。未踏地《ナルグタムス》の近くに村があると聞いて興味を持った旅人や、未踏地《ナルグタムス》に財宝が眠っているという噂を聞いた者たちなどだ。今年はそういった者が現れなかったと村長は言っていた。

「シエティンに魔物が現れるようになったとルシードたちが言っていたが、そのせいだろう」

そうだろうとプロテウスも思う。彼自身、カーヴェルを発《た》ち、シエティンを抜けてこの村にやってきたのだ。ルシードがいるとわかっていなければ、途中でくじけていたかもしれない。

村長の家に戻ったプロテウスは、事情を話して村長に銀貨を渡した。

「あのひとは、どこへ行くつもりなんでしょうか」

「私も気になるが、詮索するのはあまりよくないな。それにしても……」

村長が顔をほころばせたので、プロテウスは首をかしげた。

「僕、何かおかしなことを言ったでしょうか」

「いや、おまえさんのことじゃない。私たちも変わったものだと思ってな」

村の者たちが、あの旅人をほとんど警戒せずに村に入れた。

本来、よそ者というのはもっと警戒すべきなのだ。野盗《やとう》が旅人を装《よそお》って村に潜りこみ、盗みや強盗を働いたという話はいくらでもある。そのことを考えれば、村長として彼らを咎《とが》めるべきだ。しかし、その変化を喜ばしく思っている自分がいることもたしかだった。

「――プロテウス」

少しの間考えて、村長は決断を下した。

「スープを持っていったあと、客人に事情を話して、小屋の外からかんぬきを下ろしてくれ」

顔をしかめて言った村長を見上げて、プロテウスは「わかりました」と素直に答える。

「よそ者を怖がっている女性や子供がいる。そう話しておきます」

「手間をかけさせるな」

「僕がここに来るまでに立ち寄った町や大きな都市でもあったことです。旅のひとなら、わかってくれますよ」

そして、スープができたあと、プロテウスはそれを小屋へと持っていった。戻ってきた少年は「快く承諾してくれました」と笑顔で報告する。村長は安堵《あんど》の息をついた。

とくに何ごともなく夜が明け、旅人は礼を言って村を去った。

ガイセス村に泊まった旅人は、しばらく馬を西へと進めていたが、太陽が中天を過ぎると馬を止めた。後ろを振り返る。

「これだけ離れれば、だいじょうぶか」

旅人はかすれた声でつぶやいた。青みがかった黒髪の隙間から覗く両眼には、鋭い敵意が輝いている。彼は、今度は北へと視線を向けた。

「ファルシェーラがいないという話を聞けたのは幸運だった。あの村に足を踏みいれた甲斐があったというものだ」

男の名は、ネストル。クログスターに仕えているパルミアの騎士であり、かつてファルと聖剣を巡って戦ったこともあった。

「さて、雷竜はあの廃墟ではなく、岩山で寝ているという話だが……」

ネストルは馬首を巡らせると、北に向かって馬を進ませる。

雷竜に会うのが、彼の目的だった。

四章　守るために

夜の闇に包まれた森の中で、そこだけは昼のように明るかった。

ラグラス王国の南西、国境近くである。円形を描くようにぽっかりと開けた場所に、異国の軍が幕営《ばくえい》を築き、無数のかがり火を灯《とも》していた。

カーヴェル軍五千だ。先日、彼らは国境を越えてラグラス領内に入りこんだ。ここ一帯を治めるガーエフに確認をとった上でのことなので、侵略行動ではもちろんない。

幕営の中央には、第二部隊の指揮官ロンガヴィルの幕舎《ばくしゃ》がある。第一部隊の指揮官にして総指揮官であるライサンダーの幕舎は、東の端に設置されていた。

この配置は、ロンガヴィルこそが実質的な総指揮官であるという意思表示に他ならない。だが、ライサンダーは一言も不満を述べず、おとしなく従っていた。

いま、ロンガヴィルの幕舎には、この老将の他にもうひとりの男がいる。

ベネディクトだ。この行軍中、彼は日が沈んだらロンガヴィルのもとを訪れて、ライサンダーの行動を逐一報告していた。

ベネディクトの顔にはおびえの色がある。三日前、彼は「脱走者が出ました」と報告して、ロンガヴィルに睨《にら》まれた。一昨日も昨日も「脱走者は捜索中です」と報告して、ロンガヴィルに侮蔑《ぶべつ》の視線を向けられた。今日も同じ報告をしなければならない。

こんなことはライサンダーがやるべきではないかと内心で憤《いきどお》りながら、ベネディクトは「捜索中です」と報告した。

「――ベネディクト」

ロンガヴィルが不意に、報告者の名を呼んだ。今年で五十三歳になる老将は、じろりとベネディクトを睨みつける。細面の中の大きなわし鼻を撫《な》でながら言った。

「おぬし、ライサンダーに加担して、捜索に手を抜いておるのではあるまいな」

「滅相《めっそう》もありません」

ベネディクトは慌てて首を左右に振る。それを見て、ロンガヴィルは低く笑った。

「冗談じゃ。おぬしがそんな男ではないことは、わかっておる。だが、遅くともラグラスを通過するまでには報告に変化がほしいのう」

「尽力いたします」と、冷や汗をかきながら答えて、ベネディクトは退出した。

夕食をとっている兵たちの間を悠然《ゆうぜん》と歩きながら、彼はライサンダーの幕舎に向かう。内心の憤りを隠し、何ごともないかのように悠然《ゆうぜん》と。

「――腰巾着《こしぎんちゃく》が」

侮蔑のこもった一言が投げつけられて、ベネディクトは足を止める。周囲を見回したが、兵たちは食事と談笑に夢中で、自分を見ている者などいない。

聞き間違いだ。そう思って、彼は歩みを再開した。

ライサンダーの幕舎《ばくしゃ》の前には、二人の騎士が見張りに立っている。

とベネディクトは、つい彼らに冷淡な視線を向けてしまう。脱走したコンラッドは、この二人と同じく、ライサンダーが連れていくことを決めた者だった。いわゆる子飼いの騎士だ。

幕舎の中に入ると、ライサンダーは地面に絨毯を敷いてその上に座り、数枚の地図を見つめていた。ベネディクトに対しては一瞥《いちべつ》したのみだ。

ベネディクトの立場はライサンダーの副官なので、このそっけない対応も失礼というほどではない。だが、ベネディクトは無性に腹が立った。地図を挟んで、ライサンダーの向かい側に腰を下ろす。

「総指揮官殿。何を考えていらっしゃったのかな」

ベネディクトの声は、優越感と悪意を帯びていた。ひとりになったときには自分の言動を省みて苛《いら》立《だ》ち混じりのため息をつくこともあるが、今日はコンラッドのこともあり、どうしても感情をおさえきれなかった。

「見ればわかるだろう。地図を見ていた。戦に備えてな」

ライサンダーの態度は堂々として、声は落ち着き払っている。それらは、ベネディクトの神経を刺激せずにはいられなかった。実際にそれを見たら失望するだろうという予感を抱えつつも、ベネディクトはライサンダーが自分に対して下手に出ることを望んでいた。

「本当に、戦に備えてのことですかな。真夜中にでもここを脱出し、王都に駆け戻って愛する奥方を救出することでも考えておられたのでは」

ライサンダーに自分の立場をわからせてやるように、とアンバートからも命令されている。人質となっているハーミアについて、ベネディクトが言及しない日はほとんどなかった。

「ベネディクト卿。私もカーヴェルの騎士。ここまで来て、王都のことを考えるようなことはせぬ。——あのときも、そうだった」

不意に、低い声でライサンダーが言葉をつけたす。ベネディクトは眉をひそめた。

「あのとき、とは？」

「知れたこと。私がリスティオンと呼ばれる戦場で、パルミア軍を相手に血を流していたときのことだ。そのとき、王都ではならず者どもが玉座を盗んでいた」

ベネディクトは顔色を変える。これほどに痛烈な弾劾を、彼は王都を発《た》ってからはじめて聞いた。ライサンダーは冷静な表情で言葉を続ける。

「いまでもよく考える。私が王都のことを考え続けていたら、王都にいる者たちのことをもっとよく見ていたら、あの悲劇は防ぐことができたのか、とな」

「い、いまの言葉は聞き流せませぬ……」

ベネディクトはかろうじてそう言ったが、緊張と感銘とでそれ以上、言葉を続けることはできなかった。ハーミアのことを持ちだされた直後に、よくも言ってのけたものだと、彼の態度に圧倒されていた。

「聞き流せないとなれば、どうするのだ」

「王都に報告し、しかるべき処置をとるに決まっています。多少傷ついても、生きてさえいれば人質には価値があるのですから」

ベネディクトはそう言ったが、感情が欠けている。事前に考えておいた言葉を、ただ口から垂れ流しているだけだった。

ライサンダーを傷つけることはできない。

ガイセス村とやらには、ファルシェーラがいるからだ。パルミア兵を率いて猛威を振るい、カーヴェル兵に敗北と恐怖を与えてきた「常勝王女《アルミーシュ》」が。

あの聖剣の姫は、カーヴェルの名だたる指揮官や騎士を数多く討ちとっている。リスティオンでは、ライサンダーと互角に戦ったという。

いずれは、彼女の存在を兵たちに教えなければならない。そのとき、兵たちがすがるのはライサンダーだろう。自分にも、ロンガヴィルにも、この役目は務まらない。ファルシェーラを討ちとるまでは、ライサンダーに余計な傷を負わせることはできなかった。

脅迫がきいたわけではないだろうが、ライサンダーは押し黙る。ベネディクトは事務的な口調で、コンラッドの捜索に、ライサンダーが信用している部下たちを使うと告げた。

「ひとりだけ、幕営《ばくえい》に残す。誰かひとりでも逃げだすようなら、残った者が死ぬことになる」

ライサンダーは怪訝《けげん》な表情でベネディクトを見る。

「そうしたければするがいい。ただし、誰かが逃げた場合、その責を負うのはおぬしだ。それとも、ロンガヴィル将軍が責を負ってくださるのか」

ベネディクトは言葉に詰まった。反論できなかったというだけではない。自分の行為の醜さを指摘された気にもなったのだ。

大きく息を吐くと、栗色の髪の騎士は立ちあがって幕舎《ばくしゃ》をあとにする。

冷たい夜気にあたって、彼はさきほどのライサンダーの言葉を思いだした。

――ロンガヴィル将軍に報告するべきか……。

自分の立場を考えれば、伝えるべきだろう。だが、ベネディクトは迷った。

今日までの行軍で、彼はライサンダーの能力の高さをあらためて認識している。さすが若くして四将に選ばれた男だと思ったものだった。兵たちの多くも、ベネディクトと同じように思っていることが行軍中の雰囲気でわかる。

腰巾着《こしぎんちゃく》。あれは本当に聞き間違いだったのだろうか。

失言によってライサンダーが罰せられたと兵たちが聞いたら、どう思うだろうか。

「いまは、まだいいだろう」

報告の機会はいくらでもある。兵の士気を考えても、いま、ライサンダーによけいな手傷を負わせるわけにはいかない。これから他国の領内を通過するのだから。

ルシードが考えをまとめたのは、夜が明けたころだった。

火の消えたかまどを背にして、五人は輪をつくるように座る。若者は、まずファルを見た。

「おまえはガイセス村に戻れ。シエティンまでは、ラグラス人の案内をつけてもらう」

任せてほしいというふうに、ロパーヒンがファルにうなずいてみせる。慣れない土地で、夜を徹してでも先を急ぐには、案内役がどうしても必要だった。

「村の者たちを避難させるんだな」

確認するようにファルは尋ねる。ルシードはうなずいた。ガイセス村がカーヴェル軍に襲われることのないよう尽力するつもりだが、最悪の事態には備えておかなければならない。

「それでだな……。未踏地《ナルグタムス》の、廃墟のガイセスに行くよう村長たちを説得してくれ」

ルシードの発言は、その場にいる四人ともを驚かせた。コンラッドも、未踏地《ナルグタムス》がどういうものなのかは知っている。そこが避難先になどなりようもないことを。

しかし、ファルはすぐに気を取り直した。彼女はルシードを信頼している。若者は決して血迷ったわけではなく、何か理由があるのだとすぐに考えることができた。

「魔物除けの紋様を残すように解体して、持ち運ぶというやつか。村長が言っていた」

「そうだ。未踏地《ナルグタムス》全体を防壁として考える。あの紋様がないカーヴェル軍は、未踏地《ナルグタムス》に踏みこめねえ。それと、もうひとつ、やっておいてほしいことがある」

ルシードの考えを聞いたファルは驚いたが、真剣な表情で「わかった」と答えた。

「俺はここに留まる。ガーエフの兵を使ってカーヴェル軍を追い返すか、それが無理でも、なんとか半日でも時間を稼げないか、やってみる」

ルシードの表情は苦しそうだった。本当は、自分がガイセス村に行くべきなのではないかと思う。「未踏地《ナルグタムス》へ逃げろ」などと言えば、村人から非難されるのが目に見えているからだ。責められる役目を、ファルに押しつけているのではないか。

だが、そんな暗い考えはすぐに消え去った。黄金色の髪の剣姫が、純粋な笑顔をルシードに向けて言ったからだ。

「おまえが戻ってくるのを、待っているぞ」

「——ああ」

ルシードは、自分でも驚くほど身体の内側から熱が湧きあがってくるのを感じていた。

絶対に戻る。できることならば、彼女を喜ばせることのできる成果をもって。

それで間違いないはずだ。この美しい恋人を喜ばせるには、ガイセス村の人々も喜ぶような成果でなければならないのだから。

「お兄様、わたしは何をすればよいのですか？」

コンスタンスが碧い瞳を輝かせて身を乗りだす。

ルシードは一瞬、ためらう様子を見せた。何をやらせるべきかは決めているのだが、それは非常に危険なものだったからだ。

だが、他に手がない。ルシードは、妹の頭に軽く手を置いた。明るい赤い髪をかきまわす。ことさらに無表情をつくった。

「おまえには、カーヴェル軍に投降してもらう。コンラッドと行ってくれ」

「うけたまわりましたわ」

苦渋の決断を下した兄ほどには、妹は悲観的ではなかった。ルシードの言葉の意味を、コンスタンスは正確に理解して微笑を浮かべる。

「カーヴェル軍に投降し、ライサンダーに会って、彼の奥方を救出するのですね？」

ルシードはため息をついた。不甲斐ない兄だと思う。伯父なら、母にこのような役目を押しつけることはなかったに違いない。

そのとき、コンスタンスのローブの内側から拳大の人形が転がり落ちた。かと思うと、それは器用に床を転がり、ルシードの膝の上に乗る。粘土でつくられた石隷《ゴウラム》だった。

ルシードは石隷《ゴウラム》を見下ろして、雑念を払うように頭を振る。伯父と母と、自分たちは違うのだ。いままで、自分はコンスタンスに何度も頼ってきたではないか。

ルシードは表情を引き締めると、あらためてコンスタンスを見つめる。

「おまえ以外にこの役目は務まらねえ。だが、気をつけろよ」

「お兄様は、普段からそうやってもっとわたしを頼ればいいのですわ。何度も言っているでしょう。わたしのような妹がいることこそが、お兄様の取り柄なのですから」

コンスタンスは胸を張る。兄に頼られたことを誇るように。石隷《ゴウラム》も身体をそらした。

「ところで、ライサンダーの奥方は何という方ですの?」

「名前はハーミア。俺が最後に会ったのは一年半ほど前だが、ファルよりちょっと背が低いぐらいだったかな。詳しいことはライサンダーに聞け」

「ライサンダーの評価は偏っている可能性があるので、お兄様に聞いておきたいのですわ。どのような方ですの?」

「俺が会ったときは、少し陰があるが、おっとりとした美人って感じだったな。ただ、見かけによらず、けっこうな行動力の持ち主だって聞いたことがある」

「会うのが楽しみになってきましたわ」

ルシードはコンスタンスに「頼む」と頭を下げる。せっかく脱走してきたのに、戻らなければならないのだ。だが、カーヴェル軍の位置を正確に知っているのは彼しかいない。

「一命に代えましても」と、騎士らしい言葉でコンスタンスは応じた。

そうして、ルシードたちは行動を開始した。

ライサンダーの幕舎《ばくしゃ》に驚くべき報告がもたらされたのは、兵たちの大半が寝静まっている真夜中だった。脱走させたコンラッドが、ひそかに戻ってきたというのだ。

それを伝えに来たのは、コンラッドと同様にライサンダーが信頼している部下だった。もしもベネディクトあたりに見つかっていたら、幕営《ばくえい》は大騒ぎになっていただろう。

ともかくコンラッドを自分の幕舎に連れてくるようにと、ライサンダーは言った。

幕舎に入ってきたのは、コンラッドだけではなかった。

「お、王女殿下……」

ライサンダーは、彼らしくもなく声を震わせた。

コンラッドを従えて、コンスタンスがライサンダーの目の前に立っている。彼女はコンラッドが着ていた外套《がいとう》に身を包み、フードで顔を隠して、ここまできたのだ。

コンラッドが退出して、幕舎にはコンスタンスとライサンダーの二人だけとなる。

「一年ぶりですわね、ライサンダー。息災《そくさい》のようで何よりです」

「王女殿下こそ、よくいままでご無事で……。お元気そうで、何よりでございます」

つい大きくなりかけた声を、ライサンダーは懸命におさえた。そして、彼はすぐに騎士としての落ち着きを取り戻す。コンスタンスの顔が真剣なものであることに気づいたからだ。

「膝をつく必要はありません。いまはわずかな時間も惜しい状況ですから」

「かしこまりました。立ったまま御意を得ます」

わかってはいても、そう言っておかなければすまないのがライサンダーの性分だ。コンスタンスはくすりと笑うと、コンラッドから聞いた話を確認する。

「あなたの妻が王都に監禁されているというのは事実なのですか」

「お恥ずかしいことながら」

恐縮するライサンダーに、コンスタンスはやんわりと首を横に振る。

「相手が卑劣だったのですわ。悪人に膝を折るのは屈辱かもしれませんが、妻を守ろうとしていることを恥じてはなりません」

ライサンダーは深く頭を下げた。胸が熱くなり、言葉が出てこない。

「それにしても、アンバートもずいぶん虫のよいことを考えるものですのね。人質をとるような真似をしておきながら、あなたを従えようとするなんて」

「悔しいことですが、有効な手ではあります。私にかぎらず」

ライサンダーは奥歯を噛《か》みしめる。だからこそ、彼はいまここにいるのだ。

碧い瞳をただならぬ気迫で満たして、コンスタンスはライサンダーを見据えた。

「ライサンダー。あなたの妻の安全が保障されるならば、わたしたちとともに来ますか？」

「それは、王女殿下にお仕えするということでしょうか」

「いえ、兄ですわ」

コンスタンスは即答する。ライサンダーは驚いたというよりも訝しげな顔でコンスタンスを見下ろした。もちろん、そうなれば願ってもない話だが、容易に実現できる話とは思えない。

「何かお考えがあるのですか」

「ええ。そのために、兄はわたしをここへ遣わしたのですから」

コンスタンスはルシードの計画を手短に説明し、再びライサンダーを驚かせた。

「いかがですの？」

金髪の騎士は、すぐには返事をしなかった。二呼吸分ほどの間を置いて、ルシードの考えを脳髄に染みこませたライサンダーは、ふっと短く笑う。王都を発《た》ってから、否、妻を人質にとられてから、彼が他人に見せたことのない晴れやかな笑みだった。

「実にルシード殿下らしいと思います」

その言葉は、焦げ茶色の髪の若者の案に従うという意味だ。コンスタンスが半歩ばかり前へ身を乗りだして、ライサンダーに手を差しだした。

「わたしたちと来なさい」

「御意」


ベネディクトの幕舎《ばくしゃ》に驚くべき報告がもたらされたのも、やはり真夜中だった。

具体的には、脱走したコンラッドが王女殿下を連れてカーヴェル軍の幕営《ばくえい》にひそかに戻ってきてから、一時間ばかり過ぎたころだ。

「た、大変です。ライサンダー卿が……！」

ベネディクトの幕舎《ばくしゃ》に飛びこんできたその兵は、肩で息をするほど慌てており、すぐには次の言葉が出てこないようだった。

眠っていたところを叩き起こされて、ベネディクトはあからさまに不機嫌だったが、ただ事ではないのを理解すると、そばに置いていた剣をつかんで立ちあがる。

「案内せよ！」

ライサンダーが何かをしたとすれば、妻を救出するべく脱走したというところだろうか。

──もしそうだとしたら、ただではすまんぞ。

第一部隊の兵のほとんどが、ライサンダーひとりを捕らえるために、彼を追うこととなる。むろん、ベネディクトも。そして、報告を受けたアンバートは、ライサンダーの妻に何らかの処罰を与える。ガイセス村侵攻は、ロンガヴィルの指揮する第二部隊が滞りなく進める。

──ライサンダー卿。妻をきずつけたくはなかろう。余計なことをしないでくれ。

そう思いながら、ベネディクトはライサンダーの幕舎にたどり着いた。

そして、彼は驚きのあまり目を丸くして、その場に立ち尽くしたのである。

いくつものかがり火に照らされ、兵たちに囲まれて、旅装姿のライサンダーが馬にまたがっていた。それだけならばベネディクトの予想の範囲内であり、驚くことなどなかっただろう。

しかし、ライサンダーの後ろにひとりの娘がいるという光景は、彼の想像を超えていた。しかも、その娘は、彼もよく知っているカーヴェルの王女である。

「コ、コンスタンス殿下か、まさか……？」

ベネディクトの声は弱々しく、かすれたものになった。だが、ライサンダーの耳には届いたらしく「白銀の盾」は重々しくうなずく。

「その通りだ。ラグラス領内を抜けて、この幕営《ばくえい》に逃げてこられたので、私が保護した」

幕営内に響きわたるような朗々とした声で、ライサンダーは続けた。

「これより私は、王女殿下を無事に王都へお連れせねばならぬ。この場のことは、副官であるおぬしに一任する」

あまりにも一方的な宣言である。しかし、ライサンダーの態度が堂々としているせいか、兵たちは呆然と成り行きを見守っていた。

「そ、総指揮官が兵を置いて、持ち場を離れると……？」

ベネディクトは決して無能ではないが、衝撃に麻痺しかかっている思考では、そのていどの言葉しか思いつかなかった。一方、ライサンダーは落ち着き払っている。

「火急の用である。そもそも、総指揮官に大事があったときのために、副官がいるのではないか。唯一、先王陛下の血脈を引いておられる王女殿下を無事に王都へお連れする。これ以上に重大な用件があるとおっしゃるか。また、王女殿下を兵たちに任せることができるのか」

ベネディクトはとっさに答えられなかった。

もちろん彼にも気心の知れた、信頼できる兵は幾人もいる。だが、コンスタンスの身柄を任せてよいと思える者となると、その数は一気に減った。

王都に向かう途中でコンスタンスに何かあれば、護衛を務める者の責任だけではすまなくなる。その人物を選んだベネディクトも、処罰されることになるだろう。死刑にはならないとしても、現在の生活を送ることは厳しくなるに違いない。

また、コンスタンスが帰ってきたのならば、このまま全軍で帰還すればいいのではないかと提案することも、彼にはできなかった。

ガイセス村は放っておいてよいのか。ガーエフの軍に協力するという話はどうなっているのか。そういったことを、彼の独断で決めることはできなかった。そして、ライサンダーに投げかけることもできなかった。

「申し訳ありませんが、よろしくお願いしますね」

コンスタンスが、こちらにぺこりと頭を下げる。そして、ライサンダーが馬の腹に拍車をかけた。兵たちをおしのけるように、馬が走りだす。止めようとする者は誰もいなかった。

ベネディクトがようやく冷静さを取り戻したのは、三十近くを数えられるほどの時間が過ぎ去ったあとだった。

闇がたゆたい、月が冷たく輝く空の下で、カーヴェル軍の幕営《ばくえい》は騒然としている。かがり火の数は一気に増やされ、眠っていた兵たちがひとり、またひとりと起きだしていた。

ロンガヴィルも、異変を感じて目を覚ましたひとりだ。彼が身体を起こしてまもなく、兵士がベネディクトの来訪を告げた。

「ライサンダーが王都へ？」

報告を受けたロンガヴィルは、特徴的なわし鼻を撫《な》でて、眉をひそめた。

彼も、ライサンダーはいつか脱走するだろうと考えていた者のひとりである。だが、コンスタンスを連れてというのはさすがに考えもしなかった。

ベネディクトに兵を落ち着かせるよう命じて、ロンガヴィルはひとり思案に沈む。

「話では、王女殿下はガイセス村とやらにいるはずではなかったか」

ロンガヴィルの脳裏に、ひとりの若者の姿が浮かびあがる。ルシードだ。

「こちらの狙いを嗅ぎつけたか。すぐ近くにいるとすれば、脱走した騎士とやらに会ったかもしれんな」

ライサンダーの考えたこととは思わなかった。老将の知る「白銀の盾」は、戦場の外で策を巡らせるには、いささか実直すぎるのだ。

──ルシードの仕業となると、王女とやらは本物か、偽物か。

「ライサンダーの馬術は見事なものだが、娘をひとり乗せているとなれば、多少は鈍《にぶ》るか」

ロンガヴィルは二人の騎士を呼んだ。その二人はすぐに現れた。

いずれも武芸にも馬術にも練達した者だが、ロンガヴィルがこの二人を買っているのはその点ではない。この二人は、彼の命じる汚れ仕事を黙々と務めてきたのだ。口も固い。

「ライサンダーが王都に逃げた。追え」

ロンガヴィルは短く命令を下す。さらに、こうも付け加えた。

「娘を連れている。まとめて殺し、顔を潰して埋めよ」

本来なら「娘は殺さずに捕らえよ」と命令するべきだろう。だが、ロンガヴィルはそうしなかった。

相手はライサンダーだ。この二人の騎士はそうとうな実力の持ち主だが、二人がかりで挑んでも勝つのは難しいだろう。それなら、躊躇《ちゅうちょ》せずに娘を狙わせて、ライサンダーに隙をつくらせるべきだった。

――万が一、本物の王女だろうとかまわん。

ロンガヴィルには、王家への忠誠心などない。アンバートも事情を聞けば、偽者の王女ぐらい用意するだろう。となれば、必要なのはガイセス村を焼き、ルシードとファルの首をとることだ。もしも本物の王女だった場合、すべてを灰にすることで隠蔽するために。

「しかし、小賢しいことをする」

いま打った手だけでは不充分だ。ルシードも、ひとつの策しか講じていないわけではないだろう。ロンガヴィルは側近をひとり呼び、地図と、ついでに葡萄酒《ファム》を持ってこさせる。

「白銀の剣」が地図を広げる横で、銀杯に葡萄酒《ファム》を注ぎながら、側近はかすかな苛立《いらだ》ちのこもった声音《こわね》で言った。

「それにしてもアンバートは、ロンガヴィル閣下にどうしてこのようなことを命じられたのでしょうか。もっと閣下の力が必要なことはいくらでもあるでしょうに」

「不満か？」

ロンガヴィルがからかうような笑みを浮かべる。側近は困惑したような顔で答えた。

「ラグラス領内を通過するのは困難でしょうが、そこさえ抜けてしまえば、あとは村ひとつを焼き払うだけではありませんか。敵に『常勝王女《アルミーシュ》』がいるとはいえ、これだけの兵を動かすことも……」

ロンガヴィルは葡萄酒《ファム》に口をつけながら、賛同するようにうなずく。この側近だけでなく、信頼する何人かの騎士が同じ感想を抱いていることを、ロンガヴィルは知っていた。

「見せしめじゃよ」

ロンガヴィルの言葉の意味をつかみかねて、側近は首をひねる。ロンガヴィルはおかしそうに自分の膝を軽く叩くと、詳しく説明してやった。

「我がカーヴェルでは、アンバートが玉座を簒奪《さんだつ》した。隣のパルミアではクログスターとやらが王都を占領し、運よく逃げたアルトレイア姫としのぎを削っておる。シエティンや、目の前にあるラグラスで内部争いが起こったのはそのあとじゃ。どういうことかわかるか?」

側近は考えてみたが、わからないようだった。ロンガヴィルは続ける。

「数年前まで、大陸に住む者のほとんどはこう思っておっただろう。いずれは、カーヴェルとパルミアが雌雄を決して、勝った方が諸国を併呑《へいどん》して大陸を統一するに違いないと」

「私は、いまでもそう思っております。閣下が諸国の軍を次々に撃ち倒すと」

側近の表情も言葉も真剣で、媚《こ》びへつらう調子は微塵もない。だからこそ、ロンガヴィルは彼をそばに置いていた。たとえ優《すぐ》れた能力を備えていようとも、追従者《ついじゅうしゃ》をこの老将は嫌った。

「そうなればいいのだがな……。話を戻そうか。いまはな、カーヴェルとパルミアのどちらかが大陸を統一するなどと思っている者は、半分以下になっておるだろうよ」

「それは、簒奪《さんだつ》によって王国の内情が不安定だと思われたからでしょうか」

「それもないとはいわんがな」

ロンガヴィルはくっくっと喉の奥で笑った。

「多くの者が気づいたのじゃよ。カーヴェルであれ、パルミアであれ、力のある者が国を治めるべきなのだとな。だから、シエティンやラグラスで争いが起こった。さらに、ルシードが国を興した。あれも驚きだったろうて。意思と力のある者は、そういうこともできるのだと、やはり多くの者が思い知らされたからだ。何といったかな、最近、我が国の東に生まれた……」

「ヴェルクードですか」

「それだ。その自称王国も、この混沌の中で生まれた代物じゃろう」

カーヴェル王国にとっても、このような新興勢力は面倒な存在だった。だが、兵を動かすのには金がかかる。可能ならば他国にやらせてしまいたい。

もちろん、このようなことはカーヴェルだけでなく、ラグラスもグリストルディも考えることであり、この三国はヴェルクードへの対応を押しつけあっているのが現状だった。

「だから、アンバートはルシードも、ガイセス村とやらも粉微塵にしてしまいたいのだ。そうすればヴェルクードや、アンバートに叛意を抱いている者もおとなしくなるやもしれん」

「そういうことだったのですか」

側近は納得したように大きく息を吐く。それから、疑問に思ったらしいことを尋ねた。

「しかし、閣下は楽しそうですね」

「楽しいとも」

ロンガヴィルは不敵な笑みを浮かべて即答した。彼が求めるものは戦だった。大軍を擁する強敵とわたりあうのも、知恵を駆使する少数の敵を蹂躙《じゅうりん》するのも、好きだった。

「敵が絶えぬかぎり、戦の世は続く。いいことではないか」

そう言って、ロンガヴィルは葡萄酒《ファム》を呷った。

翌朝、ロンガヴィルはベネディクトから、ライサンダーの子飼いである十人の騎士がそろって脱走したという報告を受けとることとなった。

幕営《ばくえい》を離れて、一日が過ぎた。ライサンダーとコンスタンスは昼夜問わず、馬を走らせている。ライサンダーは強行軍に慣れているが、彼はコンスタンスを気遣《きづか》った。一国の王女だった身が長時間、馬の上にいては疲れきってしまうのではないかと。

しかし、彼の予想は外れた。コンスタンスはその表情から快活な色を失わず、休憩のために馬から下りたときは、いろいろなことを聞いてきた。

「いまの王都はどのような様子ですの？」

ライサンダーはどのように答えるべきかためらったものの、正直に告げる。

「以前と変わらぬ繁栄ぶりです。民衆に、アンバートを非難するような気配はありません」

「アンバートなら、それぐらいのことはやってのけるでしょうね。宰相ですもの」

とくに腹を立てもせず、コンスタンスはそう感想を述べた。

「陛下や王妃殿下はいかがです」

この質問をしたときは、さすがにコンスタンスの声が不安そうなものになった。

「私は拝謁することがかなっておりませんが、許された者の話ではご健康そうであられたと」

「そう。アンバートが陛下に何かをするとは思えませんし、それなら放っておきましょう」

突き放すように、コンスタンスは言った。気遣わしげな視線を向けるライサンダーに、コンスタンスは顔をそむけて言葉を続ける。

「わたしは、お母様があまり好きではありませんの。お兄様のことが嫌いなら放っておけばいいのに、ことあるごとにいやがらせをして……」

「コンスタンス様は、ルシード殿下のことがお好きなのですね」

ライサンダーはそう言うことで、コンスタンスの意識に若干の修正を試みた。コンスタンスはわずかに顔を傾《かたむ》けて視線だけをライサンダーに向ける。くすりと笑った。

「あなたの考えていることはわかりますけれど、わたしは本当にお母様のことが好きではないんですのよ、ライサンダー。お母様は兄たちばかり可愛がっていましたもの」

コンスタンスが兄と呼んだのは、早くに亡くなった二人の兄のことだ。

「上の兄はわたしのことを政治の道具呼ばわりしましたし、下の兄はしょっちゅう叩いたりつねったりしてきましたわ。でも、お母様は兄たちを叱ることすらしなかったんですの。兄たちが亡くなったとき、安心したぐらいですのよ。でも、もしもお兄様が亡くなったら、わたしは泣いてしまうかもしれませんわ」

ライサンダーは複雑な表情で王女の話を聞いていた。一年前、コンスタンスがルシードを選んだのにはそのような背景があったのだ。そして、さきほどの「放っておく」という台詞の意味も、金髪の騎士は正確に読みとる。王都に入っても、関わる気はないということだ。

コンスタンスはさらりと話題を変えた。

「それにしても、そこまで王都が安定しているのなら、兵や騎士はアンバートに忠誠を誓っているのでしょうね。どうやってハーミアを助けだすつもりですの」

ライサンダーはわずかな沈黙を先立たせたあと、言いづらそうに答える。

「正直に申しあげて、何も考えておりません」

「では、王都に着くまでに考えるといたしましょう」

ライサンダーを咎《とが》めるでもなく、コンスタンスは言った。それからくすりと笑う。

「お兄様なら、きっとこう言いますわ。顔も悪ければ頭も悪い困ったお兄様ですけど、いざというときはがんばってますのよ」

二人が追っ手の存在に気がついたのは、日が暮れてもなお馬を走らせていたときだ。

「――殿下。二騎ばかり、追ってくる者がいます」

二騎とわかったのは、追っ手たちが蹄《ひづめ》の音を隠そうともしないからだ。

日が暮れているとはいえ、まわりは広大な草原で、まばらに木が生えているだけだ。その木も秋の半ばとあって葉は落ちており、身を隠すには頼りない。

――ただの急使か、あるいは刺客か。

コンスタンスを手に入れるために、ロンガヴィルが刺客を放つのはありえそうに思える。

ライサンダーは馬を止めた。自分たちと違い、敵は馬を何度か換えているだろうと考えたのだ。このまま逃げ続けて、馬が走れなくなるところで追い詰められるよりは、余裕があるうちに迎え撃った方がいい。

「コンスタンス殿下は馬の陰に御身をお隠しください」

「わかりましたわ。頼りにしています、ライサンダー」

街道から少しは離れたところへ馬を進ませ、コンスタンスにはそこに隠れてもらう。

ライサンダーは槍を右手で握りしめ、街道の真ん中に立ちはだかって暗がりを見据えた。

不意に、馬蹄《ばてい》の響きがひとつになる。二騎のどちらかが馬を止めたのだ。そして、暗闇の中に一点の赤い光が出現する。

──明かりを用意したか。

一騎分の馬蹄の響きとともに、明かりがこちらへ近づいてくる。ほどなく、暗がりを吹き払ってそれは姿を見せた。大柄な体躯《たいく》の持ち主で、各所を鉄片で補強した革鎧を着こんでいる。右手に松明《たいまつ》を持ち、鞍《くら》に槍をくくりつけていた。

名前は知らないが、顔に見覚えはある。ロンガヴィルの部下のひとりだ。

「馬蹄の音が聞こえたので馬を止めたが」

何気ないふうを装《よそお》って、ライサンダーはその騎士に声をかけた。

「ロンガヴィル卿から言づてでも？」

「然り」と、その騎士は短く答えて馬から下りる。松明《たいまつ》を左手に持ち替え、槍を手に取った。

「コンスタンス王女殿下はいずこに？」

暗がりも手伝って、馬の陰にコンスタンスが隠れていることには気づいていないらしい。騎士は周囲を見回しながらライサンダーに尋ねた。

「長く馬に乗せてしまったのでな。木の陰で休んでいただいている」

「なるほど。ところで、ロンガヴィル閣下からのご伝言だが」

騎士は無《む》造作《ぞうさ》な足どりでライサンダーとの距離を詰める。

「――ここで死んでいただく」

鋭く突きだされた槍の一撃を、ライサンダーは手にしている槍で弾き返した。その場から動かなかったのは、飛び道具で狙われるのを警戒したためだ。

――この男は囮《おとり》だ。

もっと早く馬を止めて、暗がりの中に潜んでいるだろうもう一騎。その人物は、おそらく飛び道具を持っているとライサンダーは考えていた。目の前の騎士がわざわざ火のついた松明などを手にしているのは、仲間にライサンダーの位置を教えるためだ。

騎士は立て続けに槍を繰りだしながら、右へ左へと動く。ライサンダーは相手の攻撃をしのぎながらも、その動きについていった。自分の姿がさらけ出された瞬間に、矢か何かが飛んでくるのだろう。騎士を盾代わりに使う以外の方法を、すぐには思いつかなかった。

——問題は、飛び道具を持っているだろう敵が位置を変えたときだ。

その敵が右なり左なりに回りこめば、あとは松明の明かりを頼りにライサンダーを狙い撃つことができる。そうなる前に、手を打たなければならない。

騎士が突きだした槍を、ライサンダーはこれまでのように弾く。

だが、そこで動きを止めず、さらに槍を薙ぎ払って、相手の手から松明を叩き落とした。地面に転がった松明を、ライサンダーは槍の穂先で弾いて離れたところへ転がす。

二人の周囲は暗闇に包まれた。

闇が広がる瞬間、相手が笑ったように、ライサンダーには思えた。

次の瞬間、風を切る音とともに、ライサンダーの左腕に焼けるような痛みが走る。相手の槍の穂先がかすめたのだ。

おもわぬ痛みにライサンダーは顔をしかめながら、二、三歩ほど後ろへ退がったが、ある疑念が頭をよぎり、おもいきって地面に身体を投げだした。

さきほどまでライサンダーが立っていたところを、槍が貫く。ライサンダーの行動が少しでも遅れていたら、いまごろ彼は槍に腹部を貫かれていただろう。

——夜目がきくのか、この男。

緊張が冷たい汗となって、ライサンダーの首筋をつたう。このまま暗がりの中にいれば危険だが、地面に転がったまま燃えている松明《たいまつ》を取りにいくのもやはり危険だった。

「――八導の門より出でて、我が意に従え」

馬の陰から呪文を詠唱する声が高らかに響いたのは、そのときだった。

ライサンダーだけでなく、騎士も驚いた。騎士はおもわず馬の方へ踏みだしたが、その足音を聞き逃すライサンダーではない。左から右へ、相手の脚を狙って低く槍を薙ぎ払った。鈍《にぶ》い手応えに短い唸り声が続き、騎士はよろめく。

そして、コンスタンスの魔術が完成し、馬の陰から子供の握り拳ほどの大きさの火の玉が放たれた。火の玉は放物線を描いて、離れたところにある松明を直撃する。炎は細い火柱となって垂直に伸び、周囲を赤々と照らした。騎士の正確な位置を捉える。

ライサンダーの繰りだした槍は、騎士の喉元を過たず貫いた。相手が武器をかまえる暇もないほどに速く、鋭く、容赦のない一撃だった。

ライサンダーはすぐに槍を引き抜くと、地面を転がる。一呼吸分の間を置いて、何かが暗りの奥から飛んできた。それは何もない空間を貫いて闇の中へと消える。ライサンダーの目にもはっきりとは見えなかったが、彼はこれまでの経験と音から、推測した。

――おそらく太矢だな。

弩《いしゆみ》に使われる矢だ。鉄の甲冑を貫くほどの威力があり、まともにくらえば肉がえぐれ、骨が砕ける。ライサンダーはどうするべきか考えたが、遠くの敵に対処する前にやることがあった。

さきほど倒した騎士が完全に息絶えていることを確認すると、慎重に馬へと歩み寄り、小声でコンスタンスに呼びかける。

「殿下、ご無事ですか」

「ええ。驚かせてしまってごめんなさい」

「いいえ、助かりました。ありがとうございます」

まったく、コンスタンスが呪文の詠唱と魔術とで敵の注意を引かなければ、この戦いはもっと長引いていたに違いない。ライサンダーは騎士としての考えと昔の記憶から、彼女を守るべき存在と考えていたが、それは正しいものではないのかもしれない。

「敵はあとひとりですの？」

「その通りです。ただ、相手は弩と思われる飛び道具を持っており、容易に近づいてはこないでしょう。そこで、敵を誘いこみます。殿下を危険にさらすことは申し訳ありませんが」

「気にすることはありませんわ、ライサンダー」

コンスタンスの声が、戦意と緊張を帯びてかすかに弾む。

「目にもの見せてやりましょう」

金髪の騎士は自分の考えを告げると、コンスタンスのそばから離れた。

ライサンダーは、まず地面に転がっている松明に土をかけて消し去る。

それから自分たちの馬に乗り、敵の馬の手綱をつかんだ。コンスタンスは馬に乗らず、暗がりの中に身体を縮めるようにして隠れる。

ライサンダーは馬を走らせた。敵の馬も、手綱を引かれて並走する。

――これで、馬蹄《ばてい》の響きは二頭分。二人が馬を走らせているように思うはずだ。

ほどなく、後ろから馬蹄の音がライサンダーの耳に聞こえた。

もうひとりの敵が追ってきたのだ。ライサンダーは巧みに馬首を巡らせ、街道を引き返す。

月と星の光で、おぼろげながら敵の輪郭はわかった。

ライサンダーは馬を止める。槍をかまえた。一方、敵は馬を止める気配を見せない。さきほど打ち倒した騎士と同様、夜目がきくのだろうと思われた。

次の瞬間、敵の背後に炎が生まれる。炎は瞬く間に拳大の火球となり、闇の中に赤い尾を引いて敵に襲いかかった。敵が火球に気づいたときには、手遅れだった。

火球は左肩に受けて、敵は落馬する。ライサンダーはすばやく地面に降り立つと、敵に駆け寄った。相手の手にある槍を弾き飛ばしてから、己の槍を突きつける。

「一応、聞いておこうか。誰の差し金だ」

ライサンダーは冷淡な声音《こわね》で問いただした。敵は荒い呼吸を繰り返して、答えない。闇の中で、敵の目だけが白っぽく光ってライサンダーを見上げた。

ライサンダーはそれ以上言葉をかけることはせず、敵の喉を貫く。時間をかけている余裕もなかった。自分たちに対する追っ手が、この二騎とはかぎらないのだから。何より、彼は己の身がどうなろうとコンスタンスを守り抜くという決意を抱いていた。

敵が動かなくなったのを確認する。コンスタンスが歩いてきたのはそのときだった。

「終わりましたの？」

「申し訳ありません。身許を吐かせることができませんでした」

ライサンダーはコンスタンスに陳謝する。闇の中で、コンスタンスは首を横に振った。

「謝る必要はありませんわ。あなたはよくやってくれています。それに、わたしを狙ってきたということは、彼らはよほどの拷問を受けても、吐くことはなかったでしょう」

コンスタンスは兄であるルシードと異なり、カーヴェルの王女のままだ。そのことをロンガヴィルが知らないはずはない。「白銀の剣」はコンスタンスをひそかに殺害する気なのだ。

コンスタンスは小さく身を震わせた。そばに兄がいないことの心細さを、あらためて彼女は感じていた。ライサンダーが気遣《きづか》うような視線を向ける。

「夜風が冷たいですわね」

明るい赤い髪の王女はそう言って笑ってみせた。

二人は再び馬に乗り、二頭の馬を引いて街道を走る。これで、馬を休ませながら進むことが可能となった。さきほどまでの予定より、いくらか急ぐことはできるだろう。

コンスタンスがライサンダーと王都への旅を続けているころ、ルシードはロパーヒンとともに馬を走らせて、街道を北上していた。

二人が目指しているのはダーヤルという町だ。ガーエフの治めるサキアームの中心都市であり、領主の屋敷がある。

「ガーエフの兵を戦わせると言いましたが」

馬を休ませるために足を緩《ゆる》めたとき、ロパーヒンは懐疑的な口調で聞いた。

「そのようなことができるのですか?」

「ああ、できる」

丁寧な口調はもはや使わず、ルシードは自信たっぷりに答える。苦い表情で付け加えた。

「ただし、会って話すことができれば、だが」

ルシードにとって苦しいのはそこだった。ガーエフに会う手段が、若者にはない。

直訴した者を斬り捨てるような男だ。ロパーヒンに仲介を頼むことは無理だろう。

ルシードはそのことを正直に話して、黒髪のラグラス人に聞いた。

「知りあいにいないか。ガーエフに俺を会わせてくれるひとは」

ロパーヒンはすぐには答えなかった。黒髪の奥で考えこむように口を閉ざす。ルシードも同じく黙って待った。実のところ、ロパーヒンだけが頼りなのだ。これからさがしていては、カーヴェル軍がラグラスを通過してしまう。

「心当たりはひとりだけ、います」

左右を森に挟まれた街道で、ロパーヒンは馬を止めた。その態度を訝しく思いつつ、ルシードも彼に倣《なら》う。ロパーヒンは馬から下りて、ルシードに背を向ける形で森を見つめた。

「ひとつ、確認させてください。あなたは、ラグラスの民をあなたのために利用しようというのですか」

一瞬の沈黙が、二人の間に横たわる。馬から下りたルシードは、硬い表情で答えた。

「そうなるな」

「ならば、お話を受けることはできません」

言うと同時に、ロパーヒンは剣を抜いていた。振り返りざま、ルシードに斬りつける。

金属音が響きわたった。ルシードはかろうじて、不意打ちじみた斬撃を弾き返す。

ロパーヒンは厳格な雰囲気をまとって、ルシードを見据えた。

「あなたには悪いが、ここで死んでいただく」

鈍色《にびいろ》の刃が、陽光を反射して煌《きら》めく。立て続けに打ちこまれる斬撃を、ルシードは防戦に徹することでしのいだ。この場合、それは体力を削られていくだけということであり、敗北の先延ばしに他ならなかった。

「国を捨てる身でおこがましいことは充分承知していますが、私もラグラスの民です。あなたの考えに賛同するわけにはいかない」

「待ってくれ！　ちゃんと話を……」

ルシードはどうにか説明しようとしたが、ロパーヒンの剣は一撃一撃が力強く、重い。ついに、ルシードの手から剣が飛んだ。その勢いで、若者は地面に倒れる。すぐには立ち上がれないほど息を切らし、疲れきっていた。

酷薄な表情をしたロパーヒンが、若者のそばに立つ。ルシードは右手を腰のベルトに挟んだ魔銃へと持っていきかけたが、思い直した。ロパーヒンの表情にかすかな感情のゆらめきが見えたような気がしたからだ。これが錯覚であれば、ルシードは頭を叩き割られて死ぬだろう。

「あんたが会わせてくれなかったら、俺にはどうにもならないだろ」

胸を大きく弾ませながら、ルシードは言った。実際、ロパーヒンがどうして斬りかかってきたのかが、わからない。ルシードの考えに怒り狂ったふうにも見えなかった。

「あなたは、やりそうな気がする」

ロパーヒンは淡々と言った。その言葉の意味を図りかねて、ルシードは眉をひそめる。

「私の手助けがなくとも、あなたなら何らかの方法でガーエフに会い、説得に成功しそうな気がした。ここで殺しておかなければ、きっとそうする」

ルシードは呆然としてロパーヒンを見上げた。若者は、過大評価によって殺されようとしていた。そんな方法があれば教えてくれと大声で叫びたいぐらいである。

「俺を殺したあとは、どうするんだ？」

感情をこめないように、抑制をきかせた声でルシードは問いかけた。ガーエフよりもまず、目の前のロパーヒンを若者は説得しなければならなかった。

「ガイセス村のことは忘れて、新たな移住先をさがすことになりますね」

ロパーヒンが答えてくれたことに、ルシードはかすかな希望を抱く。慎重に言葉を選ばなければならない。彼が気まぐれでも起こして剣を振りあげれば、そこですべてが終わる。

——俺の命だけじゃねえ。

ガイセス村も。ファルも。村人たちやプロテウス、ヤルマールらも。コンスタンスだってどうなるのかわからない。こんなところで殺されてやる余裕はないのだ。

「そうだな。そして、カーヴェル軍の協力を得たガーエフが、勢いをつける」

ロパーヒンの表情が苦いものになる。長くガーエフに苦しめられてきた彼には、その未来がどのようなものか、容易に想像できたのだろう。ルシードは続けた。

「もうひとつ、こんな可能性もある。——ガイセス村を焼いたあと、カーヴェル軍がこの地を荒らしてまわる」

ロパーヒンの顔に驚きの影がよぎった。

「何を……」

「ロンガヴィルはそういうやつだ。ライサンダーなら違ったが」

突き放すように、ルシードは言った。でたらめではない。ロンガヴィルなら、おそらくやるだろうと若者は考えている。

「そんなことをすれば、カーヴェル軍はラグラスの争いに介入する口実を失うばかりか、ラグラス全体を敵にまわすことになる」

「ならない」と、ルシードは力強く否定した。

「アレクセイだったか、やつがカーヴェル軍を支持するからだ」

今度こそ、ロパーヒンは愕然として立ち尽くした。手にしている剣の切っ先が下がったが、ルシードは寝転がったままで話を続ける。

「ヴェルクードの二人組から、あんたも話を聞いただろ？　カーヴェル軍がアレクセイと接触していたって。ようするに、そういうことだ。カーヴェル軍を味方だと思って油断しているガーエフが、いちばん叩きのめしやすいからな」

再び、ロパーヒンの剣の切っ先がルシードの顔に向けられた。

「カーヴェル軍とアレクセイが、そのような密約をかわしたという証拠はないでしょう」

「たしかにな。だが俺は、ロンガヴィルの気性を知っている。二枚舌どころじゃねえ。あの陰険くそじじいは、ガーエフにもアレクセイにも転ぶことができる態勢を整えているはずだ。場合によっては、移住先を考えている間に叩き潰されるぞ」

言い過ぎたか、とルシードは思った。しかし、ロンガヴィルはおそらくやるだろう。

「どうしろというのです」

ロパーヒンの剣の先端が震えている。彼の声も、かすかに震えていた。

「言っただろう。いまのうちにカーヴェル軍を叩く」

ルシードは平然と言い切った。剣からもロパーヒンからも視線を外して空を見上げる。森に挟まれた空は、青く澄みきっていた。

「油断しているやつらの脇腹をえぐる。三割も削れば、諦めて引き下がるだろう。それができるのは、いましかない」

ロパーヒンは剣を、ルシードの鼻先へと移動させる。若者は唾を呑みこんだ。駄目だったのだろうか。このまま顔を貫かれて死んでしまうのか。

だが、ロパーヒンは手首を返して、剣を鞘に収めた。手を差し伸べる。

「あなたを信じましょう」

その手を、ルシードはしっかりと握りしめた。


ダーヤルは、ゴスカータより二回りほど大きい町というのがルシードの抱いた印象だった。活気に満ちているというより、慌ただしい。ラグラスに入ってから、これまでに立ち寄ってきた町や村と比較すると、かなり混乱しているように見えた。

「ここはガーエフの本拠地ですからね。軍や巨獣《バルカ》もいますから」

ロパーヒンが耳打ちする。彼は外套《がいとう》をまとい、フードを目深《まぶか》にかぶっていた。

「そういや、ガーエフは巨獣《バルカ》を飼っているんだったか」

「ええ。それも二頭も」

ロパーヒンは道を知っているかのように、脇目もふらずにまっすぐ歩いていく。ルシードは慌てて彼に並んだ。

さりげなく町並みを眺めると、武装した兵の姿が目につく。革鎧に短槍、小剣という出で立ちだ。カーヴェル兵の武装と同じというより、カーヴェル側が真似をしたのである。

「ガーエフは警戒心を捨てきれていないってことかな」

そうであってほしい。

やがて、ガーエフの屋敷が見えてきた。ルシードが驚いたのは、屋敷の隣に、厩舎《きゅうしゃ》らしき巨大な建物があることだ。

「厩舎ですよ」

ルシードの視線に気づいたのだろう、ロパーヒンがかすかに笑った。

「ただし、巨獣《バルカ》のためのものです」

その言葉に、この国を訪れて早々に見た巨獣《バルカ》の姿をルシードは思いだした。たしかに、あの大きさの生き物を休ませるには、相応の建物が必要となるだろう。

屋敷の前まで来てルシードは気づいたのだが、屋敷と厩舎を囲む壁には、工夫がほどこされていた。厩舎に近い壁には、鉄の柵でこしらえた門がつくられていたのだ。屋敷からその門を出てまっすぐ行くと、城門を通り抜けるようになっている。

「巨獣《バルカ》のための門か」

「巨獣《バルカ》の食糧を運びこむための門でもあります。大きいだけあって、よく食べるので」

ルシードは驚いた顔でロパーヒンを見た。

「ずいぶん詳しいんだな」

「昔、世話をしていたこともありましたから」

ロパーヒンの口調はどこか懐かしそうだったが、その表情は対照的に苦いものだった。

ルシードを待たせて、ロパーヒンは屋敷の前に立つ門衛に話しかける。何やら会話をかわしたあと、彼はこちらを振り返ってルシードを手招きした。

「客室で待たせてもらうことになりました。行きましょう」

二人は門をくぐり、庭を歩いて屋敷へと向かう。庭は土色の地面がむきだしで、緑色の草は丁寧に整えられた花壇の中にしかない。他には石像や噴水が目立った。それらを眺めながら、ルシードはロパーヒンに尋ねる。

「そうか。あんた、ガーエフに仕える騎士だったのか」

彼は馬に乗り慣れているというファルの言葉を思いだす。自分を圧倒するほどの剣技。事前の申し入れもなしに、領主の屋敷の客室に通される立場。

それらを合わせて考えると、それ以外に答えは出てこなかった。

ロパーヒンは優しげな表情でルシードを見る。肯定するようにうなずいた。

通された客室には調度品などは置かれていなかったが、暖炉が設置され、火が入っていた。

椅子に座って、ロパーヒンは自分の素性について話しはじめた。

「私の昔の名はイヴァンといいました。旅芸人や傭兵というのは偽りで、あなたが推測されたように、騎士としてガーエフに仕えていました」

「どう呼べばいい？」

ひとまず、若者はそれだけを聞いた。「ロパーヒン」と、黒髪のラグラス人は答えた。

ロパーヒンは、戦場での勇敢さや強さをガーエフの父親に認められて、騎士となった。

騎士になってまもなく、ガーエフの父が亡くなって、ガーエフが後を継いだ。

「ガーエフの圧政については、すでにお話しした通りです」

ロパーヒンは同僚たちよりも数多く、ガーエフに進言した。聞き入れられることがないという点では同僚たちと変わらなかったが、ロパーヒンは斬り捨てられたり、追放されたりしなかったからだ。ガーエフも、ロパーヒンの戦士としての技量は認めていたのである。

ガーエフに騎士として仕えていたころは、ロパーヒンにとって虚しさと苦さを重ねるだけの日々だった。

何を言ってもガーエフは聞き入れなかった。暴れている兵たちを処罰しても、ガーエフが許してしまうため、その場かぎりの処置に留まってしまう。野盗《やとう》や野の獣を退治しても、人々の暮らしはよくならない。主からは疎《うと》まれ、同僚からは妬《ねた》まれ、部下からは恨まれる。

そしてある日、ついに決定的な亀裂が生じた。

領民を理由もなく痛めつけていたガーエフの部下を、ロパーヒンが斬り捨てたのだ。

ガーエフは激怒し、ロパーヒンを処刑することにした。

「森の奥に、武器も食糧も水も持たせず放りだすのです。生きて帰った者はいないと言われています」

森の獣たちは、人間という生き物は武器を持っているからこそ厄介なのだということを知っている。

日が暮れると、ロパーヒンはまず火を熾《おこ》して、それを武器にしなければならなかった。

冷たい夜気が体力を奪い、暗がりの奥から獣たちが様子をうかがっているのがわかる。野盗にも警戒しなければならない。森の中には熊もいるため、木に登ってもあまり安心はできない。そして、寝不足が続けば判断力が鈍《にぶ》る。

ロパーヒンは早い段階で川を見つけ、それに沿って歩いていったのだが、三日目には飢えと寒さに苦しむようになっていた。それでも歩き続け、ついに力尽きて倒れていたところを、森に入っていたトマナク村の人間に拾われたのだ。

「私は、怖くて真実を話せませんでした」

ガーエフに仕えていた騎士だとわかれば、村を追われるだろうという確信が、ロパーヒンにはあった。ロパーヒンは彼なりに尽力していたが、結局、成果はあげられなかった。そして、虐《しいた》げられている領民たちから見れば、ガーエフの部下などすべて同じである。

「ガーエフの怒りに触れて森に捨てられた旅人ロパーヒンということにして、しばらく村に厄介になりました。家畜の世話などを少しずつ手伝い、彼らに信頼されていきました。ええ、信頼されるということが、嬉しかった」

「そして、いまに至るというわけか」

ルシードが締めくくると、ロパーヒンはうなずいた。

扉が開いて、挨拶もなしにガーエフが入ってきたのはそのときである。

ロパーヒンによると、ガーエフは今年で四十二歳になるという。小柄だが身体つきはたくましく、顔だちも悪くない。絹服も、ルシードよりよほど立派に着こなしていた。

「ひさしいな、イヴァン」

ガーエフはロパーヒンをそう呼び、二人の向かい側のソファに腰を下ろした。視線だけを動かしてルシードを睨《にら》みつける。

「わしに有益な話を持ってきたそうだな」

その視線が、再びロパーヒンに移った。ガーエフは嗜虐的《しぎゃくてき》な笑みを浮かべる。

「なぜ、貴様に会う気になったのか、教えてやろう。わしにとって有益でないと判断したら、二人まとめて森の奥に捨てるためだ。一度目は生きて帰れたようだが、二度目はどうかな」

「ガーエフ様にお仕えしていた間、私はガーエフ様にとって有益であろう意見を申しあげてきました。今日、ここに伺《うかが》ったのもそのためです」

ロパーヒンはガーエフの視線を受けとめ、淡々と答えた。ガーエフは、鼻で笑った。

ルシードは、カーヴェル軍の目的について、自分の考えを述べる。彼らはガーエフが油断しているところを襲う気だと。

「それが有益な意見か」

馬鹿馬鹿しいと言いたげに吐き捨てて、ガーエフは椅子から立ちあがりかける。ルシードはすかさず言葉を続けた。

「では、ひとつ調べていただいてはいかがでしょうか」

「アレクセイに、カーヴェル軍の使者が訪れたかどうかを聞けというのか?」

「いいえ、尋ねる相手は共通の知人にです。アレクセイは、自分がカーヴェル軍の使者と会ったことを隠すでしょうから」

ガーエフは目を細めて考えこむ。ルシードはこのとき、勝利を確信した。

「一日、ここで過ごすがいい」

そう言い捨てて、ガーエフは客室をあとにした。ルシードとロパーヒンは顔を見合わせる。

この一日の間に、ガーエフは早馬《はやうま》を飛ばして早急に調べるつもりなのだろう。カーヴェル軍はすでにサキアーム領内を行軍しているのだ。彼らが通過してしまったら、手遅れになる。

翌日、ガーエフは昼過ぎに客室を訪れて言った。

「数日中に、カーヴェル軍に攻撃を仕掛ける。イヴァン、貴様も参加しろ。歩兵を百ばかり与えてやる。かつての罪を新しき武勲であがなえ」

常に一方的なもの言いをする男だった。なるほど、とルシードは内心でため息をつく。

——こいつはロパーヒンも面倒だったろうなあ。

「ガーエフ様。この若者は——」

ロパーヒンがルシードを手で示す。

「カーヴェル軍の動きに詳しいのです。ぜひ、彼の意見に耳を傾《かたむ》けてくだされぱと」

「申してみよ」

驚くほど素直にガーエフはうなずき、ルシードを見た。若者は呆気《あっけ》にとられて、すぐには反応できなかったほどだ。戦好きというガーエフの気性を、ルシードは理解した。おそらく戦が絡めば、あるていど言うことを聞くのだろう。

ルシードは地図を用意してもらい、カーヴェル軍がどの街道を進んでいるか、その隊列などについて細かく聞いていった。それによると、カーヴェル軍はベネディクトの率いる第一部隊を前衛、ロンガヴィルの率いる第二部隊を後衛にしているのだという。

ルシードは地図上の第一部隊を指で示す。

「こいつを叩きましょう。歩兵だけで扱いやすいというのがひとつ。前衛を叩けば、後衛は立ち往生するしかなくなります。こちらが叩き潰した前衛が敗走すれば、後衛は混乱する」

ルシードの本音は、ロンガヴィルとの戦いは避けたいというものだ。だが、戦好きのガーエフにそれは言えない。そうしていくつかの理由を並べ立てると、ガーエフは納得し、また感心したようだった。

「さすが『カーヴェルの知将』だな。この戦が終わったら、わしに仕えぬか」

ルシードは心底から呆れ果てた。ガーエフが冗談などではなく、本気で言っているとわかったからだ。

「戦が終わったあとで、あらためて話を伺《うかが》いましょう」

戦が終わるまで、機嫌を損ねるわけにはいかない。そこで、ルシードはそう答えた。

カーヴェル王国の王都レイセティは、二重の城壁を持ち、東に河を、西に険《けわ》しい山々を擁する。東の河には橋こそかかっていないが、王宮の管理する渡し船が数十艘もあり、人々は行き来に困らない。西の山々も、やはり王宮が管理していた。王都から南北に延びている街道は、すぐに何本にも枝分かれして、東や西へも続く。

「レイセティで手に入らないものは、どの国のどの都市だろうと手に入らない」

カーヴェルの商人たちは、自慢そうにそう言う。もっとも、大言壮語というわけでもない。カーヴェルが七つの王国の中でも一、二を争う大国であるのはたしかであり、レイセティの市場の規模は、他国の王都のそれより規模の大きなものだからだ。

隣国のパルミアやシエティン、ラグラスやグリストルディの人間だけでなく、遠くエルドームやオスワットの人間までが王都を訪れる。幻棲民《イーシャ》たちもいる。

コンスタンスとライサンダーは、王都に入りこむことに成功していた。カーヴェル軍の幕《ばく》営《えい》を飛びだしてから、六日が過ぎている。太陽は中天にさしかかっていた。

ライサンダーは騎士として王宮や城壁の警備を務め、市街を巡回した経験も数えきれないほどある。コンスタンスも、素性を隠して兄とともに市街へ出たことがあった。二人とも、警備の兵の目を盗んで忍びこめるようなところをいくつも知っていたのだ。

「一年前と変わりありませんわね」

目深《まぶか》にかぶったフードの奥から王都の賑やかな様子を見つめて、コンスタンスが言った。

彼女もライサンダーも外套《がいとう》に身を包み、フードを目深にかぶり、顔に包帯を巻いている。フードが脱げてしまっても、とっさにコンスタンスたちだとわからないようにするためだ。

コンスタンスもライサンダーも、この王都では有名人だ。多くの人々に顔を知られている。どれだけ用心しても、しすぎるということはなかった。ちなみに、ライサンダーの白銀の鎧や馬などは、王都の外に隠してある。

旅人を装《よそお》って通りを歩きながら、二人は話しあっていた。

「問題は二つ。ハーミアは王宮のどこにいるのか、どうやって忍びこむか、ですわね」

王宮は、王都の東にある。王宮を囲む壁などはないが、王宮に入るには、とくに遮蔽物などのない広大な前庭を通り抜けなければならない。そして、前庭には当然ながら見張りの兵たちがいる。他に、一定時間ごとに巡回する兵もだ。

何気なく歩きながら、城門や、兵の詰め所近く、王宮へ延びている大通りの様子などを二人は観察する。ライサンダーの見たところ、とくに変化はなく、何か事件が起こったというふうではない。街道を通ってきた行商人《ナーヴィ》の話の中にも、ライサンダーが脱出したなどというものはなかった。やはり、まだ伝わっていないのだ。

「王宮に忍びこむ方法については、わたしが何とかします。ハーミアが王宮のどこにいるのか見当はつくかしら？」

「私にはわかりませんが、王宮には何名か友人がおります。その者たちに聞きだせば」

ライサンダーとしてはあまり好きではない考えだが、アンバートの命令によって四将の妻が一室に閉じこめられたとなれば、人々の話題にならないはずがない。

「それなら、今夜にでも決行するべきですわね。いつ、ロンガヴィルの早馬《はやうま》が王都に着くのかわかったものではないのですから」

ロンガヴィルの放った追っ手は、ライサンダーと死闘を繰り広げた二騎のみだった。だが、あの老将の打った手がそれだけとは思えない。アンバートへの急使も走らせているはずだ。

「妻が無事だといいのですが……」

「その点は安心していいと思いますわ」

沈痛な表情でつぶやくライサンダーとは対照的に、こともなげな口調でコンスタンスは答える。ライサンダーは眉をひそめた。明るい赤い髪の王女は、自分を元気づけようとして言ってくれたのではなく、何かしら根拠があっての発言のように思えたのだ。

「殿下はどうしてそうお考えになったのでしょうか」

「おもしろくない話ですけれど、アンバートが用心深い男だからですわ」

「それは私も同感ですが……」

戸惑《とまど》いを見せるライサンダーを見て、コンスタンスはくすりと笑った。

「あなたに対して、人質は非常に有効に働いているとアンバートは確信していますわね。命令に従ってラグラスまで兵を率い、道中で報告書もしっかり書いているのですから。ならば、少なくともあなたが帰還するまで人質に手を出すことはしませんわ。待遇をいくらか悪くするぐらいのことはやるかもしれませんけれど」

それはするかもしれないとライサンダーは思った。彼の妻は、貴族の娘とは思えないほどの行動力がある。自分にとっては好ましいが、他人にとってもそうだとはかぎらない。

「アンバートは、最高級の部屋で不自由なく暮らしてもらっていると言っていましたが」

「それは信用しない方がいいと思いますわ」

コンスタンスは鼻で笑った。

「あの男の宰相としての能力はわたしも認めます。このカーヴェルの統治者たり得るだけのものを持っているのでしょう。でも、もののよしあしがわかるかどうかは別ですわ。それに、妙に幼稚な発想をするときがありますもの。少し暴れたていどで牢獄に移しかねない男です」

「さすがにそこまではしないと思いますが」

ライサンダーのその台詞は、宰相を擁護《ようご》するものというより、自分の妻がそのようなところに入れられていると想像したくないがためのものだった。

「それでは、どこかで休んで夜が更《ふ》けるのを待ちましょう」


王都の西の端、大通りから一本はずれた脇道に、その石像は目立つことを避けるかのようにひっそりと立っている。五代前の国王の娘の石像だ。

ライサンダーはこの像の存在を知っていたが、いままでとくに気に留めたことはなかった。

日が出ている間、二人は近くの建物の陰に隠れていた。日が沈んでもまだ動かず、真夜中になってから、明かりも持たずに行動を開始したのだ。

「ライサンダー。まわりを見張っていなさい」

いつになく真剣な表情でコンスタンスは命じると、輝晶杖《サーリオン》を振りかざした。小さく呪文を唱える。すると、石像が音もなく地面を滑って、右へと動いた。

そして、石像がもともと立っていたところの地面には、円形の穴があった。長身のライサンダーでも余裕をもって入れそうな大きさだ。

ここまで見せられれば、これがどういうものかはライサンダーにもわかった。

「王宮に通じる隠し通路ですか……」

「正確には王宮と市街、王都の外の三箇所をつなぐ隠し通路ですけれど。これだって、たくさんある通路のひとつに過ぎませんわ。このカーヴェルが、魔術士《マギア》をさがしたり、育成を考えたりもしていないのに『魔術士《マギア》の王国』と呼ばれるのは、このためですのよ」

こともなげにコンスタンスは答えた。

ライサンダーが先に穴の中へ入り、コンスタンスが続く。穴の内側には手や足をかけるための突起が等間隔にあり、暗がりのためにいくらか時間はかかったものの、二人とも無事に下りることができた。

コンスタンスは石像の位置を元に戻してから、魔術によって明かりを灯《とも》す。細い通路がまっすぐ延びていた。天井は、長身のライサンダーが屈まずにすむていどには高い。壁は石材を積みあげてつくった頑丈そうなものだ。

「――ライサンダー」と、長身の騎士のあとについて歩きながら、コンスタンスは言った。

「この通路は、わたしとお父様しか存在を知らないものですの。あなたで三人目ですわ」

「ルシード殿下も知らないのですか」

おもわずライサンダーがそう聞いてしまったのは、コンスタンスならば、ルシードに教えるかもしれないと思ったからだった。だが、コンスタンスも一国の王女ならば、たとえ兄といえど重大な秘密は教えないのかもしれない。

「お兄様には、教えようかと思ったことがありましたわ。でも、結局教えませんでした」

コンスタンスの声が、自嘲的な響きを帯びる。

「王女としての自覚ゆえに、教えなかったのではありません。つまらない見栄ですわ」

「見栄と申しますと……？」

聞くべきなのかライサンダーは迷ったが、聞くことにした。ひとつには、この通路があまりに暗く、細長く、そして空気が乾いて冷たいので、豪胆なライサンダーでも、言葉をかわしていたい心境だったのだ。コンスタンスはもったいぶることもなく答えた。

「もし王宮で何かあったとき、わたしがお兄様を颯爽《さっそう》と助けて脱出するつもりでしたの」

そこまでは胸を張って答えたが、一転してコンスタンスは憮然《ぶぜん》とした表情になる。

「でも、お兄様がわたしを助けてくれることはあっても、その逆はなくて……。この国から離れるときもそうでしたわ」

「お言葉ですが、コンスタンス様」

ライサンダーは優しく呼びかけた。必要な言葉が、考えずとも自然に口をついた。

「コンスタンス様が見栄を張ることはできなかったのかもしれません。ですが、代わりにルシード殿下が見栄を張ることができたのだと、そうお考えになってはいかがでしょうか」

コンスタンスはきょとんとする。ライサンダーは続けた。

「ルシード殿下は、もちろんコンスタンス様を大切に思っておられます。そして、その思いとは別に、兄として妹のために何かしてやりたいと、常々考えておられます」

「兄としての見栄、ということですの？」

「ルシード殿下に確認したわけではありませんが、おそらく」

ライサンダーが答えると、一拍の間を置いて、コンスタンスがくすりと笑った。

「まったく、いつまでも妹離れできないお兄様にも困ったものですわね。でも、それでお兄様が満足するというのでしたら、妹として兄の体面《たいめん》を考えてさしあげるとしましょう」

言葉だけは仕方ないというふうだが、その声音《こわね》は嬉しさを隠そうともしていない。

やがて、通路は行き止まりになった。コンスタンスが呪文を詠唱すると、天井の一部が動く気配がして、壁に突起が現れる。ライサンダーは突起に手と足をかけて上っていき、隠し通路を出た。隠し通路の乾いた空気とは違う、流れのある大気が頬を撫《な》でる。

ライサンダーの周囲は、闇に包まれていた。だが、完全な暗闇ではなく、離れたところに赤い炎のようなものが等間隔に浮かんでいるのが見える。

——ここは……。

ライサンダーはできるかぎり身をかがめ、息を殺して、暗がりを静かに見つめた。

ここが王宮の中庭だとわかったのは、すぐそばに立っている像が、初代国王の妃だったヴァイオラのものだと気づいたからだ。数十日前、彼はここでアンバートを待っていたのである。

——自分たちが王宮のどこにいるのかはわかった。

コンスタンスも隠し通路から出てきた。彼女もヴァイオラの像に気づいて、見上げる。

「この像は……」

ライサンダーは彼女に背中を向ける。石像を懐かしんでいる暇はない。

「お乗りください。コンスタンス様」

我に返ったコンスタンスは、不思議そうに尋ねた。

「わたしを背負っては、邪魔になるのではありませんの?」

「これが、私にとってもコンスタンス様にとっても、もっとも安全な方法です」

暗がりのために、魔術士《マギア》の少女からはライサンダーの表情は見えない。だが、その声には信頼を抱かせるだけの力強さがあった。

コンスタンスはライサンダーにおぶさる。重みとぬくもりを貴重なものと感じながら、金髪の騎士は言った。

「コンスタンス様がそこにおられるかぎり、いかなる敵にも触れさせはしません」

四将たるライサンダーは、王宮の構造をほとんど知り尽くしている。王宮の警備を務めていた経験から、兵の配置についても熟知していた。

「舌を噛《か》まないようにお気をつけください」

言い終えたときには、ライサンダーは滑るような足取りで動きだしている。彼が最初に向かったのは、王宮で寝泊まりをしている友人の部屋だ。

長身で、かつコンスタンスを背負っていながら、見張りの兵たちに気づかれることなく、ライサンダーはそこにたどりつく。

「こんな真夜中に起きているんですの？」

「王宮で寝泊まりをしているような者は、遅くまで起きているものです」

ライサンダーは周囲に兵の気配がないことを確認してから、扉を軽く叩いた。

扉が開き、火を灯《とも》した燭台《しょくだい》を手にした男が顔を覗かせる。ライサンダーは手を伸ばして、すばやく男の口をふさいだ。どのような形であれ、声をあげられるのはよくない。

「私だ」と、声を潜めてライサンダーが言うと、男の目を驚きと懐かしさが彩った。ライサンダーは男の口をふさいだまま、部屋の中へと入る。再会を喜びあっている暇はない。

「私の妻の居場所を知っているか」

問いかけ、男の表情の変化を確認してから、ライサンダーはそっと手を離した。男は大きく息を吐きだしたあと、ハーミアが閉じこめられている部屋を告げる。

「ありがとう」

礼を言ったライサンダーは、部屋の中にある男の服を使って、持ち主を縛りあげた。丁寧に猿ぐつわまでする。こうしておけば、この友人はライサンダーに脅された被害者になる。迷惑をかけないためにも必要な処置だった。男はまったく抵抗しなかった。

友人の部屋を出る。再び暗がりに紛れて、二人は目的の部屋に向かった。

さしたる苦労もなく、ライサンダーたちは部屋の近くまで来たものの、そこで足を止める。部屋の前に見張りの兵が二人、立っているのだ。甲冑をまとい、短槍と盾で武装している。

「女性を閉じこめて、さらに見張りまで……。本当に心の狭いことといったら」

呆れた声でつぶやきながら、コンスタンスはライサンダーを見た。

「やむを得ません。なんとか不意を打ちます」

緊張をはらんだ声で、金髪の騎士は告げる。相手がひとりならともかく、二人では難しい。

コンスタンスはため息をついて、ライサンダーに笑いかける。

「ライサンダー。少しだけ手を貸してあげますわ。わたしがうなずいたら動きなさい」

コンスタンスは目を閉じ、ささやくような声で呪文を唱える。

詠唱の途中で、彼女はライサンダーにうなずいてみせた。ライサンダーは立ちあがると、堂々と見張りたちの前まで歩いていく。

見張りたちは当然ライサンダーの姿を認めたが、声をあげるよりも先に首をかしげた。彼はいまごろラグラスの国境にいるはずだ。このようなところに現れるはずがない。

そのとき、コンスタンスの魔術が完成する。

「――八導の門より出でて、我が意に従え。魂を澱ませる静かなるもの、汝は闇」

天井にわだかまる闇の一部が水滴のように垂れて、二人の兵の頭上を音もなく撃った。闇の塊は兵たちのかぶっている兜に直撃した瞬間、音もなく飛散し、消滅する。

見張りたちは、呆けた顔でその場に立ち尽くした。二人の手から離れた短槍が床に落ちる前に、ライサンダーがすばやく拾いあげる。

「白銀の盾」は内心の驚きを隠しながら二人を順番に殴りつけて、気絶させた。音をたてないように、そっと床に横たえる。終わったとみて、コンスタンスがこちらへ歩いてきた。

「見事ですわ、ライサンダー」

「いえ、コンスタンス殿下のお力があればこそです」

本心からの言葉だった。ライサンダーは兵たちの服をさぐって、扉の鍵を見つける。もどかしい気持ちをおさえて、鍵を開けた。

部屋の中に飛びこんだライサンダーは、目を瞠《みは》る。室内には二人の女性がいた。

燭台《しよくだい》の明かりに照らされた二人のうち、長い黒髪を持つ女性は、まぎれもなく彼の妻であるハーミアだ。もうひとりは中年の女官のようだった。その女官は椅子に座っていたが、入ってきたライサンダーを見ると、飛びあがって大声を出そうとした。

だが、彼女が叫ぶよりも速く、ハーミアが女官を背後から殴りつけた。拳ではなく、彼女の両手を拘束する鎖状の枷《かせ》で。女官は口を大きく開けた姿のまま、よろめいて倒れる。

ライサンダーは、まず女官に駆け寄った。彼女が気を失っていることを確認する。それから立ちあがって、愛しの妻を見つめた。妻もまた、息を弾ませて夫を見上げた。

「ハーミア……」

ライサンダーは妻の名を呼んだ。このときを、どれほど待ち望んだか。たった一言に、金髪の騎士の想いが凝縮されていた。そして、それは妻の方も同じだった。

「あなた……」

「すまない。苦労をかけた」

ライサンダーは両手を広げ、ハーミアも胸を手でおさえながら彼に飛びこもうとする。しかし、その直前に彼女の目はあるものを捉えた。ライサンダーの隣にいるコンスタンスだ。

コンスタンスは夫妻の仲睦《なかむつ》まじい抱擁《ほうよう》を黙って見守るつもりだったのだが、ハーミアが自分を見つめて、こちらへ歩いてきたことに眉をひそめた。彼女の表情に、戦意を帯びたほの暗い笑みが浮かんでいることにも。

「――どなたかしら」

コンスタンスの前に立ち、わずかに腰を屈めてハーミアは魔術士《マギア》の少女の顔を覗きこんだ。

コンスタンスは反射的に後ずさったが、ハーミアはそうして生じた距離を正確に詰める。自分を見つめる黒い瞳から光彩が消え、底知れない深淵と化したような錯覚を、少女は抱いた。

「私の愛する夫にこんなにも近づいて……。このひとをたぶらかすような目をしていたわ。そうでしょう。そうでなかったら夫の匂いを嗅ぎとれるような位置に立つはずがないもの」

声に抑揚《よくよう》がないが、奇妙な凄みがある。コンスタンスは肌が粟立《あわだ》つのを感じた。かすれた声で、ここにいない兄に助けを求める。ハーミアの手が、コンスタンスの肩をつかんだ。

「よさないか」

慌てた声を発したのは、ライサンダーだった。彼はやんわりとハーミアの手をコンスタンスから外して、妻を自分の方に向かせる。強く抱きしめた。ハーミアも夫の胸に顔を埋め、その背中に手をまわす。ようやく緊張から解放されたコンスタンスは、額に浮かんだ汗を拭《ぬぐ》いながら夫婦を見つめていた。

二人が抱きしめあっていたのは、十を数えるほどの時間だった。

ライサンダーが抱擁《ほうよう》を解くと、ハーミアは残念そうな顔をしたが「すぐにここを出る」と聞かされて、うなずいた。倒れている二人の兵士の姿を見れば、状況は理解できる。

「しかし、部屋の中にまで見張りがいるとは思わなかったな」

「申し訳ありません。ことあるごとに私が『夫に何かあったら私も死ぬ』と言って、何度か天井に縄をかけたりしたものですから……」

ライサンダーは何も言わないことにした。そういう妻だとわかっている。

二人でコンスタンスのところへ戻ると、明るい赤い髪の王女は微笑を浮かべた。

「もう少し、二人の時間をつくってさしあげてもよかったのですよ？」

「いえ、できれば落ち着いた状況で」

妻が何かを言う前に、夫はすばやく答えた。

隠し通路のある中庭を目指して、三人は王宮の廊下を駆ける。

だが、今度は三人だ。しかも、ハーミアは行動力があるのであって、運動能力が優《すぐ》れているわけではない。ライサンダーは二人の歩調に合わせながら、慎重に暗がりから暗がりへと移動していたのだが、長大な廊下に出たところでついに兵士に見つかり、声をかけられた。

「そこにいるのは誰だ」

松明《たいまつ》を持った兵士が近づいてくる。ライサンダーはコンスタンスとハーミアを自分の背で隠しながら、平静を装《よそお》って答えた。

「はっ。この廊下の当番を務めているルシードと申します」

コンスタンスは目を丸くした。兄はかつてライサンダーの名を使ったというが、それを知らないはずのライサンダーが兄の名を使うとは。

「すぐに持ち場に戻りますので、ここはなんとか見逃していただけないでしょうか」

哀願するような声で、ライサンダーは言葉を続けた。明かりも持たずに暗がりに潜んでいるのだ。怪しまれないわけがない。ごまかすには、さぼっていると思わせるしかなかった。

その兵士は「そういうことか」と納得したように笑った。

「しかし、ルシードか。あの性格の悪い間抜けな庶子の小僧と同じ名前とは、いままでずいぶん苦労したんじゃないか？」

ライサンダーとコンスタンスの両眼が、瞬時に怒気を帯びる。二人は歯を食いしばり、拳を握りしめて、目の前の兵士を殴りつけたいという衝動をおさえこんだ。

兵士がこちらに背を向けて、去っていく。ライサンダーたちは気を取り直し、暗がりの中を再び歩きだそうとした。

さきほどの兵士が足早に戻ってきたのは、そのときだ。

二人のお守りに気をとられていたことに加えて、見つかりかけたという焦りと、兵士の暴言に対する怒りがライサンダーの反応をわずかに遅らせた。

「おい、ルシード。あとで一杯ぐらい俺に奢って……」

松明の炎が三人の姿を照らし、兵士が声を途切れさせる。

「侵入者っ！」

一拍の間を置いて、兵士が叫んだ。ライサンダーはすばやく飛びかかって、その兵士を殴りつける。兵士は床に倒れて、甲冑がけたたましい悲鳴をあげた。

「あなた……！」

ハーミアが息を呑む。前後からざわめきが聞こえ、こちらへ近づいてくる。松明《たいまつ》の明かりもひとつ、またひとつと暗がりの中に現れた。

「走れ！」

それ以外にできることはないというふうに、ライサンダーは叫ぶ。コンスタンスとハーミアは、弾かれたように廊下を駆けた。ライサンダーは剣を握りしめて、二人の後に続く。

廊下を曲がり、階段を上って下り、別の廊下を走る。ひとの声と甲冑の響きは多くなる一方だが、自分たちの前に立ちはだかる者は現れない。

ライサンダーはいやな予感がした。これまで培《つちか》ってきた経験が、これから起こる出来事を予想させる。だが、わかっていてもいまは走るしかない。息を切らし、足が鈍《にぶ》りはじめた妻の背中をそっと支える。コンスタンスの体力がまだ続いていることに安堵《あんど》した。

隠し通路のある中庭にたどりついたとき、ライサンダーは予感が的中したことを悟った。

中庭は、甲冑をまとった多数の兵士に埋めつくされている。いくつもの松明に照らされて、この空間だけは真昼のように明るかった。

「ご苦労だった」

何十もの甲冑の壁の奥に、アンバートの姿があった。夜着ではなく、紫を基調とした絹服をまとっている。おそらく、政務のためにこんな遅くまで起きていたに違いない。

包囲の輪を形成している者の中には、ローブをまとい、杖を持った魔術士《マギア》も数人いる。コンスタンスの魔術を封じるためというより、アンバートを守るためにいるのだろう。

「隠し通路がこのような場所にあったとはな。まったく知らなかった」

立ち尽くすライサンダーたちを見て、アンバートは冷笑を浮かべている。

「コンスタンス殿下、よくぞご無事でお帰りくださいました」

仰々しい一礼をすませると、アンバートはライサンダーに呼びかけた。

「ライサンダー卿、武器を捨てよ。そして、王女殿下をこちらへ」

命令に従わなければ、ライサンダーとハーミアは殺されるだろう。金髪の騎士が小さく唸ったとき、コンスタンスが彼の服の裾を引っ張った。早口でささやきかける。

時間を稼いで。

ライサンダーはわずかに眉をひそめたが、彼女に従うことにした。コンスタンスはルシードと並んで彼の主であり、ルシードの大切な妹だ。守らなければならない。

「その前に、まず周囲のうるさい兵どもを下げてもらえぬか、アンバート。彼らが王女殿下に粗相をしてしまいそうで、そちらへ行ってくださいとはとても申しあげられぬ」

呼び捨てにされて、アンバートの眉がわずかに跳ねあがった。しかし、亜麻色《あまいろ》の髪の宰相は鼻を鳴らして悪意に満ちた笑みを浮かべる。

「ならば、逆でもよい。王女殿下をその場に残して、ご夫婦でこちらに来ていただこうか。兵たちに客室へ案内させよう」

「自分で洗濯をさせるような客室ですか？」

そう皮肉をとばしたのはハーミアだ。おもわぬ事実を知ったライサンダーは、冷ややかな目つきでアンバートを見た。

「どういうことか、アンバート。私の妻に最高級の部屋を用意すると、おまえは言ったはず。それとも、おまえの感覚では、自分の手で洗濯ができる部屋が最高級なのか」

アンバートはとっさに言葉に詰まる。合理的な理由があれば、彼は整然とそれを説明しただろう。しかし、ハーミアの手で洗濯をさせたのは、彼の子供じみた悪意によるものだった。

「おぬしの妻は、ものを粗末にしすぎるのでな。やむを得ない処置だったと思ってくれ」

やや乱暴に言い捨てて、アンバートはライサンダーを見据える。

「さあ、武器を捨ててこちらへ来い。私も、王国の栄えある四将とその妻に対して、網やら鎖やらを投げつけたくないのだ」

直後、アンバートは目を見開き、びくりと背筋を伸ばした。「うっ」と呻き声を発し、酔っぱらったように左右の手を泳がせて、断続的に声をあげながらその場で回転する。

周囲の兵たちは、突然の宰相の奇行を唖然《あぜん》とした顔で見つめていた。

もちろんライサンダーも驚いたが、この隙を見逃すようなことはない。武器を握り直して床を蹴り、兵たちの中へ勇ましく飛びこんだ。

短槍の一閃で、二人の兵士が吹き飛ぶ。不意を突かれて、兵たちは目に見えて動揺した。慌

てて ライサンダーに向き直ったが、彼らが武器をかまえたときには、新たに三人の兵士が打ち倒されて床に転がる。

ハーミアとコンスタンスも、彼に続いて走りだした。兵たちがつかまえようと手を伸ばしたが、ライサンダーが鋭く短槍を突きだして牽制する。

彼の手に握られた短槍は、旋風を具現化したもののようだった。当たれば兵を薙ぎ倒し、風圧だけでも後退を強《し》いる。

魔術士《マギア》たちの半数は兵士に邪魔されて動けず、もう半分はアンバートに駆け寄っていた。このおかしな動きは、コンスタンスの魔術によるものだと考えたからだ。

「閣下、失礼いたします」

魔術士《マギア》たちはうなずきあうと、ひとりがアンバートを羽交《はが》い締《じ》めにし、もうひとりが彼の身体に手を伸ばした。ほどなく、彼は何かを手に握りしめる。

それは、粘土で作られた人形だった。

生きているかのように、手足をばたばたと動かしているそれを、魔術士《マギア》は当惑した顔で見つめる。彼にも石隷《ゴウラム》に関する知識はあったが、混乱した状況がそれを呼び起こさなかった。

そして、もうひとつ異変が起きた。兵士のひとりが悲鳴をあげる。多くの者の視線が、そちらへ向けられた。

初代王妃ヴァイオラの像が、ひとりでに動きだしていた。両腕を振りあげて、アンバートと魔術士《マギア》たちにつかみかかる。石像と宰相たちはもつれあって地面に倒れた。

「さすが、初代の魔術士《マギア》ですわ。ただの石像じゃなく、特殊な石を使った像だったなんて」

コンスタンスがつぶやく。魔術士《マギア》として成長していた彼女だからこそ、隠し通路を抜けてきたときに、そのことに気づいたのだった。

ライサンダーは兵士を蹴散らして、ついに隠し通路の前にたどりつく。最初にハーミアが隠し通路を降りていった。コンスタンスが彼女に続き、そしてライサンダーが短槍で兵たちを牽制するや、隠し通路に飛びこむ。

魔術士《マギア》を苦しめていた人形は急に動きを止めて、床に落ちる。アンバートが行動の自由を回復したのは、それから五つ数えるほどの時間が過ぎたあとだった。

立ちあがった宰相は、髪を振り乱して兵と魔術士《マギア》たちを睨《にら》みつける。役立たずどもという言葉が喉元まで出かかったが、自制した。最大の役立たずは自分であったという認識が、彼にはあったからだ。兵の数を頼って、現場に乗りだしたのはアンバートだった。

「追いかけよ。この通路がどこへ出るのか、それを突きとめるのだ」

そう命じたアンバートの声には、力が欠けていた。この場にいる者たちは自分に忠誠を誓っているが、王都に出ればライサンダーに心酔している者が数多くいる。

ライサンダーたちを捕まえるまで城門を固く閉ざすべきだが、それをやれば、異変が起きたことが諸国にまで伝わる。ここは、大陸の諸国から行商人《ナーヴィ》や吟遊詩人《ミラドール》が訪れる大国の都レイセティなのだ。城門での取り締まりを強化するしかないが、どれほど効果があるだろうか。

――いや、この隠し通路が王都の外に通じていたら……？

アンバートほどの男が、その点にいまさら思い至った。このようなところに造られていたことを考えると、王族が、安全に王宮から脱出するためのものだろう。

もはや、手の届かぬところへ逃げているのではないか。そう思ったとき、アンバートの頬を一筋の汗が流れ落ちた。

そして、アンバートの懸念は当たっていた。コンスタンスの隠し通路は、王都の外にもつながっていたのだ。

こうして三人は、王都をあとにしたのである。


ファルが遠くにガイセス村の影を見つけたのは、夜が明けてからまもないころだった。

――ようやく着いたか……。

馬を走らせるファルの姿は、誰が見てもひどいものだった。黄金色の髪は乾ききって砂塵にまみれ、顔も手も薄汚れている。

ルシードと別れてから、何日が過ぎただろうか。ファルはぼんやりと考える。

ラグラスを出るまでは三日ほどだった。そのときは案内人も同行していたので、あまり無茶な真似もできなかったのだ。

その代わり、シエティンに入ってからは昼も夜も関係なく、馬の体力に合わせて街道を進み続けた。もしも馬を自由に替えることができたなら、遠慮なくそうしていただろう。

そこから、何日が過ぎているのかわからなくなった。

落馬しかけた回数は数えきれない。馬上で眠りかけたことも何度かあった。魔物や野盗《やとう》の類は、前に立ちはだかったものだけを斬った。昨日から汗が出ていない気がする。

とにかくガイセス村まで身体がもてばいい。その考えから、食事も睡眠も最低限しかとらなかった。ファルは、疲れきっていた。

ガイセス村の風景がよりたしかになってきたところで、ファルはようやく馬足を緩《ゆる》める。ここからは、馬を歩かせて進む必要がある。ファルが必死の形相で村に駆けこめば、村人たちを驚かせ、何があったのかと思わせてしまうからだ。

村に着いたのは、昼近くになったころだった。

村のまわりの畑には、もう仕事に出てきた何人かの村人たちがいる。彼らはファルに気づくと笑って手を振った。ファルもまた、軽く手をあげて応える。声の届く距離まで近づくと、彼らは親しげに聞いてきた。

「お帰り、殿下。ずいぶんとひどい格好ですが、今回の旅はまだ途中ってところですか」

「お帰りなさいませ、だろう。ファルシェーラ殿下、ルシード様やコンスタンス様はどうしました？　どこかに寄り道でもしているんですか」

「黄塩はたいへん私の好みだったので、お礼を言いたいんですわ」

屈託のない表情を向ける村人たちに、ファルはややぎこちない笑みを浮かべてうなずく。

「ルシードたちはまだ帰ってきていない。確認しなければならないことがあってな、私だけがこうして戻ってきたんだ。急ぎすぎて、こんななりだが。村長はもう起きているかな」

「ええ」と村人のひとりが答えた。ファルは礼を言い、余裕のありそうな態度で彼らと別れ、馬を進ませる。ルシードのことを思い浮かべた。

――あいつは必要とあればいくらでも堂々としていられる男だったな。

相手が村人だろうと、竜だろうと。ファルも戦場や王宮などではそう振る舞えるが、村人たち相手では自信を持てなかった。

厩舎《きゅうしゃ》に行くのは億劫だった。村の中に入り、さらに幾人かの村人と挨拶をかわしながら通りを進んで、村長の家の前に着く。馬から下りたとき、あらためて疲労を感じた。

扉を叩くと、村長が顔を出す。ファルを見て意外そうな顔になった。

「重大な話がある」

真剣な面持《おもも》ちで言ったファルを、村長は黙って居間に通す。水の入った陶杯を差しだした。

黄金色の髪の剣姫は礼を言って、一気に水を飲む。

水はぬるかったが、かえって心地よく、身体が休まる気がした。

「あまり休んでいないようだが、何ごとかな」

ただならぬファルの様子を見ても、村長は落ち着いている。

ファルは居住《いず》まいを正すと、事情を説明した。カーヴェル軍がラグラス領内を通過して、ここを目指していると。

さすがに村長は驚いて顔を青ざめさせたが、取り乱すようなことはなかった。

「コンスタンスが投降したことで、カーヴェル軍がこの村に来る理由はなくなった。だが、ルシードは、まだ可能性があると考えている」

「何のためにだろうか」

「おそらくルシードの抹殺と、見せしめだ」

アンバートは大国の最高権力者となった。そして、コンスタンスを手に入れれば、その地位は盤石《ばんじゃく》なものとなるだろう。

その彼にとって、追放されながら辺境の地で力を蓄えているかに見えるルシードは、目障りなことこの上ないのだろう。また、若者を完全に叩き潰すことによって、コンスタンスの反抗の芽を潰したいという意図もあるに違いない。

「そこで、カーヴェル軍がここに来る前に、避難してほしい」

ファルの要請に、村長の表情が厳しいものになる。

「避難とは、どこへ？」

一瞬、ファルは躊躇《ちゅうちょ》したが、そのような時間すら惜しいのだ。拳を握りしめて言い切った。

「未踏地《ナルグタムス》だ」

村長は息を呑む。だが、唖然《あぜん》としてばかりもいられなかった。

「村はどうなる？　焼かれるのではないか」

村長は追及を緩《ゆる》めない。ファルは「そんなことはない」とは言いきれなかった。

「その可能性はある。逃げて、戻ってきたら、何もかもなくなっているかもしれない」

「まもなく冬が来るというのに、村を失っては荒野で凍えるばかりだぞ」

「だが、ここにいては村人の命も危ないんだ」

ファルは身を乗りだした。

「私たちは、あなたたちに生きてほしい。ルシードはラグラスに留まり、コンスタンスはカーヴェルへ向かった。私がここに戻ってきたのは、あなたたちを守るためだ。どうか……」

そこまで言ったところで、意識が遠のくのをファルは感じた。疲労が肉体だけでなく、精神を侵食する。声が、口から出てこない。

ファルはうつぶせに倒れる。そのまま気を失った。

村長はしばらく彼女を見つめていたが、プロテウスを呼ぶと、ファルを介抱するように頼んだ。そして、いつになく厳しい表情で立ちあがる。

「少し出かけてくるので留守を頼めるかな」

「わかりました」と、プロテウスは元気よく答えた。

「ところで、どこへ行かれるのですか？　お客様がいらしたときに、どうお答えするか」

「それなら散歩と答えておいてくれ」

村長は笑って言った。それから、プロテウスに付け加える。

「その子が起きたら、伝えてやってくれ。ひとまず、言う通りにやってみると言っていたと」

見捨てられた者たちの生きるこの村を助けるために、ファルは懸命に馬を走らせてきた。このような姿になってまで。ルシードとコンスタンスもそれぞれ奮戦しているという。

「このような村、見捨ててしまってもいいだろうに」

聖剣を持っているのはこの娘なのだ。この村に固執する必要はないはずなのに。

家を出たとき、村長の両眼には静かな決意がにじみ出ていた。

村人を守るのが村長の務めだ。そして、いまのところカーヴェル軍はこちらを滅ぼしに来た者たちで、ルシードたちは守ろうと力を尽くしている者たちだ。

たとえばルシードたちを差しだして、安寧《あんねい》が手に入るだろうかと自問する。

答えは否だ。ルシードたちがいなくなれば、カーヴェル軍にとって、ガイセス村は価値のないただの村になるだろう。それは、彼らの都合次第で蹂躙《じゅうりん》されるということだ。

「抗《あらが》ってみようではないか」

ファルが意識を取り戻したのは、その日の夕方である。

勢いよく身体を起こし、まわりを見回す。村長の家の居間だと悟った。

「目を覚まされましたか」

プロテウスが入ってきて、水を渡してくれた。一息に飲み干す。よほど喉が渇いていたようだった。落ち着くと、髪の乱れなども気になってくる。

――いや、それどころではない。

意識を失う前の記憶が、徐々にはっきりしてくる。村長と言い争いになり、ファルは途中で倒れてしまったのだ。

「なんとか、村長と村のひとたちを説得しないと……」

立ちあがろうとすると、身体の節々が痛む。ラグラスを発《た》ってからは、馬に乗っている時間の方が長かったのだ。無理もない。

村長が帰ってきたのは、そのときだった。ファルは緊張した顔で、老人を迎え入れる。

村長はファルの前に座って、静かに言った。

「どうにか納得してもらった」

戸惑《とまど》う顔のファルに、村長は続ける。

「村の者たちは全員、未踏地《ナルグタムス》に避難する」

ファルは驚きに満ちた顔で村長を見つめ、深々と頭を下げた。

「ありがとう……！」

「なに、私たちが、私たちのために決めたことだ」

村長は泰然《たいぜん》として答える。ファルは気になって聞いた。

「しかし、どうやって説得したんだ？　よかったら教えてくれないか」

「カーヴェル軍につかまったら、鎖につながれて売りとばされると説明した」

村長の説明に、ファルは呆然となった。たしかにそれは、逃げだす理由としては充分だ。

そして、カーヴェル軍がそうしないとは言いきれなかった。シエティンで売りとばしてしまえば、手間はほとんどかからない。ガレー船の漕ぎ手や鉱山の働き手など、身許を問わずに労働力をほしがるところはいくらでもある。

ファルはもう一度、頭を下げた。

ファルがガイセス村にたどり着く少し前、ラグラスでは、ガーエフがついにカーヴェル軍を攻める準備を終えた。

ガーエフの率いる兵は約二千。歩兵が約一千九百、騎兵が百、そして巨獣兵《バルバート》が一という構成だ。彼は二頭の巨獣《バルカ》を飼っているのだが、さすがに二頭とも出すような真似は控えた。

巨獣《バルカ》は、三人の兵士で操る。巨獣《バルカ》の背に荷台を据えつけて、ひとりは巨獣《バルカ》を操り、ひとりは操り手を守り、ひとりは弓矢を使うという形だ。

今回、戦場に出てきた巨獣《バルカ》の身体の大きさは五アルナ（約五メートル）を超える。野生のものよりも大きいのは、ガーエフが餌を豊富に食べさせたからだった。

策としては、単純なものだ。街道がまっすぐ延びているところで、カーヴェル軍の進む先に壊れた馬車を三、四台ほど積み重ねて壁をつくる。彼らの動きが鈍《にぶ》ったとき、森の中に潜んでいたガーエフ兵が左右から襲いかかるというものである。

仕掛ける時刻は昼過ぎとなった。カーヴェル軍が昼食をすませて出発した直後を狙う。早朝や夕方には、彼らは行軍を止めて幕営《ばくえい》の設置に入るので、やむを得なかった。

ルシードとロパーヒンは、百の歩兵とともに街道脇の森の中に潜んでいる。街道から二十アルナ（約二十メートル）も離れて木の陰に身を隠し、あるいは地面に伏せれば、カーヴェル兵からはわからない。

——武装はほとんど同じか。ロンガヴィルならもっと警戒しているんだろうが……。

現在、第一部隊はベネディクトが率いているのだが、兵たちの動きは鈍《にぶ》かった。ライサンダーの脱走のあとだ。兵たちは不安や反感を抱いているのだろうと思われた。

偵察兵が戻ってくる。直線状に延びている街道を、いままさにカーヴェル軍が通っていることを報告した。

「行きましょう」

ロパーヒンが剣を抜き放ち、ルシードも剣をかまえる。二人の剣だけでなく、兵たちの持つ武器も土で汚して、光を反射しにくいようにしてあった。


突然、左右から鬨の声があがって、カーヴェル軍の第一部隊を率いるベネディクトは身をすくませた。

彼は油断していた。ラグラス領内に入って六、七日が過ぎている。ライサンダーの脱走の衝撃や、兵たちの不満そうな態度から冷静さを欠いており、友軍の地という思いこみもあって、あまり警戒せずに先を進んでいたのだ。

「敵襲！」

部下のひとりが叫ぶ。それとほぼ同時に、前方に障害物があり、一度行軍を停止するという報告がもたらされた。

「応戦せよ！」

大声で指示を下しながら、ベネディクトは剣を抜いた。部下の士気を上げるだけでなく、彼自身の身を守るためだ。

まもなく、彼の目にも敵兵の姿がはっきりと見えた。森の中でも動きやすいように革鎧と短槍で武装した軍勢が、木々の間から飛びだして次々に襲いかかってくる。ラグラス兵だ。

「どうしてラグラス兵が突然……？」

ガーエフという男は戦好きと聞くが、無謀な功名心に駆られたか。そう考えた。ベネディクトは、ロンガヴィルが打った手を知らされておらず、そう考えるのがもっともわかりやすかったのだ。

細長く伸びたカーヴェル軍の隊列は、奇襲によって各所が寸断されている。いたるところでカーヴェル兵が血に染まりながら地面に倒れていった。むろん、果敢に抵抗を試みる者たちもいたが、ベネディクトの目には少数に映った。

「盾を並べろ！　近くの兵たちとかたまって身を守れ！　貧弱な武器しか持たぬラグラス兵など恐るるに足らん！」

ベネディクトは必死に隊列の綻《ほころ》びを繕おうとしたのだが、それは穴の開いた桶に水を注ぎこむような努力に等しかった。傷口はますます広がっていく。

しかも、敵は狡猾だった。森の中に逃げてカーヴェル兵をおびきよせ、分断して打ち倒しはじめたのだ。森の中に罠を仕掛けておいて、そこへ誘導する者もいた。

落とし穴に落ち、あるいは草を結んだ輪に足をとられて転び、そうして隙を見せたところに短槍や小剣でとどめを刺される。街道にも、草花にも、木の幹にも血が飛び散って、自然を赤黒く染めあげた。

ガーエフは軍を一千八百の歩兵を九百ずつにわけ、三千のカーヴェル軍を挟撃した。責められた側の方が数が多いのだが、森に挟まれた街道という地形に、数の優位を活かせない。「木を削りとるように」死体を積みあげ、戦力を減らしていく。

ルシードとロパーヒンに率いられた百の歩兵も、順調に活躍している。

彼らは混乱している部隊に攻撃を仕掛けてはすぐに森の中へ逃げ、カーヴェル兵を誘いだしては取り囲んで打ち倒していた。

ロパーヒンは戦士としてだけでなく、指揮官としてもなかなかの能力を持っているようだった。百人の兵を見事に統率し、決して無謀な攻撃は行わない。ルシードもまた、カーヴェル軍のどこが、より混乱しているのかを見抜いて、ロパーヒンに伝えた。

死体の上に死体が折り重なり、流血の上に流血が溜まっていく。敗者の武器が墓標のように突き立ち、勝者の武器は高々と掲げられ、ますます血を欲するかに見えた。

「充分に叩いた。そろそろ引きあげようぜ」

ルシードがロパーヒンにそう呼びかけたときだった。ガーエフの伝令が現れる。

「閣下からのご命令をお伝えします。隊列を整え、後続の軍を攻めるように」

ルシードは唖然《あぜん》とした。後続の軍とは、第二部隊のロンガヴィル軍のことだ。

「それは無理だ」

おもわず口走っていた。奇襲が上手くいったとはいえ、兵たちには疲労がある。しかし、伝令は表情を変えずに言った。

「閣下からのご命令ですので。巨獣《バルカ》を投入して、一気に殲滅《せんめつ》するとのことです」

そうして伝令が去るのとほとんど入れ替わりに、森の中に角笛《ケルル》の音が響きわたった。カーヴェル軍の号令だ。

「まさか……」

ルシードが呻き声を漏らしてロパーヒンと顔を見合わせる。

こちらが動く前に、ロンガヴィルの部隊が動きだしたのだ。


ロンガヴィルは、ガーエフが考えを変えて襲いかかってくることを予想していた。

確信があったわけではない。ただ、どのようなことも起こりうると考え、可能なかぎり手を打っていただけだ。ベネディクトに第一部隊の指揮を任せて先に進ませたのも、そうだった。

そして、ベネディクトの部隊が奇襲を受けたという報告を聞いたあと、ロンガヴィルはすぐに味方を助けに行こうとしなかった。まず偵察隊を放って、敵の規模と戦況の把握に努めたのである。正しいが、冷徹で非情な判断だった。

「面白いことをする」

ロンガヴィルの感想はそれだけだった。老将は部下に命じて、次のような手を打つ。

まず、歩兵の大部隊に厚みのある隊列を組ませて、街道を行かせた。それに遅れて、左右の森の中をそれぞれ五百ほどの兵に進ませる。正面と側面から敵を打ち倒そうというのだ。

このとき、ガーエフ軍にも綻《ほころ》びが生じていた。彼らが仕掛けたのは森の中からの奇襲であって、隊列などは考慮していない。そのため、攻められれば崩れやすい。ルシードはカーヴェル軍に一撃を与えたら離脱するという前提で考えていたし、ガーエフにもそう伝えていたのだが、彼はそのことを理解していなかった。

細長い街道を埋めつくして進んでくるロンガヴィル軍に対して、ガーエフは正面からの突撃を命じたのだ。三千の敵を、二千以下の味方で打ち崩したことが、彼を過信させた。カーヴェル軍は弱いと、思いこませたのだ。

盾を並べて整然と街道を進むロンガヴィル軍は、ろくに隊列も組まずに襲いかかってきたラグラス軍をあっけなく粉砕した。街道に死体を積みあげたのは、今度はラグラス兵だった。

ガーエフは驚きながらも、歩兵で編成した部隊を森の中に放つ。街道を直進してくるロンガヴィル軍の側面を突こうとしたのだ。

だが、これも失敗に終わった。森の中を進んでいたロンガヴィル軍の兵に攻撃されたのだ。

さきほどまでとは一転して、兵の損害を告げる報告ばかりがガーエフのもとに届けられた。

「なぜだ。なぜ、そうなる……！　ここは我らの大地であろう！」

勝利の昂揚感《こうようかん》に包まれていただけに、ガーエフは苛立《いらだ》ちを募《つの》らせた。

ルシードとロパーヒンの率いる部隊にも、攻撃の命令が下る。森の中を通って、ロンガヴィル軍を突けというものだ。

「どうしますか」

ロパーヒンが判断に困った顔でルシードを見る。ルシードは仏頂面《ぶっちょうづら》をしていた。

──言わんこっちゃねえ。

言えるものなら、身勝手な味方など見捨てて撤退すると言いたいところだ。

「少しずつ後退して、奥へ奥へと引きこもう。木々を利用して敵を細かく分断するんだ」

この手は、上手くいったかに見えた。ルシードたちの部隊も少しずつ兵を失っていったが、目の前の敵の勢いも確実に削《そ》いでいる。

雷鳴にも似た咆哮《ほうこう》がルシードたちの耳朶を打ったのは、そのときだった。ロパーヒンがはっとした顔で、街道の方を見る。

「巨獣《バルカ》を動かしたか……！」

ロパーヒンが声をあげ、ルシードはガーエフの意図を理解した。

巨獣《バルカ》を動かすための時間稼ぎを、自分たちはさせられていたのだ。

「これで勝てるならいいがな」

ルシードはそう吐き捨てた。

巨獣兵《バルバート》が現れたという報告を受けても、ロンガヴィルは取り乱さなかった。彼は巨獣《バルカ》を相手にしたことなど何度もあり、どう戦えばよいのかもよくわかっている。

「たった一体か。――わしも舐《な》められたものだ」

そううそぶいて、ロンガヴィルは部下にひとつの指示を出し、後方にいる騎兵隊へ伝令を走らせる。騎兵隊をいままで温存していたのはこのためだ。

「あいつらは機嫌を悪くするじゃろうが、勝てばいくらかおさまるじゃろうて」

ほどなく、ロンガヴィルにも巨獣兵《バルバート》の姿が遠くに見えた。

巨獣《バルカ》の皮膚はざらざらとして砂を固めたかのように硬く、矢はなかなか通らない。目のまわりには細い縄で編《あ》んだ網がかかっており、やはり矢を通すことは難しい。

かといって、接近することは容易ではない。巨獣《バルカ》に乗っている兵が矢を射かけてくるということもあるが、五アルナ（約五メートル）もの体高を持つ巨獣《バルカ》に見下ろされると、それだけでほとんどの兵士は恐怖し、立ちすくんでしまうのだ。

勇敢に挑みかかる兵もいるが、たいていの場合は巨獣《バルカ》の前脚で吹き飛ばされる。身に帯びている甲冑ごと身体がひしゃげ、骨が砕けてしまう。ひとりの兵がそうやって倒されると、他の兵たちは恐れて巨獣《バルカ》に近づこうとしない。

大地を揺らしながら進んでくる巨獣兵《バルバート》を見て、カーヴェル兵から悲鳴じみたざわめきがあがった。熊や獅子すら比較にならない巨大な生き物が、街道をたった一頭で埋めて、こちらへ向かってくるのだ。圧倒されないはずがない。その報告を受けて、ロンガヴィルはうなずいた。
巨獣兵《バルバート》の後ろには、ラグラス軍がいる。そこにラグラス兵が襲いかかって殲滅《せんめつ》する。ラグラス軍の得意とする戦い方のひとつだ。今回の場合もそうするつもりなのだろう。
巨獣兵《バルバート》が突進して敵軍をかき乱し、そこにラグラス兵が襲いかかって殲滅《せんめつ》する。ラグラス軍
ロンガヴィルは麾下の部隊に後退を命じる。だが、カーヴェル軍の動きにつられて巨獣兵《バルバート》だけが突出してくるようなことはなかった。

「よろしい」

ロンガヴィルはわし鼻を撫《な》でながら笑う。ただの後退で巨獣兵《バルバート》をおびき出せるとは思っていない。続いてロンガヴィルは、兵たちに街道から外れて森の中へ入るように指示を出した。いかにも動揺しているように装《よそお》うことを強調して。

カーヴェル軍が列を乱し、声をあげて森の中へと逃げ散っていく。
このとき、ガーエフは、カーヴェル軍が巨獣兵《バルバート》に恐れをなしたと判断したらしい。ベネディクトに勝ったと思えばしたたかに叩きのめされて冷や水をかけられ、怒りに身体を震わせていたところへ、敵軍のこの醜態だ。巨獣兵《バルバート》への信頼も、彼の戦意を増大させた。

「森の中へ巨獣兵《バルバート》を進ませよ」と、彼は命令を下した。
巨獣兵《バルバート》が森の中に分け入ってくる。ロンガヴィルもまた、各部隊に指示を出した。
巨獣兵《バルバート》に向かって、地上からさかんに投石が浴びせられる。

荷台の上のラグラス兵が大盾をかざして自分と仲間たちを守った。ぶ厚い木に鉄板を重ねたもので、弩《いしゆみ》から放たれる太矢さえ防いでみせる代物だ。自分たちがいなくなれば、巨獣兵《バルバート》は無力になることを、彼らはわかっていた。

「前進だ。カーヴェル軍を蹴散らしてやれ」

しかし、鬱蒼と木の茂る森の中では、巨獣兵《バルバート》も思うがままに突進などできない。接近して短槍や手斧、鉈《なた》などで攻めかかってくる者は前脚ではねとばし、あるいは踏み潰すものの、それがせいぜいだ。

森の中においても、ロンガヴィル軍の抵抗は散発的なものに留まり、彼らは後退を続けた。ガーエフは巨獣兵《バルバート》の強さを確信し、勝てると思いこんだ。

そのころ、カーヴェル軍ではロンガヴィルが騎兵部隊から報告を受けとっていた。

「では、そろそろこのうっとうしい森を出るとしようか」

カーヴェル軍は再び街道に出る。もはや隊列は乱れきっており、秩序もなく街道を後退していくだけに見えた。歩兵と騎兵が入り混じって、いつのまにか騎兵部隊が先頭にいる。巨獣兵《バルバート》もカーヴェル軍を追って街道へと出た。

カーヴェル軍の惨状は、巨獣兵《バルバート》には混乱の末の醜態と映った。自分たちを前にして、長槍も持っていない騎兵部隊が先頭にいるというのが、笑うしかないであろう。彼らは毛布をかぶせた何かを引きずっていたが、たいして気に留めなかった。

巨獣《バルカ》の背に乗っている兵たちは巨獣《バルカ》に鞭を入れ、突進を命じた。

巨獣《バルカ》が空に咆哮《ほうこう》を轟《とどろ》かせる。前傾姿勢をとったかと思うと、力強く大地を蹴った。

カーヴェル軍は、巨獣兵《バルバート》に蹴散らされ、蹂躙《じゆうりん》されるかに見えた。

次の瞬間、すさまじい絶叫があがった。巨獣兵《バルバート》のものだった。

巨獣兵《バルバート》の顎に、何本もの丸太が突き刺さっている。傷口は赤黒く染まり、地面にはおびただしい量の血がこぼれ出ていた。

これが、巨獣《バルカ》を打ち倒すためにロンガヴィルの考えた策だった。

彼は、兵たちに何本も木を切り倒させ、手斧で削って先端を鋭く尖らせたものを、用意していたのだ。重量があり、かさばるので最後方の騎兵部隊に運ばせていたのである。

そして、巨獣兵《バルバート》に突進させるために、策を巡らせた。街道でも逃げ、森の中でも逃げて、かなわないと思わせ続けた。混乱を装《よそお》って、騎兵部隊を先頭に進ませた。

あとは、巨獣兵《バルバート》の突進に合わせて、地面に転がした丸太をはねあげる仕掛けをつくっておけばよかった。

「野生の巨獣《バルカ》とは異なり、飼われた巨獣《バルカ》は急には止まれんからな」

巨獣兵《バルバート》は弱々しい鳴き声をあげ、丸太をひきずって、もがいた。出血は止まらず、街道が赤く染まっていく。背中の兵たちは衝撃の際、地面に放りだされ、動けないところをカーヴェル兵によって斬り越された。

ロンガヴィルは隊列を整えるように命令する。それが終わったとき、巨獣《バルカ》は地面に倒れ、動かなくなっていた。まだ息はあるようだが、時間の問題だろう。

「反撃だ」

あとは戦闘ではなく処理だ、とロンガヴィルは考えている。巨獣兵《バルバート》の喪失は、ガーエフ軍の戦意を粉砕しただろう。

「わしらと戦おうなどという気を起こさぬように、徹底的にやらんとな」

この戦で終わりなら、町や村を襲ってやるところなのだが、とロンガヴィルは思った。いまの段階では、彼は町や村を襲う気はない。帰還時に食糧などを差しださせるつもりだ。

ガーエフ軍は、もろくも斬り立てられていき、彼らはやがて戦場から退いた。


ガーエフの軍が撤退したという報告を、ロンガヴィルは何でもないことのように聞いた。実際、彼にしてみれば、この戦いはガイセス村までの道をつくるためのものでしかない。

兵をまとめて北へ向かい、開けた場所に出ると、ロンガヴィルは幕営《ばくえい》を築くよう命じた。日はとうに傾《かたむ》いているが、日没までには兵を休ませることができるだろう。

「ガーエフとアレクセイにそれぞれ使者を出せ。まずは食糧と金じゃ」

総指揮官用の幕舎《ばくしゃ》の中で、ロンガヴィルは側近に指示を出す。ガーエフに対しては恫喝し、アレクセイに対しては契約の履行を迫るのだ。

――もしもアレクセイが食糧と金の供出を拒絶したら、ガーエフと話をしてみるか。自分がアレクセイに頼まれてガーエフの軍と戦ったのだと説明し、もしも望むならアレクセイの軍と戦ってもよいと持ちかけるのだ。

ロンガヴィルにとって重要なのは、自分たちがラグラス領内にいることの大義名分である。それを保障してくれるなら、相手はアレクセイでなくともかまわなかった。

側近たちが彼の指示を遂行するべく退出したあと、ロンガヴィルは数枚の地図を用意する。地面に敷いている絨毯の上に並べた。ラグラスの地図と、シエティンの地図だ。

ラグラスとガイセス村を描いた地図などは、ない。そこで、この二国の地図を並べて、おおまかな距離を推測しなければならなかった。

「集めさせた情報によれば、ラグラスから件の村までは草原が続いているだけということだったが……。しかし、やはり地図がないと不安じゃな」

ここに来るまでに見かけた町や村に兵を向かわせて、ロンガヴィルは情報を集めていた。しかし、ラグラスより北の話はほとんど聞くことができなかった。人々が、そちらに興味を持っていないのだ。

「ラグラスより北は荒野と未踏地《ナルグタムス》しかないからのう。関心を持つ者などいなくて当然じゃが」

偵察隊を派遣して、おおまかでもよいので地図を作りながら進むか。さっさと進軍して村を潰してしまうか。

余裕があれば、ロンガヴィルは迷うことなく地図を作らせただろう。そうした地道な作業をいままで怠らなかったからこそ、彼は勝利を重ねて四将の筆頭となり「白銀の剣」の異名で呼ばれるようになったのだ。

――だが、今回はあまり余裕がないのう。

ガイセス村には「常勝王女《アルミーシュ》」がいる。彼女のような相手に、あまり時間を与えたくはない。ロンガヴィルはため息をついて、決断した。偵察隊は派遣するが、その間も進軍は止めないことにしたのだ。

翌日、ガーエフのもとへ放った使者が戻ってきた。食糧と金の供出を、彼は認めた。

その報告以上にロンガヴィルを満足させたのは、ガーエフの書状だった。

形式的な挨拶からはじまり、アレクセイへの悪口雑言が書き連ねられ、もしもカーヴェル軍がアレクセイのような悪党をこらしめてくれるのならば喜ばしいと綴られていた。

ロンガヴィルの口元に不敵な笑みが浮かぶ。これで、アレクセイを攻める口実はできた。いまのところはアレクセイと戦う気はないが、いずれ役に立つときも来るかもしれない。

翌日の朝、ロンガヴィルは幕営《ばくえい》を引き払うことを側近たちに告げる。

昼になる前に兵たちは作業を終えて、北へ向かって進軍した。

五章　アスティリアの知将

未踏地《ナルグタムス》にある岩山の頂上で、雷竜は静かに眠っている。

竜が活動するときは、かぎられる。飢えたとき、黄金を求めたとき、敵を認識したときだ。

いまの雷竜は飢えておらず、敵もいない。黄金については廃墟となった都市にあるのと、契約をかわした人間が近いうちに用意するはずだ。

自分が封印されていた間に、世界がどのように変わったのか興味はあったが、ずいぶんと人間や幻棲民《イーシャ》が大陸中に広がっているらしいと匂いで感知してからは、控えておくことにした。人間の領域に踏みこめば、まず争いになるからだ。

だが、いま雷竜は目を開けていた。何者かが、彼のねぐらであるこの山に入ってきたのだ。

——人間だ。だが、あの者たちではない。

半日が過ぎたころ、その人間は雷竜の前に現れた。

薄汚れた外套《がいとう》に身を包み、帽子をかぶった男だ。男の名がネストルというものであることを、雷竜は知らない。男の意識に呼びかけた。

『何用だ、人間よ』

「用というほどのものはない」

男は答えると、腰の剣を抜き放った。男は雷竜から二十歩近く離れている。もっと接近しなければ、刃は当たらない。だが、雷竜は男の持つ剣から不思議な力を感じとった。あの忌々しい聖剣とは異なるが、ただの剣ではない。

問答はいらぬと雷竜は判断した。

魔銃を持つ男や聖剣の使い手とは、この人間は違う。即座に消し去るべき存在だ。

雷竜の巨躯《きょく》が蒼い輝きを帯びる。間髪を入れず、無数の雷光が放たれた。大地を穿ち、大気を引き裂いて、稲妻の雨が男に降り注ぐ。目もくらむほどの閃光と耳をつんざく轟音《ごうおん》の中で、男は粉々に打ち砕かれるかと思われた。

次の瞬間、男の身体から無数の蒼い閃光が撃ちだされる。それは、雷竜が放った雷撃をはね返したものだった。雷撃は鱗に弾かれたが、閃光は雷竜の目を灼いた。

視界を一時的に失いながらも、雷竜は前脚を振るう。風が唸りをあげ、人間の吹き飛ぶ手応えがあった。雷竜は違和感を覚える。雷撃を予想していた者が、前脚での攻撃を予想していないはずがない。なぜ、吹き飛んだ。

頭上に危険を感知する。巨躯をよじりながら、気づいた。視界を奪ったのは、わずか一瞬でも反応を遅らせるためだと。

額に衝撃を受ける。見えなかったが、男が持っていたあの剣だとわかった。

そして、重苦しい闇が雷竜の意識を侵食する。理性を蹂躙《じゅうりん》し、本能を刺激して、思う存分に咆え猛るように命じてくる。

その感覚は、方向性こそ違えど封印されるときのそれに酷似していた。雷竜の精神を蹂躙するという一点において、共通していた。抵抗するように咆哮《ほうこう》をあげかけたが、口を開けることすらままならない。意識がゆっくりと、確実に薄れていく。

雷竜の意識は、途絶えた。

その場に崩れ落ち、眠ってしまったかのように動かなくなった雷竜を、ネストルはぼんやりと見つめている。その姿は、ありていにいってひどいものだった。

顔の左半分が文字通り吹き飛んで赤黒く染まっており、左腕も肩から先がなくなっている。胴体は潰されて歪んでおり、左脚は奇妙な方向にねじ曲がって、腿と膝の間から骨が飛びでていた。外套《がいとう》や服は身体にまとわりつくぼろきれと化している。帽子は見当たらない。

「なるほど……。人間では、どうやっても、勝てぬわけだ」

半分だけになった口で、ネストルは途切れ途切れにつぶやいた。その傷口がにわかに盛りあがり、驚くべき速さで再生していく。頭部は瞬く間に丸みを帯びて、胴体は鍛《きた》えられ、引き締まった肉体を取り戻す。左肩から腕が伸び、左脚も奇妙な音を発しながら骨を取りこんだ。

「閣下にこの肉体を与えられなければ、死んでいたな」

もとに戻った口に手をあてて具合をたしかめながら、ネストルは雷竜を見つめる。渋面《じゅうめん》をつくって、その場に腰を下ろした。

雷竜の額に刺さっている剣は、彼の主たるクログスターが用意した剣だ。傷つけた者から理性を奪い、暴走させる力を備えているのだという。その力が発揮されるのを見届けるまでが、彼に課せられた任務だった。

一年前、封印が解けた雷竜の暴走によって、ネストルの仲間はことごとく命を落とした。

ネストル自身も、戦士として役に立たないばかりか、日常生活を送るのも不自由なほどの重傷を負った。

どうにかパルミアに帰国し、自宅のベッドで失意と絶望に苛《さいな》まれていたころ、クログスターが彼のもとを訪れ、ひとつの提案をしてきたのだ。

――人間であることを捨てるが、戦士として再起する方法がある。

クログスターはそう言い、ネストルは乗った。

そして、この不可思議な肉体を手に入れた。

秋になったころ、ネストルは巨人像の島から帰還したクログスターに命じられた。

雷竜を暴走させ、南に向かわせよと。

それは、一年前に下された命令に似ていたが、クログスターの狙いはシエティンではない。

ガイセス村だ。

ファルシェーラ王女の拠点を潰す。聖剣はそのあとでよい。クログスターはそう言った。

――すべてが、あの方のてのひらの上か。

コンスタンスの所在という、ただひとつの情報でクログスターはカーヴェル軍を動かし、ガイセス村を仕留めようとしていた。

――いや、まだわからぬか。先のことなど。

ネストルは感情のない目で雷竜を見つめる。彼は、静かに待ち続けた。

約二百人の人間が、列を為して未踏地《ナルグタムス》を進んでいた。

ガイセス村の者たちだ。大人が前後にわかれ、子供や老人は中央にまとまっている。脱落者を防ぐための配置だ。誰かを見捨てることがあってはいけなかった。

「不気味なところだね……」

未踏地《ナルグタムス》の空は暗く、風は冷たく、大地は固い。大人でさえも、異様な雰囲気に呑みこまれて不安を隠せないでいた。

村長とプロテウスが、彼らの先頭に立って歩いている。二人の後ろには、村でも力自慢の男がいて、大きな旗を掲げている。後列の者たちに対する目印だった。

未踏地《ナルグタムス》に踏みこんでから二時間ほど過ぎていると思われるが、幸い魔物は姿を見せない。

――あれは、本当にそんな力があったんだ。

プロテウスは歩みを止めずに、身体をひねって後ろを振り返る。二百人の集団は、一定間隔ごとに巨大な板を運んでいた。その板は村にあるいくつかの家を解体して取り外したもので、表面に魔除けの紋様が描かれている。村の家々が木造でよかったとプロテウスは思った。

——ファルシェーラ様も心配だけど、ルシード様はご無事だろうか。

遠くラグラスで、カーヴェル軍を止めるために奮戦しているという若者のことを思うと、プロテウスは胸が締めつけられる。少年は、彼を慕《した》ってこの村に来たのだ。ヤルマールなど親しいひともできたが、ルシードがいてくれなければ意味がない。

「だいじょうぶだ」

プロテウスの心情を察したのか、前を見ながら村長が言った。老人の身でありながら、ずうっと歩き続けているというのに、その足どりはしっかりしている。

「彼らは、どこかへ行っては必ず戻ってきた。今度もそうなる」

「はい」

村長の言葉が、励ましなのか、彼自身の願望なのかはわからない。

しかし、プロテウスは勇気を分け与えてもらった気がした。

それから半日ほどかけて、プロテウスたちは廃墟にたどり着いた。


風に、冬の気配を感じられるようになってきた。

ここ数日、夕方ごろになると、ファルはいつもガイセス村の南の出入り口に立つようになっていた。遠くの景色をしかずに眺めて、そこに人影が現れることを静かに待ち望む。

背後の慌ただしい雰囲気も、気にはならなかった。

――私は、おまえの信頼に応えてみせたぞ。

今日も姿を見せない恋人に、ファルは心の中で訴えかけた。ガイセス村にたどり着き、村長たちはいくつかの家を解体して、未踏地《ナルグタムス》へ避難した。自分は、役目を果たしたのだ。

――だから、今度はおまえの番だろう。

ラグラスで戦果をあげてこいというのではない。そんなものを望んではいない。

時間稼ぎは終わったのだ。無事な姿でここに戻ってくるまでが、彼の役目ではないか。

――コンスタンスだって、きっともうじき帰ってくるぞ。ライサンダーを連れて。

妹と忠臣を、出迎えなくていいのかと呼びかける。

「――あまり風にあたっていると、身体によくありませんよ」

後ろから声をかけられて、ファルは振り返る。ヤルマールが立っていた。

村々には明かりが灯り、人々の話し声や食事の支度をしている音が聞こえてくる。

「すまないな。来てもらって早々、留守番を頼むことになって」

ファルが苦笑を浮かべると、ヤルマールは肩をすくめた。

「行儀の悪い連中だから、大事なものを壊したり、使いすぎたりしないかが心配ですな」

ファルがガイセス村に帰還してから、十日が過ぎている。約二百人の村人を見送ったのは昨日のことだった。

そして、ほとんど入れ違いにヤルマール率いる七百のパルミア兵が、帰ってきたのだった。現在のファルにとって唯一の朗報だった。一千に届かなかったとはいえ、もともと無理な要求だったのだ。何より、これほど頼もしい者たちはいない。

ファルから事情を聞いたヤルマールは、まずため息をついた。移住希望者の話が、いつのまにか侵略戦争である。それも、数千の兵がひとつの村を焼き滅ぼしに来るとは。

「大人気ないですなあ、カーヴェル人は」

そう言ってから、余計な一言を付け加えてしまった。

「ルシード殿だけではないんですな」

「その通りだが、あいつにはあいつでいいところがあるからな」

すかさず恋人を擁護《ようご》する剣姫だった。

ともかく、ヤルマールはファルの命令に従い、この村でルシードやコンスタンスを待ち、カーヴェル軍を迎え撃つことにした。逃げるべきだと思うのだが、ルシードたちが到着してからだろう。ファルもそう思っているに違いない。

「あと、エルドームに行った連中も戻ってきていますが、あの大金どうするんです？」

「とりあえず管理しておいてくれ」

ファルも対処に困った顔で答えた。ルシードが頼んでいた、エルドームからの借金だ。アルマンゾール王は快く快諾し、三万枚の金貨をいくつもの袋にわけて、使者に渡してくれた。

さらにヤルマールが何かを言いかけて、口をつぐむ。

彼は、遠くの何かを見ていた。ファルもそちらに視線を向ける。

馬に乗った誰かが、こちらへ向かってくるところだった。ファルは呆然として人影を見つめて、それから感極まって叫び、駆けだしていた。

「ルシード!」

夕暮れの空を背に、ガイセス村が見えてきたとき、ルシードは十数日前のファルを思わせるほどに疲れきっていた。若者だけではない、彼が駆っている馬もだ。

ラグラスからここまで、街道を使わず、ほとんど休みもせずに駆けてきたのだ。疲労から、何度か落馬しかけたほどだった。

こちらへ走ってくるファルの姿が見えたとき、若者の身体から力が抜けた。鐙《あぶみ》から足が外れ、手綱を握る手から力が抜けて、身体が傾《かたむ》く。

ファルが自分の名を呼ぶ声が、ルシードにわずかな力を与えた。二つ、あるいは三つ数えるほどのごく短い時間、若者は全身に力をこめて、馬上に留まる。

そして、彼が再び地上へ落ちかかったとき、ファルは追いつくことができた。ルシードが地面に叩きつけられる前に、どうにか抱きとめる。

土埃が舞い、静かに消える。若者の頭部を、ファルは胸元に抱えこんでいた。

腕の中の男のぬくもりに、ファルは安堵《あんど》の息をつく。髪は乱れ、服は汚れ、顔は砂塵まみれのひどい格好だが、とりあえず死に瀕《ひん》している様子はない。

ルシードが何か言いたげに口を動かしたので、ファルは首を傾《かたむ》けて耳を寄せた。三回目で、ようやく聞こえる大きさの声が、彼女の鼓膜をくすぐった。

「いま、帰った、ぞ」

ルシードはいびつな笑みを無理につくった。

若者を抱きしめる手に力をこめ、万感の想いでファルは言葉を返した。

「おかえり。本当に……。本当に、よく帰ってきた」

自分がそうだったように、ルシードも約束を守るべく奮戦したのだろう。若者の姿と、表情と、声からそれが伝わってくる。

ヤルマールが来るまでのわずかな間、ファルはルシードを抱きしめていた。

若者はヤルマールの指示によって、すぐに村の中へと運びこまれる。

ファルの手当てを受けたあと、ルシードは水を飲み、葡萄《ぶどう》を二粒ほど食べて、いくらか意識を覚醒させた。それ以上は、まず身体を休めないことには受けつけないと思ったのだ。

そして、重要なことを伝えなければならないという意思が、若者を眠らせなかった。

「負けちまった。すまねえ」

開口一番、ルシードは言った。

十数日前、ロンガヴィル軍によってガーエフ軍が敗れると、ルシードとロパーヒンは混乱に紛れてガーエフ軍から逃げた。やり方次第ではもっと時間稼ぎができたはずだったのに、ルシードにとっては悔いの残る戦となった。

ロパーヒンは、ルシードをトマナク村へと連れてってくれた。ガーエフ軍が息を潜めているいまのうちに、ラグラスを脱走すると彼はルシードに告げた。

「いいのか?」とルシードはおもわず尋ね、ロパーヒンはうなずいた。

「カーヴェル軍が去ったら、ガーエフは私たちからいっそう多くのものを取りたてようとするでしょう。ここから逃げるには、いましかないのです。——あなたは、どうするのです?」

「そりゃあ決まってるだろ」

肩をすくめて、ルシードは答えた。

「キノコを取りに行かなきゃならねえ」

若者が言うと、あまりさまにはならなかったのだが、ロパーヒンは微笑を浮かべて一頭の馬を譲ってくれた。そして、ルシードはほとんど休まずにここまで駆けてきたのだった。

「ロンガヴィルの野郎はここへ来る。あと三日後ぐらいでな」

ファルはうなずいて、ルシードの手を握った。

「任せろ。今度は、私が戦う番だ」

ところが、剣姫の恋人は首をひねってこう答えたのである。

「そいつは少し困る」


ロンガヴィル率いるカーヴェル軍はラグラス領内を通過して、北西へと出た。

その数は約四千。主力はむろんロンガヴィルの率いる第二部隊およそ三千だ。

ベネディクトの率いる第一部隊は、その数を一千前後にまで減らしており、負傷者も多く、役に立たないとロンガヴィルは思っている。何よりベネディクトの指揮が精彩を欠いていた。

冷たい風の吹き抜ける草原を、彼らは黙って進む。ロンガヴィルはこまめに休憩をとった。

兵を疲れさせないためだが、このあたりは道らしい道がなく、草原が広がっているため、定期的に偵察隊を放って自分たちのいる場所を確認する必要があるのだった。

「十日だ」

ロンガヴィルは兵たちにそう伝えている。十日後には村が見える。それを焼き払えば、カーヴェルに帰還できると。

ロンガヴィルは、兵たちが自分を信頼していることを知り抜いていたが、それに寄りかかるつもりはなかった。期日を明確に約束することが、士気を維持することにつながると、彼はわかっていたのだ。ファルの存在も伝え、四千の兵で取り囲めば問題ないと言った。

そうして北西に向かって進軍し、十日が過ぎたころ、先行させている偵察隊から村を発見したという報告がもたらされた。

「村の中には入っていませんが、どうも無人のように思われます。畑には誰も出ておらず、村も静かだったので。ただ、数日前までひとがいたのではないかという気配はあります」

その報告を聞いたとき、逃げたかとロンガヴィルは考えた。

コンスタンスを連れて、ライサンダーが脱走した日から考えれば、かなりの日数が過ぎている。誰かが村に危機を知らせ、村人たちが逃げるのは充分に考えられることだった。まして、こちらは四千もの兵であり、見つけるのは難しくない。

——しかし、どこへ逃げた？　西か、南か。

ガイセス村から南へ行けばシエティン王国に入る。シエティンは巻きこまれることを恐れて彼らを拒むだろう。

「西だろうな」

まさか、ロンガヴィルも村人たちが北へ逃げたとは考えなかった。北に未踏地《ナルグタムス》が広がっているのは彼も調べさせて知っている。一国の軍でさえ壊滅するのだ。村人の集団が飛びこむはずがない。わざわざ考えるまでもないことだった。

その日は早めに幕営《ばくえい》を築かせる。そして翌日の早朝、ロンガヴィルは進軍を開始した。ようやく村が見えたという話に、兵たちの士気は高い。

カーヴェル軍は、昼になる前にガイセス村に到着した。

事前の報告通り、村は無人のようだ。ロンガヴィルは村を焼き払う前に、村人たちをさがしだすことにした。西と、念のために南へも騎兵の部隊を派遣する。

昼を過ぎたころ、南へ向かった部隊が帰還した。部隊の隊長は平静を装《よそお》っていたが、ロンガヴィルの前まで来ると、緊張をはらんだ顔で報告する。

「南に、パルミアの兵とおぼしき集団を発見しました。数は一千以下、七百ほどと」

「パルミア？――『常勝王女《アルミーシュ》』か」

ロンガヴィルは、おもわず舌打ちをする。ここで出てくるかという思いだった。

「敵が七百なら、こちらが圧倒的に数で上回るが……」

もしも七百の兵の指揮官がファルであれば、ロンガヴィルとて苦戦をまぬがれない。彼はファルと戦ったことが一度だけあったが、その勇戦ぶりには舌を巻いたものだった。

――あれは、ただ強いというだけではない。

自ら敵陣に斬りこんで綻《ほころ》びをつくることで、味方が攻めやすくする。

ロンガヴィルはそのことを正確に理解していた。こちらが数で勝っていようと、できればやりあいたくはない。

――だからといって、一千近い敵を放っておくわけにもいかぬ。

ロンガヴィルは、村を背にする形で七百の兵と一戦まじえることにした。

問題は兵の士気だ。ロンガヴィルは慎重に兵を動かさねばならなかった。


ガイセス村の南に、約七百の兵が雑然と並んでいた。

革鎧を着こんだ者の隣に鉄の鎧で身を固めた者がいたり、槍しか持っていない者の前に剣と盾を下げた者がいたりするなど武装は不揃いながら、彼らの意志は完全に統一されている。

自分たちの指揮官である黄金色の髪の剣姫に、勝利をもたらすことだ。

ファルは白銀の甲冑を身につけ、緋色の戦装束をまとった姿で彼らの前に立った。その手には聖剣メルサナーシュが握られ、黄金色の髪には翼を模した髪飾りが輝いている。

兵たちの見慣れた「常勝王女《アルミーシュ》」が、そこにいた。ファルシェーラは常にこの出で立ちで戦場に在り、彼らの先頭に立って聖剣を振るい、勝利をつかみとってきたのだ。

「よく集まってくれた」

ファルの声はよく通り、後ろにいる者の耳にもはっきり届いた。静かな戦意を湛《たた》えた紫水晶の双眸が、兵たちを見据える。兵たちは感動を胸のうちに押しこめ、緊張に顔を引き締めた。

「おまえたちの命と勇気、さっそく使わせてもらう。敵はカーヴェル軍四千。敵の指揮官は四将の筆頭『白銀の剣』ロンガヴィルだ」

吹き抜ける風に、男たちの息を呑む音が混じった。彼らを驚かせたのは、こちらの六倍近い敵の数ではなく、ロンガヴィルの名だ。歴戦の兵ほど、この老将の恐ろしさを知っている。パルミアの兵で、彼に敗北を強《し》いられたことのない者などいないと言い切ってもいいほどだ。

「私の戦友であるルシードは、ロンガヴィルのことをこう評していた」

ファルは皮肉っぽい笑みを浮かべる。一呼吸分の間を置いて、続けた。

「陰険くそじじい、だそうだ」

兵たちの半分は呆気《あっけ》にとられた顔になり、もう半分はおもわず吹きだした。とにかく恐怖は去った。そう見てとったファルは、畳みかけるように声を張りあげる。

「ロンガヴィルは魔神でも怪物でもない。私たちと同じ人間だ。たしかに強いかもしれない。だが、この私も戦場での強さには自信がある。あとは、おまえたちがどれだけ私に力を貸してくれるかだ」

黄金色の髪をなびかせてファルが言い終えたとき、兵たちは失いかけた戦意を完全に取り戻していた。自分たちが剣姫の下でいかに戦い、勝利を得てきたのかをあらためて思いだす。

ファルが聖剣をまっすぐ掲げた。蒼い輝きを帯びた刀身は陽光を反射して煌《きら》めき、兵たちは拳を振りあげて鬨《とき》の声をあげる。

ルシードは、離れたところからファルたちを見守っていた。ヤルマールをはじめとする二十人ほどが認めてくれていようと、若者の存在は不純物だったからだ。

彼らの戦う準備は、整った。

カーヴェル軍約四千は、ガイセス村を背にして、ファル率いるパルミア軍およそ七百と対峙している。数だけを見れば、カーヴェル軍の圧勝であり、ロンガヴィルとしては、正面から押し潰せばすむはずだった。

――だが、敵の指揮官はあの『常勝王女《アルミーシュ》』じゃからな。

側近や伝令などの表情を観察していくと、動揺を隠せずにいる者が多いことがわかる。

ファルが、こちらの兵の士気を下げているのだ。

軍の最後方で、ロンガヴィルは灰色の髭《ひげ》を撫《な》でながら思案を巡らせる。

ガイセス村をこのままにして引き返すことはできない。目的を果たせないだけでなく、カーヴェル軍に勝ったという武勲をファルに与えてしまうからだ。

「やむを得んか」

その一言で、ロンガヴィルは犠牲を出すことを受けいれた。彼は側近を呼ぶと、四千の軍を二つにわけるよう指示を出す。

「わしは三千で常勝王女《アルミーシュ》を潰す。ベネディクトには村を警戒させておけ」

なぜ、ファルとパルミア兵は村にこもらず、外に出ているのか。

村を巻きこまないためか、それとも何か仕掛けをほどこしたのか。

——何にせよ、パルミア兵は叩き潰してくれる。

ロンガヴィルはさらに何人かの部隊長を呼び、配置についての指示を与えた。角笛《ケルル》が響きわたり、軍旗がはためき、伝令が何騎も駆けて、そのつどひとの波が揺れ動く。

ほどなく、カーヴェル軍は陣容を整えた。ガイセス村を監視するように第一部隊が動き、ロンガヴィル率いる三千の兵は、南にいるパルミア軍を睨《にら》みあう。

そのころにはファルたちも布陣を終えたようだった。彼女を先頭に、約七百のパルミア兵が村の南に集まっているとの報告を、ロンガヴィルは本隊の後方で受けた。

老将は、にこりともせず短く告げた。

「——進め」

軍旗が高々と掲げられる。前進を命じる角笛《ケルル》の響きに、甲冑の音が続く。一千五百人分の軍靴が大地を揺るがして、砂塵を巻きあげた。

こちらに向かって動きだしたカーヴェル軍を、ファルは静かに見据えている。

——やはり、そう来たか。

圧倒的な数で押し潰しにくる。戦の常道だ。ルシードもそう予想していた。四倍以上の兵を前にして、パルミア兵が平然としているのは、ファルが先頭に立っているからだ。ヤルマールが集めてきた兵たちは、ファルに対する忠誠心が高い。彼女が先陣を切れば喜んで付き従う者たちばかりである。

——そうだな。たしかに、この者たちをなるべく死なせたくはない。

数日前の、ルシードの提案をファルは思いだす。

「軽くぶつかったらさっさと退け、これ見よがしに」

簡単に言ってくれる。心の中でつぶやいた。ファルが指揮をとっても、困難な行動である。

カーヴェル軍との距離が縮まる。

紫水晶の瞳が戦意で輝いた。聖剣メルサナーシュが高々と掲げられ、蒼い刃が煌《きら》めく。

「——突撃！」

叫ぶと同時に地面を蹴る。七百のパルミア兵が雄叫びをあげて剣姫に続く。

早くもファルは先頭のカーヴェル兵と接触した。一合も剣をまじえずに斬り捨てる。突きだされる短槍を避け、聖剣で槍の柄を斬り飛ばす。聖剣が虚空を疾走るつど、蒼い光の軌跡が描かれ、カーヴェル兵が血飛沫をはねあげて地面に倒れる。

彼女に従うパルミア兵も負けてはいない。剣で斬りかかり、槍で突きかかる。鉈《なた》や斧を叩きつける。盾で殴りつける。

怒号と怒号が猛々しさを競い、悲鳴と悲鳴が痛々しさをぶつけあう。流血が地面を染め、死体が地面を覆う。戦いはますます激しさを増していくかに思われた。

ところが、ここでファルは急に前進をやめ、それどころか後退に移った。パルミア兵も徐々に後退をはじめる。

カーヴェル軍で、誰よりも早くそのことに気づいたのは、最後方にいるロンガヴィルだ。

「こちらの隊列を引き延ばす気か」

ロンガヴィルはそう解釈し、いくつかの部隊に命令を下す。後退しようとする敵に対し、執拗にすがりついて、もみあいをはじめたのだ。

相手の意図を潰しつつ、消耗戦に持ちこむつもりだった。

これは、半ばまで上手くいきかけた。ロンガヴィルはファルの動きを封じ、パルミア軍をいくつもの部隊にわけて、各個撃破しようとたくらんだのである。ファルは懸命に聖剣を振るっていたが、もともと兵力に圧倒的な開きがある。このまますり潰されかけた。

ところが、戦場に新たな変化が起きる。ロンガヴィルのもとに、ひとりの兵が驚きを隠せない表情で報告した。

「ラ、ライサンダー将軍が……！　現れました！　一騎で！」

「もう戦がはじまっていたか」

カーヴェル軍とパルミア軍の衝突を見て、ライサンダーはそうつぶやいた。

遠目には、彼はたしかに一騎に見えたが、その前後には妻のハーミアとコンスタンスが乗っている。馬の負担はそうとうなものだった。

王都レイセティを脱出してから、三人は馬を換え、休ませながらここまで駆けてきたのだ。間に合わなかったのか。それとも。

「お兄様はきっと無事ですわ」

コンスタンスが言う。ライサンダーはうなずいた。正確にはうなずくだけに留めた。

馬を走らせる直前に「白銀の盾」はおもいきって武器以外の荷物を捨てる。馬のために、少しでも荷を軽くしてやる必要があった。

前にハーミアを、後ろにコンスタンスを乗せ、右手に槍を、左手に手綱を握りしめて、ライサンダーは懸命に馬を走らせる。馬は、よく答えて大地を蹴った。

——まさか『白銀の盾』と呼ばれた私が、盾を持たずに敵中へ飛びこむとは。

そんなことをライサンダーは思う。言葉にする余裕はない。ハーミアもコンスタンスも黙っているのは、揺れる馬の上で喋る余裕などないからだ。

ライサンダーは、カーヴェル軍に突っこむ気はない。彼らに見えるように、戦場の脇を駆け抜けるだけだ。それだけでも効果があるだろうことを、彼はよくわかっていた。

カーヴェル軍から三、四十人の部隊が飛びだして、ライサンダーに向かってくる。押しとどめようというつもりらしかった。

ライサンダーは馬足を緩《ゆる》めることもなく、猛然と飛びこんだ。

右から左へと薙ぎ払われた槍が、人馬一体となっての突撃が、三人の兵を吹き飛ばした。兵たちの戦意が充分でなかったということもあるのだろう。彼らはむろんロンガヴィルに忠誠を誓っていたが、ライサンダーを敵視しているわけではなく、その強さをよく知ってもいた。

何より、ライサンダーはルシードなどと違い、カーヴェル王国の敵ではないのだ。支配者が代わったことによって窮屈な立場を押しつけられてはいるが、彼自身はカーヴェルに逆らったことはなく、黙々と従っていたことを誰もが知っていた。

「下がれ！」

一度だけ、ライサンダーは兵たちを一喝する。その叫びだけで兵たちは退いた。部隊の中に道が開ける。ライサンダーは馬を進ませた。コンスタンスの存在に気づいた者も現れはじめたが、そのせいでいっそう手が出せなくなっていた。

ライサンダーの登場はカーヴェル軍の動きを鈍《にぶ》らせ、パルミア軍を助ける形になった。

ファルの目的は、全面的な衝突ではない。小競《こぜ》り合《あ》いをして面倒な存在だと思わせ、村から引き剥がすことだ。

「やつらは別の方法で潰す。だから、来てくれたばかりの連中をあまり死なせるな」

ルシードはそう言った。ファルも異存はなかった。

一瞬の好機を逃さず、ファルは聖剣を掲げる。

「後退せよ！」

ファルの命令に従って、パルミア軍は後退する。ロンガヴィルは、前進を止めた。ひとつにはライサンダーを警戒し、もうひとつにはパルミア軍の策を警戒したのだ。七百の兵で四千の兵の前に現れたのだ。それも、あの常勝王女《アルミーシュ》が。何かあるのだと思うのが自然だった。

パルミア軍は夕陽を背に、大きく移動を開始する。カーヴェル軍は隊列を整え、何かを仕掛けてくるのを待ちかまえた。

だが、パルミア軍は何もせず、そのまま未踏地《ナルグタムス》へと消えた。ライサンダーもだ。

「妙な動きばかりしおる……」

ロンガヴィルは唸った。軽くぶつかったかと思うと、距離をとって未踏地《ナルグタムス》へ入りこむとは。

これがルシードの策であることに、ロンガヴィルは気づかなかった。

そもそも若者の狙いが、村に手を出させないことだということを、説明されてもロンガヴィルには理解できなかっただろう。彼にとってガイセス村は辺境の寒村でしかなかった。

パルミア軍をあえてガイセス村の外に出し、そのあと未踏地《ナルグタムス》に入ることで、村に意識を向けさせない。もっとも、ルシードのその考えを成功させたのは、若者が考慮に入れていなかった

コンスタンスとライサンダーだった。

この二人の登場が少しでも遅ければ、パルミア軍は敗れていただろうし、登場が早ければ、カーヴェル軍はもっと多くの兵をライサンダーのもとへ向かわせただろう。

「――やむを得ん。追うぞ」

ロンガヴィルは、未踏地《ナルグタムス》に入ることを決意した。ずるずると引きずりこまれているような、いやな感覚はあったが、ここまで来て、何もせずに帰還することなどできるはずがない。ファルだけならともかく、ライサンダーにコンスタンスまでが未踏地《ナルグタムス》に消えたのだ。自分たちの目の前で。

いまさら、たかだか村ひとつ焼いたところで、それが何になるというのだ。

ガイセス村など、もはやどうでもよかった。

黒灰色をした巨大な雲の群れが、いくつも重なるようにして空を覆っている。その下には、岩盤だらけの乾ききった荒野が広がっていた。

ロンガヴィルに率いられたカーヴェル軍約四千は、黙然と荒野を進んでいる。

兵たちは例外なく緊張に顔を強張《こわば》らせていたが、逃げようとする者はいなかった。このような隠れる場所のないところで逃げても、すぐに見つかることはわかっていたし、少数になることの方がよほど心細かったからだ。

ロンガヴィルは、副官をはじめとする数名の部下を伴って、軍の最後方にいる。

「風があるのに、まるで流れる気配がありませんな」

空を眺めていた副官が、不安を隠せない表情でつぶやく。ロンガヴィルは笑って訊いた。

「おぬし、未踏地《ナルグタムス》ははじめてか？」

「はあ」とうなずく副官に、ロンガヴィルは楽しそうな表情で説明する。

「この空は、何十、何百日過ぎようとこのままよ。我々が見上げている雲が流れても、同じ黒さの雲が途切れることなく現れて、空を覆い続けるのだ。ときに雨や雹《ひょう》が降ることがあるから覚悟しておくといいぞ」

副官が黙りこんでしまうと、ロンガヴィルは彼にそれ以上かまおうとはせず、前方へと視線を戻した。副官は、こう見えて追いこまれれば開き直れる男だ。そういう男でなければ、ロンガヴィルはそばに置かない。

「それにしても魔物が出てこんな……」

ロンガヴィルはやや不機嫌そうにつぶやく。未踏地《ナルグタムス》に入ってから、もう八ミュール（約八キロ）は進んでいるはずだ。これほど平坦で、遠くまで見渡すことができるのならば、先頭を行く部隊からの報告がなくともわかるのに。

——コボルドやゴブリンの群れあたりが出てくると、助かるのだがな。

未踏地《ナルグタムス》に足を踏みいれると聞いて、兵たちはそうとうに緊張していたはずだ。

だが、魔物は現れない。その影を遠くに認めることさえもない。

「――予定よりちと早いが、休息をとる」

決断すると、命令を下すのは早かった。カーヴェル軍は行軍を中断する。

「休息の間も魔物が姿を見せぬようなら、行軍を急がせる」

ロンガヴィルはまわりの部下たちにそう告げた。そうすることで、兵たちの緊張状態を持続させるのが狙いだ。

「だが、やつらはいったい何が目的で、未踏地《ナルグタムス》に入っていったのだ」

未踏地《ナルグタムス》の中で、ライサンダーはついにルシードと合流を果たした。

「ルシード殿下。ご無事で……！」

「おう。おまえも元気そうで何よりだ」

ルシードの言葉はいつもと変わらない調子だったが、それが意識してのものだということをファルもコンスタンスもわかっていた。

「お兄様。らしくもなく格好をつけてらっしゃいますけど、それはよくないと思いますの。こういうときは大げさなくらい喜ぶものですわ」

「ありがとうございます、コンスタンス殿下。私は、わかっていますので」

ライサンダーがそう言うと、ルシードは横を向いて焦げ茶色の髪をかきまわした。ルシードがハーミアの無事を喜び、全員でひとしきり再会の喜びをすませると、彼らはすぐ本題に入った。未踏地《ナルグタムス》のすぐ外に、カーヴェル軍四千がいるのだ。

「彼らは、追ってくると思いますか」

ライサンダーが尋ねる。ルシードは当然といいたげにうなずいた。

「そりゃ、おまえにコンスタンスにファルがいるからな。見逃して帰ることはできねえだろ。こっちとしても、入ってくれないと困る。何のためにファルって餌をぶら下げたんだか」

ルシードは後ろを振り返る。そこでは、ヤルマールと数人のパルミア兵が、金貨の詰まった袋を相手に格闘していたところだった。コンスタンスが兄に訊いた。

「お兄様、あれは何をさせているんですの？」

「混ぜてる」

ルシードは歪んだ笑みを浮かべた。顔をしかめ、首をかしげる妹にそれ以上の説明をせず、若者はぐるりと仲間たちを見回して、高らかに笑った。

「さあ、ガイセスぎりぎりまでやつらを引きつけるぞ」

休憩を終えて、予定通りにロンガヴィルは軍を進めた。魔物の姿はない。

半刻ほども進んで、ようやくロンガヴィルも緊張をいくらか解いた。彼ほどの将でも、やはり魔物の存在は気になったのだ。

先頭を行く兵たちが足を緩《ゆる》め、声をあげたのはそのときだった。

黒い岩盤に覆われた大地の上に、無数の輝きが転がっている。兵のひとりが、その輝きを何気なく拾いあげた。

「金貨だ」

休息を挟みながらとはいえ、数刻に及ぶ行軍と、魔物が現れないことにより、緊張がいささか緩んでいたということもあった。なにしろ未踏地《ナルグダムス》は遠くまで見通すことのできる荒野で、周囲には敵の姿はないとわかっていたのだから。

見回せば、金貨はそこかしこに落ちている。兵たちは顔を見合わせ、喜色を浮かべた。自分だけなら問題ないだろうとひとりが隊列を乱し、それを見た他の兵が隊列から外れる。

先頭を行く集団がそのようになると、後に続く者たちは立ち止まらざるを得なくなった。

「何をやっているんだ」と聞けば「金貨だ」という答えが返ってくる。少し先へ目を向ければすぐにわかるのだから、隠すことは無意味だった。

「本当に金貨なのか……？　魔物の化けたものじゃなかろうな」

そう言いつつ、新たにひとりの兵士が金貨の落ちているところまで小走りに駆けていき、拾いあげる。曇《くも》り空の下、それは鈍《にぶ》い輝きを帯びて、兵士の目に映った。

ロンガヴィルが先頭の集団の異変に気づいたのは、それからまもなくのことだった。四千もの軍となれば、何らかの事故で一時的に行軍を中断することなど珍しいことではない。

だが、ロンガヴィルは鋭敏な感覚で異常を察知したのだ。彼はすぐに部下のひとりを先頭へ走らせ、何が起きたのかを確認させる。すぐに駆け戻ってきた部下は、次のように報告した。

「地面に大量の金貨がばらまかれており、それを拾っている者たちがいます。すぐに隊列を整えるよう命じましたが、いささか時間がかかるかと」

その部下は、自分が失態を犯したかのように恐縮し、頭を下げる。ロンガヴィルは鷹揚《おうよう》に手を振って、彼には非がないことを告げた。

「だが、金貨だと……？　魔物の仕業とも思えんが、ならば若造の罠か？」

ロンガヴィルは顔をしかめる。「白銀の剣」は、竜が黄金を好むという言い伝えをもちろん知っていた。だが、そのことと目の前の事態とは、彼の頭の中で結びつかなかった。

理由は簡単で、ロンガヴィルはいままで竜を見たことがなかったのである。ただ、いやな予感はした。彼の意識の奥で、警鐘が盛んに鳴り響いている。

「隊列を整えたら、少し後退するぞ」

そのような指示を出したとき、ロンガヴィルは一瞬だが、珍しく迷った。金貨を捨てるように命じるべきかと考えたのだ。結局、彼はその命令を下さなかった。

——捨てろといったところで、おとなしく言うことを聞く者などおるまい。

そのとき、遠雷のような轟音《ごうおん》が大気を震わせる。ロンガヴィルは顔をしかめた。空を覆う黒々とした雲の中に、閃光が一筋でも走っただろうか。

——では、地鳴りか。

それでもない。自分の知っているものでいえば、獣の咆哮《ほうこう》がもっとも近いかもしれない。

——では、魔物か。だが、それほどの魔物ならば姿が見えても……。

ふと、ロンガヴィルははるか遠くに見えている山に視線を向けた。未踏地《ナルグタムス》特有の薄暗さと、あまりにも殺伐とした景色から、岩山だろうと思ったのだが、違う。

あれは、動いている。こちらへ近づいてきている。すさまじい速さで。

馬が体躯《たいく》を震わせていないないた。地面に伝わってくる震動を、感知したのだ。歩兵たちも立ち止まって、ぼんやりとまわりを見回す。地震か何かと思ったのだろう。

再び、咆哮。今度は咆哮だと、はっきりわかった。兵たちが驚いて立ちすくむ。

「おお……」

ロンガヴィルは感嘆のため息を漏らした。そのときには、それは恐ろしい勢いでこちらへ迫っていた。遠くからでは、変わり種のトカゲのように見える。むろん、トカゲなどではない。大きさがあまりにも違う。猛々しい金色の眼。天を突く鋭い角。鱗。

それは、竜と呼ばれる存在だった。竜が一歩進むごとに大地は悲鳴をあげ、人馬に衝撃と戦慄を与える。風は唸り、逆巻いて、大気を激しくかきまわした。

兵たちは、一様に肝を潰した。逃げようとしたのはまだいい方で、大半は何も考えることができずに棒立ちとなる。そこへ、竜は容赦なく襲いかかった。

右の前脚が、右から左へと振るわれる。十数人の兵士が悲鳴をあげることすらできずにまとめて吹き飛んだ。甲冑だった無数の鉄片と、人間だった無数の肉片とが、赤黒い血飛沫をまとって虚空に舞い散る。兜も盾も鎧も、何の役にも立たなかった。

三度、咆哮。空気が立て続けに爆発したかのような暴風が吹き荒れ、数百人の兵がよろめいて尻餅をつく。竜は赤く染まった前脚を振りあげ、叩きつけた。十人近い兵が一瞬にして潰れて、もの言わぬ肉塊となる。

「こいつはすごい……！」

軍の最後方にいるロンガヴィルは、まるで子供のように目を輝かせて竜を見つめていた。彼は、この年になってはじめて竜を見たのだ。

「長生きはしてみるものだな。さすが未踏地《ナルグタムス》といったところか。まさか竜が出よるとは」

そのとき、狼狽《ろうばい》しきった顔の副官が、舌をもつれさせながら老将に訴えかける。

「か、閣下！　閣下！」

だが、彼もそれ以上は言葉が出てこなかった。せめて「お逃げください」と言うべきなのだろうが、人智を超えた圧倒的な暴力を前に、何を言えばいいのかわからなかったのだ。

ロンガヴィルは冷静な表情で副官を一瞥《いちべつ》すると、真面目くさった顔でうなずく。

「逃げるぞ」

「逃げる、のですか？」

「他にやりようはなかろう。伝説の聖剣が手元にあるわけでもなし」

言いながら、ロンガヴィルは腰に帯びた剣を鞘ごと引き抜くと、副官の乗っている馬の尻をひっぱたいた。馬は驚いてあらぬ方向へと駆けだす。それを見て、ロンガヴィルも馬首を巡らせた。兵たちに向かって大声で叫ぶ。

「逃げよ！　立っていれば死ぬ！　動かなければ死ぬぞ！　逃げれば死なぬかもしれぬ！」

その命令を、何人の兵士がまともに聞いていたかはわからない。ロンガヴィル自身、たいして期待はしていない。この阿鼻叫喚《あびきょうかん》の中で、兵たちを落ち着かせるのは無理な話だった。

ただ、ひとりでも多く逃げてくれれば、それを見た他の者たちも逃げるという行動を思いだして、実行に移すかもしれない。

「逃げよ！　一歩でも離れれば、爪は当たらぬやもしれぬ！　ただ必死に逃げよ！」

叫びながら、ロンガヴィルは馬の腹を蹴ってさっさと戦場から逃げだした。このような状況でもなお笑っていられる余裕があるのが、この老将の強さだった。

カーヴェル軍四千の兵は、竜の前になすすべもなくその数を減らしていく。竜が動くたびに血煙があがり、兵たちは逃げようとしておたがいに押しあい、突き飛ばしあって動けず、そこをまた竜の一撃を受けて倒れていく。

その光景を、ルシードは遠くから見つめていた。若者は地面に這いつくばり、上から外套《がいとう》をかぶっている。こうすると未踏地《ナルグタムス》の薄暗さも手伝って、彼らの目をごまかすことができた。

ルシードだけでなく、この場にはファルとコンスタンス、ライサンダー、ヤルマールもいる。ちなみに馬は、コンスタンスの魔術で地面に穴を掘り、そこに隠してあった。

他の者はいない。ハーミアは七百近いパルミア兵に守られて、廃墟都市たるガイセスへと避難している。

ルシードの仕掛けは、単純なものだった。エルドームから借りた金貨と、ガイセスから運んできた金貨——雷竜の財宝を混ぜあわせて、未踏地《ナルグタムス》にばらまいたのだ。

雷竜は嗅覚が鋭敏だ。とくに黄金に関しては。勝手に持ちだせば、きっと猛り狂って姿を現し、金貨に触れる者たちを蹂躙《じゅうりん》するだろう。ルシードはそう考えたのだ。

そして、その策は驚くほど上手くいった。

若者の視線の先で、血煙の嵐が巻き起こっている。あれは、カーヴェル兵だったものだ。

——恐ろしいな。

自分が仕掛けた罠とはいえ、圧倒的な力で人間たちが蹂躙される様子は、気分のいいものではない。こうしなければ、自分たちがカーヴェル軍に蹴散らされるとわかっていても。

とにかく、これで終わったと思った。金貨に群がっていた兵たちのほとんどは、もう生きてはいないだろう。雷竜も、自分の金貨を守り抜いたら冷静になるはずだ。

──しかし、つくづく恐ろしいな。俺たちと戦ったときよりもすさまじい気がするぞ。

金貨に関わる契約を結んだのは、失敗だったのかもしれない。

──俺がこれを仕掛けたことに気づいたら……。

そうなったら、エルドーム金貨を雷竜に渡すことで切り抜ける。そして、そうなるはずだ。

だが、しばらく状況を見ているうちに、ルシードの額に汗がにじんできた。

──だいじょうぶなのか？

雷竜の動きが、あまりに猛々しい。あれは、金貨を奪われそうになって猛り狂うものとはまた違うものではないか。

「──お兄様」

コンスタンスが膝立ちになってこちらへ近づいてくる。もう隠れている意味はないと判断したのだろう。

「竜の動きがおかしいと思いませんか？」

「おまえもそう思うか」

彼女は、はるか遠くで暴れている竜の、ある一点を指で示す。それは、額だった。ルシードは目を凝《こ》らす。竜の額に、剣のようなものが刺さっている。

「……『力』を感じますわ」

コンスタンスは深刻な口調で言った。

「おそらく、あれが竜を狂わせているのだと」

ルシードは、まず呆然とし、次いでため息をついた。自分たちがラグラスやらカーヴェル軍やらにかまっている間に、誰かが雷竜のもとへ向かい、仕掛けをほどこしたのだ。

――放っておけばおさまるってわけじゃなくなっているのか……！

「いちばん元気な馬を借りるぞ」

このままではルシードの策が崩壊する。それだけではない、ガイセスに逃げこんだ村人たちの安全も保障できない。竜がカーヴェル軍を殲滅《せんめつ》したあと、こちらへ向かってきたらとんでもないことになる。そうなる前に、何とかしなければならなかった。

「お兄様。わたしも当然連れていってくれますわね」

コンスタンスが碧い瞳を煌《きら》めかせる。ルシードはもの言いたげな顔で妹を見下ろしたが、竜との戦いにおいて、彼女の魔術はなくてはならないものだ。無言でコンスタンスの両脇に手を差しいれると、高く抱きあげた。

「さっさと乗れ」

鐙《あぶみ》を踏み台にして、妹を鞍《くら》の上に座らせる。それからルシード自身もすばやく飛び乗った。

そのときには、聖剣を腰に帯びたファルが隣に馬を進めている。彼女は黙ってルシードに笑いかけた。ルシードはわずかに目を細めたのみで、言葉を返さない。ライサンダーを振り返り、命令を下した。

「村人たちを地下に避難させせろ。魔物は来ないと思うが、気をつけろよ」

ライサンダーとヤルマールはそれぞれ敬礼で応じる。逃げろと言わなかったのは、自分たちが竜に敗れた場合、逃げようがないからだ。竜の一歩は、人間の何十歩に相当するだろうか。まして、いまの雷竜は大地を蹴り砕く勢いで飛びまわっているのだ。

空に白い閃光が走る。

ルシードたちは馬を走らせ、竜に接近する。竜の額には、一振りの剣が突き立っていた。その光景は、一年前をいやでも思い起こさせる。封印されていたときも、雷竜の頭部はあのようになっていた。

――そういえば、竜を暴走させてシエティンを襲わせるって考えていたやつがいたな。

竜の姿が、当時のことを思いだす。クログスターの部下が言ったことだった。あの計画を、クログスターは捨てていなかったのだ。

――まさか、そのためにカーヴェルを利用したのか。

ルシードはその可能性に思い至った。アンバートがコンスタンスの存在をさぐりあててガイセス村を襲うことは想定していたが、さすがに時機が一致しすぎている。

――とりあえず、ロンガヴィルとアンバートに、別々に教えてやるか。

ロンガヴィルだけに教えたら、彼は黙っているかもしれない。それでは困る。アンバートとクログスターには簒奪者《さんだつしゃ》同士、派手に噛《か》みあってもらいたい。

竜が動きを止めた。その瞬間に、ルシードは魔銃をかまえて引き金を引く。銃口から放たれた閃光は、竜の頭部の横を通過した。

――こんなでかい標的を……！

銃身が曲がっているために、正確な狙いをつけることはできない。それはわかっていたが、この状況で外した自分に苛立《いらだ》たしさを覚えた。

竜が、自分たちに狙いを変えた。閃光が刺激したのだろうか。

咆哮《ほうこう》があがり、ルシードは総毛立つ。歯を食いしばり、手綱を握りしめて、馬を走らせる。

――こいつとやりあうのは一年ぶりか。

また戦うことになるかもしれないと考えたことは、あった。だが、それは自分たちが充分に力をつけ、あるていどの勝算を持った上でのことだ。

竜が前脚を振りあげ、振りおろす。一撃ごとに大地が震え、砂礫が飛び散る。ルシードはそれらを見ない。馬を右へ左へ走らせるので精一杯だ。

「――ルシード！」

ファルが馬を走らせて、こちらへ向かってくる。その手には聖剣メルサナーシュがあった。

竜が尻尾を振るう。とっさの判断で、ルシードとファルはそれぞれ別方向に馬を走らせた。

尻尾は風を嵐のごとく唸らせて、地面に叩きつけられる。

ファルが鐙《あぶみ》から足を外して、跳躍した。地面に降り、一転して勢いを殺し、立ちあがる。雷竜に向き直った。馬を巻きこまないために、そうしたのだ。

雷竜がファルを見下ろして、前脚を振るう。それに合わせて、ファルは地面を転がりながら聖剣を薙ぎ払った。

金属音に似た響きが大気を圧する。前脚を弾かれて、雷竜の巨躯《きょく》が傾《かし》いだ。一方、ファルは地面を転がることで雷竜の一撃を受け流している。

ファルの意図はわかった。彼女が雷竜の気を引いている間に、何とかしろというのだ。

――俺としては、おまえの聖剣にこそ何とかしてほしいんだがな。

だが、誰かが雷竜の注意を引きつけなければ、ルシードたちは瞬く間に吹き飛ばされ、叩き潰されるだろう。そして、それができるのはファルしかいない。この場にはいないが、ライサンダーやヤルマールでも、おそらく務まらない。

雷竜の全身から青い稲妻が撃ちだされる。ファルは自分に迫るものだけを、聖剣で打ち払った。雷竜の前脚によってえぐられ、陥没《かんぼつ》した地面を迂回《うかい》する。

尻尾が襲いかかった。ファルはためらうことなく陥没した地面に身を投げだした。聖剣を上へ突きだす。蒼く輝く刃が、尻尾の端を斬り裂いた。ファルの身体にも衝撃は伝わってきたものの、かろうじて直撃はまぬがれる。

身体を起こし、立ちあがって、ファルは雷竜を睨《にら》みつけた。紫水晶の瞳は戦意に満ちて輝いている。

「さあ、来い」

ファルが聖剣を振るっている間、ルシードとコンスタンスは両者から離れて、戦いを観察している。見入ってしまわないように、若者は自分に何度も言い聞かせなければならなかった。

「お兄様、気づきまして？」

兄の背にしがみつきながら、コンスタンスが叫ぶ。ルシードはうなずいた。

竜の行動は以前よりも猛々しいが、単調だ。

――あのときは、俺の話を聞くていどの分別はあったが、いまはそれもねえってことか。

ルシードの顔に笑みが浮かぶ。倒すのが目的ではないというのも、いい。

若者は、自分の考えをすばやく妹に耳打ちする。コンスタンスは眉をひそめた。

「お兄様は、どうしてそんな武器を持っていながら、近づかなくてはならないんですの？」

「近づかねえと当たらねえからだよ」

ルシードはそっけない口調で答えたが、コンスタンスは唇をとがらせる。

「嘘ですわ。ファル姉様だけを戦わせるのがいやなんでしょう」

ルシードは答えず、馬から下りた。

「いいか。おまえは魔術を使ったらすぐに離れろ。やつには尻尾もあるし、稲妻もある」

「お兄様はファル姉様と違って、自分の身を守るものもないでしょうに」

ルシードは肩をすくめて笑った。だが、すぐに笑みを消して走りだす。

――機会は一度しかねえ。

なにしろ弾がひとつしかない。ラグラスの戦場で落としたのだ。

自分が駆けてくることに、ファルが気づいた。何か口を動かしたが、悪口だろう。ルシードはかまわず走って、彼女のそばに立つ。

「何をしに来た、馬鹿」

今度ははっきりと聞こえた。ルシードはかまわず簡潔に説明する。

「コンスタンスが魔術を使う。そのときが勝負だ」

雷竜が咆哮《ほうこう》を轟《とどろ》かせた。大地を踏み鳴らして、二人に迫る。ファルがルシードをかばうように立った。直後、雷光が二人の視界を灼き、熱を帯びた衝撃波が大気を駆け抜ける。

肌が震え、いまさらながらに恐怖感がこみあげてくる。自分たちが何気なく蟻を踏み潰すように、雷竜は人間を葬り去ることができる。

前脚が上から叩きつけられる。ルシードとファルは左右にわかれて跳んだ。

必死に避けるだけのルシードとは違い、ファルは聖剣を振るって斬りつけている。手応えがあり、前脚がはねあがった。

たいした痛みではなかっただろうが、雷竜の怒りを煽《あお》るには充分だったのだろう。雷竜は右の前脚を振りあげて、手当たり次第とでもいうかのように地面に打ちつける。雷竜の前脚がかすっただけでも、ルシードたちにとってこうした攻撃の方がよほど恐ろしかった。雷竜の前脚がかすっただけでも、こちらは重傷をまぬがれないのだから。

——早計だったか？

コンスタンスの魔術が完成したときに備えて、少しでも雷竜との距離を詰めておこうと思ったのだが、まずかっただろうか。

「ここにいてくれ」

唐突に、ファルが言った。ルシードに背中を向けたまま。

若者は、何かを聞き間違えたのかと思った。大地は揺れ、砂塵が巻きあがり、雷竜の何度目かの咆哮の残響が、耳の奥にうずいている。緊張と疲労で、立っているだけでも厳しい。

ファルは、言葉を続けた。

「おまえがいてくれると、頑張れるんだ」

尻尾が横殴りに襲ってくる。ファルが何ごとかを叫んだ。ルシードにはよく聞こえなかったが、直感に従って伏せる。ファルは聖剣を水平にかまえて、すさまじい勢いで迫りくる尻尾に突きたてた。

爆発にも似た衝撃音と同時に、自分の身体の上を何かが通過する。その風圧で、ルシードは地面に転がった。仰向けになって倒れる。

痛みを堪えながら目を開けると、空中に黒い影が舞っていた。

ファルだ。全身が痛みで悲鳴を発していたはずなのに、ルシードは勢いよく身体を起こすことができた。落ちてくるファルに向かって走りだし、三歩目でよろけたものの、頭から飛びこむように、地面に身体を投げだす。まっすぐ伸ばした両腕の中に、ファルの身体が乗った。

そのまま二人は地面に倒れたのだが、ルシードはおもわず悲鳴をあげる。鎧を着た人間を受けとめたのだ。腕が折れなかっただけでも幸運というべきだろう。

「おまえ……」

倒れたままのルシードに、ファルの呆れた声が降ってくる。ルシードは「無事か」と言ってやりたかったが、腕の痛みで声が出てこなかった。

よろよろと、ファルは若者の腕から離れる。ルシードも身体を起こした。そして、驚いた。

ファルが聖剣の切っ先を地面につけている。聖剣を両手で握ってはいるものの、力が入らないようだった。

——尻尾に斬りつけたからか。

その瞬間を見てはいないが、ファルが空中に吹き飛ばされたことを考えると、そうなのだろう。ルシードは雷竜を見上げた。その尻尾を見ると、半ばから赤黒く染まっている。

雷竜が一歩、前に出る。ルシードは動こうとしたが、足が上手くあがらなかった。

——まずい。

ファルは聖剣を振るうことができず、自分は歩けない。雷竜は迫ってくる。

唸り声を発して、雷竜が前脚を持ちあげた。

同時に、高らかな魔術の詠唱が、虚空に響きわたる。

「――八導の門より出でて、我が意に従え。割れ、砕け、形を変えるもの、汝は大地！」

刹那、雷竜の足下の地面に巨大な亀裂が走った。亀裂は瞬時に崩壊して、雷竜の左の前脚を呑みこむ。引きずりこんだという方が正確かもしれなかった。

雷竜は悲鳴にも似た咆哮《ほうこう》をあげた。脚を抜こうと暴れ、もがくが、前脚は埋めこまれたかのように動かない。

「速く！」と、コンスタンスが喉をからして叫んだ。

「そんなにもちませんわ！」

「行け、ファル！」

ルシードが怒鳴った。腰の魔銃を引き抜く。狙いを、雷竜の額に合わせた。

ファルが駆けだす。敵の接近を目の当たりにして、雷竜は雷撃を放った。

ファルは身体をそらすようにして聖剣を振りあげる。二、三歩後ずさったが、雷撃をしのいだ。また、ファルは距離を詰めていく。雷竜が、右の前脚を振りあげる。

ルシードが引き金を引いたのは、そのときだった。

銃口から放たれた閃光は、轟音《ごうおん》とともに雷竜の額に刺さった剣を直撃する。雷竜の頭が衝撃で揺れた。振りあげられた前脚が、動きを止める。

最後の力を振り絞って、ファルが駆けだした。聖剣を引きずりながら、埋まっている雷竜の左脚を駆けあがり、肩を通って頭部に足をかける。

跳躍し、身体ごとぶつかる勢いで聖剣の刃を叩きつけた。

無数の水晶を打ち鳴らすのにも似た音が響きわたる。

雷竜の額に刺さった剣が、粉々に砕け散った。

雷竜が唸り声をあげて首をもたげ、ファルは足を滑らせて地面に背中から落ちる。

ルシードは足を引きずりながら、ファルのところまで歩いていく。まだ、油断はできない。

自分の一歩、一歩が遅く、もどかしく感じられる。手を伸ばせばファルに届きそうなのに、まだ十数歩の距離を縮めなければならなかった。

雷竜は、静かにファルを見下ろしている。ファルは倒れたまま、すぐには起きあがれずにいるようだった。鎧を着ているとはいえ、背中から叩きつけられたのだ。

「ファル……！」

想い人の名を叫んで、ルシードはようやくファルの隣に立つ。痛みのあまり、意識がもうろうとしていたが、それでも彼女の紫水晶の瞳を、認識することができた。

ファルが、聖剣を杖代わりに立ちあがる。だが、まだ手に力は戻っていないようだった。

ルシードは横から手を伸ばして、聖剣の柄をつかむ。

一本の聖剣を二人で握りしめて、ルシードとファルは雷竜を見上げた。

『──まさか』

思念が二人の意識に飛びこんできたのは、そのときだった。ルシードとファルは、呆然として雷竜を見つめる。その瞳に変化はないように思えるが、聞こえてくるのは間違いなく雷竜の声だった。

『我が貴様らに助けられようとは』

戦いは、ようやく終わろうとしていた。


正気を取り戻した雷竜は、ルシードたちを見下ろした。

『礼を言わねばならぬな』

ルシードはファルと顔を見合わせる。驚いたのだ。この雷竜が、これほどまでに殊勝なもいいをするとは。

『何かひとつ、望みをかなえよう』

ファルはルシードを見て、うなずく。おまえの好きにしろということらしい。

たとえば、ここで契約の黄金を減らすということもできるだろう。

だが、それでは面白くない。たしかに資金には常にあえいでいるが、竜からの申し出を、そのようなことで潰すのはあまりにもったいない。

「そうだな。じゃあ――」

雷竜が冷静さを取り戻してから数時間後に、ロンガヴィルは逃げ散った兵をかき集めた。

「えらいめにあった」

言葉とは裏腹に飄々《ひょうひょう》とした顔でつぶやくと、ロンガヴィルは帰還することを告げる。兵たちは三千にまで数を減らしていた。実に三割近くも失ったのだが、相手が竜であることを考えれば被害は少ない。

「辺境の地に竜あり、か」

ロンガヴィルは、自分の敗因を正確に理解していた。何のことはない、敵の戦力を調べることを怠ったかがゆえに、負けたのだ。竜が出てくるとは思わなかった、では言い訳になろう。

――ライサンダーが抜け、コンスタンス王女もこちらに戻ってきた。

皮肉っぽい笑みをロンガヴィルは浮かべる。

結果的にではあるが、ライサンダーの独断が、はからずもロンガヴィルを救う形となった。

今度の遠征に際して、ロンガヴィルの失敗は竜に敗北したことだけだからだ。

コンスタンスとライサンダーに逃げられたのは、アンバートの失点である。

――それにしても皮肉なものだ。

ロンガヴィルの計画では、帰還時にガーエフの領地を襲う予定だった。しかし、いまはもうそのような余力はない。兵たちをまとめてカーヴェルに連れ帰るので、精一杯だろう。

――もしも、先に戦っていなかったら、あの戦好きの小僧がおとなしくしていたかな。

戦好きの小僧とはガーエフのことだ。

傷つき、帰還を急ぐカーヴェル軍を見て、彼がおとなしくしているとは思えない。いまなら、敗北の記憶も新しいだろうから、黙って見送るだろうが。

ルシードの行動は、巡り巡ってロンガヴィルを助ける格好になってしまったのである。どちらにとっても不本意ではあったが。

このあと、ロンガヴィルは脱落者を出すことなく、カーヴェルに帰還した。

アンバートは報告を聞いて激怒し、竜の存在すら疑ったが「では、ご自分の目で見てきなさったらいかがか」と、ロンガヴィルに言われると、言葉を返せなかった。それに、帰還した兵たちも竜の脅威を口々に述べたのである。

竜を何とかする方法を手に入れないかぎり、アンバートはアスティリアに手出しができなくなったのだ。もちろん、彼は何とかするつもりだったが、それは先のことになりそうだった。

今度の一件は、結果としてアンバートが行った遠征の大敗なのだ。それも、四将のロンガヴィルとライサンダーをそろえながら、失敗したのである。しかも、ライサンダーはアンバートの手元から逃げ去った。

まず、アンバートは国内外における威信の低下を防がねばならず、パルミアの動きも警戒しなければならなくなった。竜のことがなくとも、アスティリアに手を出す余裕は当分なかったのである。

自我を取り戻し、暴走を止めた雷竜をはるか遠くから見つめている男がいる。ネストルだ。

「見事なものだ」

彼のつぶやきは、雷竜の近くにいるはずのルシードやファルに向けられたものだった。自分のように身体が再生しない身でありながら、恐れることなく雷竜に接近し、額に刺さった剣を打ち砕くとは。

「急ぎパルミアに戻り、閣下に報告せねばならんな」

そのときには、ファルに戦いを挑むことを願い出ようとネストルは考える。許可が出るかはわからないが、胸の奥から湧きあがってくる戦意を満たすにはそれしかないと思った。

荒野を、ネストルは黙然と歩き去った。

ガイセスという廃墟と、ガイセス村の間に横たわる荒野に四年間、棲む。その間、魔物は蹴散らしても、人間や幻棲民《イーシャ》には手を出さない。ただし、雷竜を襲う者については、そのかぎりではない。

それがルシードが雷竜に出した条件だった。

雷竜が棲んでいた岩山に、魔物たちは近づこうともしなかった。雷竜の威厳に圧倒されたためだろうが、ルシードはそれを魔物除けとして利用することにしたのだ。

これから冬が来る。パルミア兵七百人の住居を、ルシードは廃墟であるガイセスに求めることにしたのだ。ここなら、あるていど雨風をしのぐことはできるし、水もある。

「まさか、未踏地《ナルグタムス》の中に拠点をつくることになるとはな」

湖を見下ろしながら、ファルが呆れたような声を漏らす。

ガイセスにある宮殿、その二階の広間にルシードとファル、コンスタンスはいた。一年前、国を興すとファルが告げた場所だ。吹き抜ける風は冷たかったが、三人は心地よさを覚える。

「とりあえず住んでみようってところだ。状況によるが、一年か二年ぐらい」

恒久的な拠点にするには、問題点が多すぎる。だが、冬をしのぐ場所としてはかろうじて使えるというのがルシードの認識だった。

ルシードは、早くも冬にとるべき行動を考えている。とりあえず、カーヴェルに何か仕掛けてやらなければ気がすまない。それから、ヴェルクードとやらいう国に、あらためて接触してみる手もある。だが、とにかく、ふくれあがった民と兵を食わせてやらなければならなかった。

「国作りは後退したと思うか？」

不安そうにファルが尋ねる。ルシードは鼻で笑った。

「カーヴェル軍を撃退した。竜を従えた。この二つを考えれば、そうとうな前進だ」

カーヴェル軍のことが知れ渡れば、諸国はアスティリアについて調べるだろう。そして、雷竜のことを知るはずだ。雷竜にとってはあくまで契約でしかないが、傍目にはいかにも雷竜がアスティリアの民を守っているように見える。このことが諸国に与える衝撃は小さくない。

「お兄様が言うと、楽観的な予測にしか聞こえませんわね」

コンスタンスが肩をすくめる。彼女は立ちあがると「ちょっと歩いてきますわ」と言って広間を出ていった。この場には二人だけが残される。

「少しは国らしくなったかな」

「せめて、このぼろ家を何とかしてからだな」

二人の影が、静かに重なった。

ファルとルシードは、宮殿の二階にある広間にいた。夜明け前とあって、外は薄暗い。もっとも、未踏地《ナルグタムス》は昼夜問わず薄暗いのだが。

「こっちだ」

ファルの手を引いて、ルシードは東側の壁へと歩いていく。そこには、二人が並んでも余裕をもって通り抜けられるだろうほどの大きな穴が開いていた。暗くて見えないが、天井や床にも亀裂が走っている。これでも、他の部屋にくらべれば被害は少ない方だ。

宮殿を修復するとしても、かなり先のことになるだろうとファルは思っている。他にやらなければならないことが、山のようにあるからだ。

「もうそろそろだ」

穴の前に立って、そこから見える暗灰色の空を眺めながらルシードが言った。

ファルは口元に微笑をにじませて、恋人の言うそのときを黙って待つ。吹きこんでくる風はかすかな冷たさを帯びていたが、とくに気にならなかった。きっと、ルシードがそばにいるからだろう。二人でいれば、退屈も感じない。

ルシードがファルを誘ったのは、昨日の夜だった。「おまえに見せたいものがある」とだけ若者は言い、ファルもそれ以上のことは聞かなかった。そして、二人は宮殿の一階と二階を結ぶ階段で待ちあわせをした。

何度目かの風が、黄金色の髪をなびかせる。ファルは前髪の乱れを手で直した。

彼女の瞳が、空の果てに生まれた輝きを捉えたのはそのときだ。

地平線が、一筋の白い光を帯びる。

ファルは目を瞠《みは》った。わかっていたことなのに、新鮮な感動が胸を打った。

空が常に灰色の雲に覆われている未踏地《ナルグタムス》ではありえない光景が、彼女の視界に映っている。紫水晶の瞳に涙がにじんだ。

「この何日か、いろいろなところを見てまわったんだがな。ここが最高だ」

ファルはうなずく。その言葉を素直に信じることができるほど、素晴らしい眺めだった。ガイセスに太陽の光が射しこむようになったのは、数日前のことだ。雷竜がルシードの要請を受けいれて、ガイセスと村の間の荒野をねぐらとしてからである。

雷竜が乾いた大地にうずくまってから半日ばかりが過ぎたころ、ガイセスの空を覆っていたぶ厚い雲に切れ間が生じた。わずかな隙間の向こうには、蒼い空があった。

竜には、周辺の環境を激変させる力がある。その力は絶大で、草原の中に砂漠を生みだし、雪原の中に密林を作りだしてしまうほどだ。

かつて、雷竜がガイセスの地下に眠っていたころ、都市の北東にある湖は涸れきっていた。雷竜が都市から離れた岩山に移ったことで、湖はかつての姿を取り戻した。

いま二人が見ている空も、雷竜の力によって生まれたものだった。

暁の空から闇が徐々に払われ、太陽がその姿を見せはじめる。ファルとルシードのまわりも明るく照らされ、二つの影が伸びた。

ファルは体内の空気を空にする勢いで吐きだすと、頬を紅潮させて首を傾《かたむ》ける。後ろに立っていたルシードにもたれかかった。若者は恋人を受けとめ、彼女の肩にそっと手を添えて支える。二人は、無言で見つめあった。

おたがいを求める光を、相手の目の中に見出す。ルシードは肩でファルを支えながら、後ろから抱きしめるように彼女の腹部に手をまわした。若者の腕に、娘はそっと触れた。

相手の息遣いを感じたと思ったときには、唇を重ねていた。

熱い吐息をこぼし、潤んだ瞳に想い人を映して、すぐにまた唇を押しつけあう。熱と感触を何度も与え、むさぼり、味わう。甘い陶酔に、ファルはその身を委ねかけた。

不意に、ルシードが視線をファルの胸元へと向ける。碧い瞳に情欲の火がちらついた。

両手を彼女の胸へと持っていき、その大きさと張りをたしかめるかのように、服の上からゆっくりと揉みしだく。おもわぬ刺激に、ファルの口から喘ぐような声がかすかに漏れた。

「こら」と、ファルは頬を赤く染めつつ小声でたしなめて、ルシードの手をやんわりと外す。ところが、若者は止まらなかった。てのひらと指に伝わった感触と、恥じらう娘の表情が、欲望を煽《あお》った。ルシードの手の動きは露骨になり、ファルの豊かな乳房をわしづかみにする。

「や、やめないか。誰か来たら、どうするんだ」

ファルは怒るよりも、うろたえた。どうにかやめさせようとしても、恥ずかしさから声はうわずってしまい、手にも力が入らない。

「俺たちもそろそろ、こういう関係になってもいいはずじゃないか」

ルシードは服の上からもてあそぶだけでは飽き足らず、胸をはだけさせてじかに恋人の肌を堪能する。

無骨な指が胸元に伝えてくる刺激に、ファルの吐息も熱を帯び、甘い響きが混ざり出した。

「ファルだって気持ち良さそうじゃないか」

ルシードの指が固い突起に触れた瞬間、ついにファルの鉄拳が唸りをあげた。胸に意識を集中させていたルシードは吹き飛んで、受け身もとれずに床に転がる。

「いい加減にしろ！　まったく……」

ファルの怒声を、ルシードは聞いていなかった。側頭部に叩きこまれた拳が、若者の意識をきれいに刈りとったからである。

床に突っ伏して白目を剥いているルシードを呆れた顔で見下ろしながら、ファルは服の乱れを直して、ため息をついた。いつかはこの恋人とそういった行為に及ぶのだろうという漠然とした予感はあったが、彼女としてはもう少し場所と雰囲気を選びたかった。

「さすがに、こんなところを思い出の場所にしたくはないぞ」

ファルは気を失っているルシードのそばに膝をつくと、焦げ茶色の髪を優しく撫《な》でて、そうささやく。自分でも思っている以上に、彼女は甘い恋人になりそうだった。

エピローグ

陽光は優しく降り注ぎ、吹き抜ける風はぬくもりと命の気配をまとっている。

大陸暦一〇五三年の春、リンダがやってきたという知らせを、ルシードはガイセス宮殿の一室で受けとった。報告に来たプロテウスをともなって、若者は部屋を出る。

宮殿の広間に向かうと、そこにはリンダの他にファルとコンスタンスもいた。

「ひさしぶり」

リンダがぱたぱたと手を振る。広間を見回して、彼女は笑った。

「前に見たときよりは、だいぶかたづいたねえ」

「冬の間は、みんなでそればかりやっていたからな」

ファルの隣で、コンスタンスが得意げに胸を張る。宮殿の瓦礫《がれき》を撤去したり、使えそうな家を修復したりする作業では、彼女の石隷《ゴウラム》がおおいに活躍したのだ。

もちろん七百人のパルミア兵も奮戦した。彼らにとっては、自分たちの家をつくる作業でもあった。いま、彼らは宮殿近くにある、修復の住んだ家で暮らしている。

「冬を越すための食糧や衣服を、おまえやウォットンに頼ったからできたことだがな。春になったことだし、そろそろ稼がにゃならん。そこで――」

ルシードは腕組みをして四人を見回した。碧い瞳には楽しげな輝きが満ちている。

「シエティンの争いに介入する。俺たちから動く」

シエティン王国では、あいかわらず魔物の出現が絶えない。それをきっかけとして、ラグラスのように貴族同士の対立が激化しはじめたのだ。

まだ兵を率いて争うという段階には至っていないが、時間の問題だという。

ルシードは冬の間、シエティンに何度も足を運んでは、彼らの争いに介入するための交渉を行ってきた。準備はできている。

「そういうわけでな、また七百人分の食糧を頼む」

しれっとルシードは言って、リンダを苦笑させた。

後のアスティリア軍の基盤は、このときに固まったといっていい。

兵の数はたった七百人といえるのかもしれないが、指揮官はヤルマール、ライサンダー、ロパーヒンとそろっている。そして、総指揮官はファル、副官はルシードとコンスタンスだ。倍の敵とも互角以上に戦えるだろう。

五人は宮殿を出る。通りを歩きながら、リンダの話は別のことに移った。

「それにしても、ひとが来るかな？　雷竜を見たけど、やっぱりふつうのひとは怖がるよ」

雷竜は、契約を守ってガイセスの都市とガイセス村の間で日々を過ごしている。ルシードが通るたびに、意味ありげに黄金の催促をするようになった。ときどき、すべてが見透かされている気もするが、ルシードは平静を装《よそお》ってつきあいを続けている。

「まあ、しばらくは村に来てくれるだけでもいいさ。そういや、トマナク村はどうだった？」

トマナク村とは、移住してきたラグラス人たちがつくった村だ。愛着があるのか、彼らはかつて自分たちが住んでいた村と同じ名をつけた。こちらも、ガイセス村の人々やパルミア兵たちの手伝いもあって、冬が終わるまでには形にできたのだった。

「これからじゃない？　やっと畑仕事だし。ただ、あのひとたち牧畜《ぼくちく》の方が得意そうだけど」

「そうか。考えてみりゃ、ラグラスはそういう環境だったな。羊でも飼ってもらうか」

ルシードの傍らに控えるプロテウスが、すばやく紙片を取りだして予定を書きつける。

そのとき、ひときわ強い風が吹き抜けて、ファルの髪をなびかせた。何気なく恋人の横顔に視線を向けたルシードは、おもわず目を瞠《みは》る。

一瞬、彼女の頭部を白銀の冠が飾っているように見えたのだ。

もちろん、それは錯覚で、ファルの髪を飾っているのは翼を模した髪飾りだけだった。

ルシードは焦げ茶色の髪をかきまわす。このガイセスが、かつて帝国において繁栄した都市だったことを思いだした。都市が、幻想を見せたのかもしれない。

——でも、悪くないな。

若者の顔に、笑みが浮かぶ。

この折れた聖剣を持つ剣姫に、冠をかぶせてやりたいと思った。

いつか、この国を興した彼女が身につけるのにふさわしい冠を贈りたいと。

いつになるのかはわからない。

アスティリアをより国らしくしていこうとすれば、いままでよりもさらに過酷で困難な道が待ち受けているだろう。アンバートも、クログスターも、新たな手を打ってくるはずだ。

だが、きっと自分たちなら進んでいける。

そして、その道を抜けたときには――。

「どうした？」

足を止めて考えこんでいたルシードに気づいて、ファルが戻ってくる。

きょとんとしている剣姫の顔を見つめて、ルシードは笑った。

「いつか、おまえにおもしろいものを贈ってやる」

「突然、妙なことを言うな」

ファルはルシードの態度を訝ったが、すぐに笑みを返した。

「だが、せっかくおまえが言ってくれたんだ。期待して待つとしよう」

「そのときになったら驚くぜ」

少し先で、コンスタンスたちが手を振っている。

ルシードとファルは、手を振り返すと並んで歩きだした。

あとがき

このあとがきを書いているのは十一月の下旬なのですが、東京では雪が降りました。十一月は僕の感覚では秋なので、けっこう驚きました。小さい秋とかまだ見つけてもいないのにどこへ行ってしまったのか。あと部屋が寒い。

さて、四ヵ月ぶりです。川口士《かわぐちつかさ》です。『折れた聖剣と帝冠の剣姫』四巻をお届けします。楽しんでいただければ幸いです。

ついに侵攻を受けることになったガイセス村。数々の冒険を経て成長したルシードたちは、数千の軍勢にどう対抗するのか。国作りはどうなってしまうのか。

大雑把に説明しますと、そんな話です。

本巻でも八坂《やさか》ミナトさんには登場人物たちを格好よく、また可愛らしく描いていただきましたが、今回のお気に入りは行商人のリンダでしょうか。一巻のときはここまで関わってくると思っていなかったので、意表を突いてくれた子でもあります。商人は大事。

その次のお気に入りは人間ではなくて人形なんですが、これは中身を確認していただければと。「どんなデザインですか?」と聞かれて「ハニワみたいなの」と答えたのですが、こうきたかと。他にも一巻以来のライサンダーや、その奥さんと、ルシードたち以外も幅広く形にしていただきました。ありがとうございます。

さて、担当編集のT様が一迅社を離れたり、僕自身も来年は事務所を作って新企画を展開と色々な予定があるため、本作の一迅社文庫版はここで一区切りとなります。

でも、物語はまだ終わりません。来夏以降、新たな形でルシードとファルの物語の続きを展開する予定がありますので、川口士ブログなどの情報を今後も定期的に見ていただければ幸いです。まずは来春に、同じ世界の別作品を披露できればとも思ってますのでご期待ください。

それでは謝辞をば。

編集のT様。お疲れさまでした。『星図詠のリーナ』からはじまって、T様とはたくさん本を一緒に作ってきたなあと感慨深い気持ちです。今回もご面倒をかけてしまいましたが、これからもよろしくお願いいたします。

この本が書店に並ぶまでの諸々に携わったすべての方、この本を手にとってくださったみなさまに心からのお礼を申しあげます。ありがとうございました。

それでは、またどこかでお会いしましょう。

冬がすぐそこまで来ている夜に　川口　士

折《お》れた聖剣《せいけん》と帝冠《ていかん》の剣姫《けんき》4

川口士

発　　行	2017年1月1日 初版発行
発 行 人	杉野 庸介
発 行 所	株式会社　一迅社 〒160-0022 東京都新宿区新宿2-5-10　成信ビル8階 電話　03-5312-7432(編集部) 　　　03-5312-6150(販売部)
装　　丁	高橋忠彦(KOMEWORKS)
印刷・製本	大日本印刷株式会社

作品に対するご意見、ご感想をお寄せください。

〒160-0022 東京都新宿区新宿2-5-10 成信ビル8階
株式会社 一迅社 ノベル編集部
川口士《かわぐちつかさ》先生 係／八坂《やさか》ミナト先生 係

ISBN978-4-7580-4897-2 C0193